SI VIVANT

P.E. Cayral

SI VIVANT

Roman

Éditions Anne Carrière

ISBN : 978-2-3808-XXXX-X

www.anne-carriere.fr

À mon père

En mémoire d'Ariste & Marguerite G.,
de Victor & Henry F.

« Ton coucher de soleil, tu l'auras.
Je l'exigerai. »

Antoine de Saint-Exupéry

1

Au royaume des possibles

Dans ce lieu mystérieux où Albin m'emmènera, ce sera en sandales, sans chemise et sans papillon, et qu'il soit bien content que je garde mon pantalon. Dix-sept ans peut-être, mais juste une veste de pingouin pour avoir l'air d'un homme ! Je cède, et au diable l'orchidée à la boutonnière. Lui, il est très habillé et cire sa moustache devant son miroir : faut-il se regarder de si près pour s'admirer autant ? Il se penche sur moi pour ajuster mon col et glisse entre mes lèvres sa pastille à la menthe :

— Pas besoin de te verdir les yeux… mais l'haleine…

Nous quittons son appartement puis marchons une demi-heure dans Paris. À cette heure-ci, la ville fourmille de piétons et de fiacres tous attelés à des destinations contraires. Nous perdons le fil de notre conversation dans le fracas des fers et le bruit des grelots. Arrivés à l'angle d'une place, nous montons un escalier spectaculaire. Sur les paliers, les statues nous présentent leur poitrine polie et leurs yeux sans pupille. Albin m'explique :

— Ce soir, tu peux te faire appeler « Hannibal » moyennant 5 francs, « Attila » pour 4, « Saladin » pour 3. Il te reste trois marches pour choisir ton tyran sans que jamais ton père ne sache que tu t'es pris pour lui.

— Et si je choisissais plutôt un surnom de déchet ?

— Quelle idée ! Dans ce cas, ça ne devrait pas excéder 75 centimes...

La musique vient de la porte ouverte, nous crions notre annonce aux oreilles de l'aboyeur. Il s'empare de notre argent, frappe son coup de canne :

— César et son Copeau !

Albin ne perd pas un instant et me tend une coupe saisie à la volée :

— Te voilà chez la Thuyone.

Ici, seul un géant toucherait les moulures du plafond et pourrait déplacer les poteries d'aussi vieux oliviers. Des bouquets chargent le marbre des cheminées, je n'ai jamais vu d'aussi grosses pivoines, même au meilleur printemps du jardin de mes grands-parents. Dans les pas d'Albin, je rejoins ces hommes et ces femmes qui chassent la conversation dans laquelle il sera facile de glisser sa réplique. À côté s'affaire tout un orchestre que personne n'écoute : il est donc possible d'en avoir un chez soi !

Albin se moque de ma naïveté et m'expose à quel point les dîners chez la Thuyone sont prisés :

— Il vient des convives de tous les quartiers... De l'ouest comme de l'est, elle n'est pas sectaire. Tous sont de généreux mécènes ; ils donnent sans compter pour le seul privilège d'en être, en espèces, en commissions, en faveurs, en nature, la Thuyone est une banque à multiples guichets.

Puis il se penche et chuchote :

— Je ne connais pas tout le monde ce soir... mais voilà Fajol, un baron, on dirait Maupassant avec ses bacchantes touffues et son petit toupet, tu ne trouves pas ? Mais qu'a-t-il donc fait comme exploit pour piquer la rosette au revers de son frac ? Et Montvallon, un saleur de poisson, regarde comme il lutine Edwige – qu'on appelle Balancelle, inutile de te dire pourquoi. Ah ! et voici Joachim, là, beau, si beau déjà, alors imagine-le dans le plus simple appareil... Il m'a dit vouloir quitter son château pour devenir modiste, quelle idée ! c'est un métier de femme ! Mais là, ne serait-ce pas Utrillo, le plus jeune soiffard de ta génération ? Mais oui, c'est lui ! Et Amaranthe, ah ! Amaranthe, toujours la première pour présenter son balcon, et pas seulement aux yeux de La Rivelle, lui dirige une grosse affaire dans le bâtiment et s'y connaît en architecture. A-t-il fallu un échafaudage pour le monter jusque-là ? Il grossit tant que sa santé l'étouffe, c'est effrayant...

Tous ces gens se saluent, se serrent la main, se la tiennent en parlant, se dictent des lettres, paraphent des contrats... Ces lèvres comme ces yeux s'agitent et, grâce à ma petite taille, je surprends des caresses coquines que l'on voudrait cacher : est-ce cela « le grand monde » dont m'a parlé mon père ? On dirait que ce Tout-Paris n'est qu'un tentacule qui se suce la ventouse en lichant du champagne. Je comprends mon Albin : si cette effervescence n'était pas si théâtrale, il n'aurait toléré ni mon torse nu ni mes sandales, et ne m'aurait pas imposé la queue-de-pie.

Pourtant, une certaine lassitude se dégage de ce lieu, accentuée peut-être par la lenteur qu'il faut pour finir un cigare. Nous nous approchons du divan où, nous voyant arriver, notre hôtesse s'est assise. Nous devons nous baisser pour lui baiser la main. La Thuyone est une femme de formes qui a descendu une galaxie d'étoiles dans ses cheveux défaits. La verdure émeraude de sa robe tranche avec sa peau où pointent des taches de rousseur au bord de la brûlure. Le boa à son cou est un python citron qui ondule et dégage le puits entre ses seins. J'y précipite Albin par un croche-pied, il a juste le réflexe de s'agripper au dos du canapé pour ne pas s'affaler, puis je l'en relève aussitôt en éclatant de rire. Qu'est-ce qui me prend d'oser un tel geste ? La Thuyone me lance un regard intrigué et invite déjà un autre homme à s'accouder près d'elle : les écailles du reptile attirent les caresses.

— Rien de mieux que des bulles pour refaire surface, dis-je à Albin en lui tendant une nouvelle coupe.

Il en circule des nuées sur des plateaux volant.

— Eh bien, Vivant, tu me surprends !

Un jeune homme me bouscule et s'approche de la Thuyone en désignant la lunette astronomique qui trône dans un angle du salon. Il lui demande haut et fort s'il serait possible, le lendemain, d'emprunter l'instrument afin de voir l'éclipse dont la presse s'enflamme et qui s'annonce exceptionnelle.

— Imbécile ! s'esclaffe la Thuyone, l'éclipse n'est pas visible de Paris !

— Dans Paris bien sûr, répond-il avec le plus grand sérieux, mais en montant sur la butte Montmartre…

Un rire moqueur traverse l'assemblée ; le ridicule disparaît dans un pli de rideau. Les violoncelles descendent en profondeur. Le brouhaha reprend.

Juste avant de passer à table, alors qu'Albin converse de son côté, la Thuyone s'approche de moi, remarque mes sandales et glisse sa paume sous ma jaquette. Je suis tétanisé, elle avance et jauge mon cou, ma poitrine, puis mon ventre avant de remonter sa caresse. Je dois être écarlate et ne sais quoi penser… Je décide de faire diversion :

— À voir cette table à quatre verres et trois couteaux, je sais déjà que le dîner sera interminable… Je ne mesure pas encore à quel point nous allons nous ennuyer, mais je sens que nous allons gravir des sommets.

Elle semble apprécier la provocation. Je poursuis :

— Alors que ce genre de soirée mériterait des surprises, l'appartement s'y prête.

— Voyez-vous ça, des surprises ! Auriez-vous quelques idées en tête, petit d'homme ? Mais, d'abord, comment vous appelle-t-on ?

— Vivant, appelez-moi Vivant Copeau, j'ai payé pour cela 0 franc 75.

— Oh quel tout petit pécule, Copeau ! Vous faites de la sciure plutôt que mes affaires, ce n'est pas bien du tout, dit-elle en tapotant son éventail sur ma joue. Alors parlez-moi donc de vos surprises…

— Eh bien, je ne sais pas… Par exemple, une fois nous jouerions à nommer sans erreur les cratères de la Lune avec votre lunette ; une fois les femmes écriraient à dos d'homme des poèmes en prose puis les déclameraient…

— Diable ! Si jeune et déjà lu Laclos ?

— Je… une autre fois, on défilerait chacun à son tour devant un grand miroir pour s'adresser à haute voix un compliment à soi-même, croyez-moi, ce sera difficile, une autre encore on écouterait un chœur d'enfants qui vous écorcherait vif dans le ciel des aigus, ou l'on s'amuserait d'un concours de silences et de cris de rupture. Il n'y aurait pas deux soirées identiques... votre serpent jugerait... Donnez-moi carte blanche, je vous les organise !

— Vous l'aurez, petit d'homme, vous l'aurez bien un jour... mais patientez un peu, vous êtes si jeune, je vous l'ai déjà dit, dit-elle en s'éloignant pour placer les convives.

Le dîner se tient dans cette immense salle à manger où seule la table est éclairée par des candélabres : les domestiques surgissent de la pénombre pour remplir les verres. Entre Albin et moi siège une muette par-dessus laquelle il m'explique comment la Thuyone a fait son trou dans Paris.

— J'adore cette expression, rit-il, c'est grâce à son absinthe qui perce tout comme un acide, figure-toi. Elle ne l'offre que rarement, et uniquement à de véritables amis. La légende dit qu'elle ajoute à sa distillation une goutte de résine de thuya, la même que tu as dû sentir en lui baisant le cou. Ainsi est né son surnom. Quand tu la bois, elle est irrésistible à chaque étape de son parcours dont on se réjouit d'apprécier la longueur : l'effluve te rafraîchit les narines et révèle l'étendue de tes voies respiratoires, puis ce goût unique vacille en ton for intérieur et répand un pouvoir difficile à décrire. Un élixir qui éveille tes entrailles, en somme.

— Et quand donc en as-tu bu pour en parler si bien ?

— En rêve, Vivant, je n'en ai bu qu'en rêve !

Le temps s'écoule dans la cacophonie des conversations entre voisins de table, et je ne sais décrire ni l'aspect ni le goût des plats qui se succèdent. Les assiettes sont changées une par une, mes verres remplis aussitôt qu'ils sont vides, et la muette reste muette. Pour m'occuper, je décompte les taches sous les porte-couteaux et les flûtes ébréchées. Le dîner se prolonge avec des plaisanteries et un humour d'adultes. Parfois, ma voisine glousse et glisse une main sur ma cuisse ; elle n'a pas la douceur de la Thuyone, et que cherche-t-elle donc ? Je la replace poliment sur la table tandis qu'elle fait semblant de demander pardon. Je regarde mon Albin qui, en grand esthète, se perd dans le vide comme s'il cherchait l'insecte sur une nature morte.

Mon ventre à présent me le crie : me suis-je déjà emmerdé plus solidement ?

Je m'aperçois que la Thuyone a quitté la table. Certain que personne ne le remarquera, je me lève à mon tour. Mes yeux s'habituent à la nuit, et je tombe nez à nez avec elle, cachée à observer dans un coin de la pièce. Elle déguste un cognac, les secondes s'égrènent au rythme de ses gorgées avant qu'elle ne chuchote :

— Albin...

— Albin est mon oncle, le dernier...

— ... oui, le dernier de quinze fils et d'une unique sœur.

— Ah, vous savez !

— De mes amis je sais à peu près tout, et l'espace qui me sépare de l'omniscience est mon lieu préféré. Plus je les interroge, plus ils croient m'avoir livré toutes leurs confidences, mais il reste toujours ce petit interstice où j'adore fouiller car c'est là que sommeillent les choses qui dérangent. Moi, j'aime les réveiller.

Avec moi, il lui faudra des années pour en arriver là ; j'en reste à des banalités :

— Mais Albin est surtout mon parrain, même s'il n'a que six ans de plus que moi.

— À votre âge, six ans, c'est une génération ! Mais parlez-moi de vous…

— Je prépare mon baccalauréat, madame…

— Oui, vous faites bien de m'appeler madame…

Son regard me transperce, elle s'est bien approchée et trempe son index dans l'alcool pour me le faire goûter : mon premier rouge à lèvres est une liqueur de feu qui me déchire le corps, aux antipodes de la froideur d'Albin qui a posé sa main sur mon épaule :

— Il est tard, rentrons.

2

Les paratonnerres

Mon père, il y a longtemps, voulut apprivoiser la foudre. Il s'associa avec son frère Jean-Pou pour fonder une entreprise de paratonnerres. Il aimait le travail et l'effort, peut-être en réaction à l'oisiveté de mon grand-père Pierri, dandy galant sourire aux lèvres capable d'écrire des fables et des chansons pour éviter de se mettre au travail, celui-ci, harassant, consistant à vérifier les revenus de terres dispersées de part et d'autre de la Méditerranée.

Les talents de beau parleur de mon père et d'ingénieur de mon oncle mirent rapidement l'entreprise sur pied. En quelques années seulement, elle devint la référence des peureux de l'orage. Pour décrocher la vente, il suffisait de décrire au client l'incendie, le patrimoine détruit ainsi que la dépense dérisoire en comparaison. À mille lieues à la ronde autour de Lyon, il n'y eut bientôt plus un bâtiment public, un pavillon d'exposition, une grange à foin sans son paratonnerre signé des Établissements Henry Frères, devenus Hyfrer un soir où il parut prudent de s'inventer une nouvelle identité : si l'affaire périclitait, le nom de la famille au moins ne serait pas souillé.

Mais le plus exaltant des marchés s'avéra être celui des clochers d'église : une manne. Ce fut l'exploit de Joseph, autant commercial que politique, et dont il abreuva les dîners de famille : il fallait apaiser les relations entre catholiques et anticléricaux qui défrayaient la chronique et agitaient le gouvernement. Il pensait que ses paratonnerres pouvaient relier ces deux mondes autour d'un risque qu'ils avaient en partage et que ni les uns ni les autres ne maîtriseraient jamais sans les impeccables produits Hyfrer. « Ce sera ma croisade ! » riait-il de bon matin avant de fermer mon cartable en ajoutant : « Aristide Briand sera content. » Mon père se montra habile et conquit rapidement le diocèse lyonnais : en dépensant un peu, les communes fraîchement propriétaires des églises pouvaient s'enorgueillir d'éviter la foudre, et le Vatican de canaliser la colère de Dieu. Tout le monde était content.

La réputation des Établissements Hyfrer se répandit comme une traînée de poudre. Afin de répondre à l'afflux des commandes, l'atelier fut agrandi. Car une fois les curés conquis, mon père se présentait au seuil des maisons bourgeoises et châteaux alentour. Leurs propriétaires n'étaient pas si difficiles à convaincre, même les plus avares. Je le sais parce qu'il m'emmenait souvent lorsque j'étais enfant. Tous les deux, nous parcourions la campagne en voiture à cheval avec un ouvrier en guise de cocher. Avant d'en descendre, Joseph m'ordonnait d'attendre qu'on dépliât les marches : il s'agissait de bien se distinguer des vendeurs ambulants pour se faire introduire auprès du décideur. Chez ces gens-là, l'apparence joue un rôle autant que les acteurs de la scène. Il déclarait tout de go : « La dignité de votre nom mérite de s'élever jusqu'au toit ; notre paratonnerre vous distinguera du commun des mortels », puis réveillait l'instinct de conservation – « Imaginez un instant que le ciel entier s'effondre sur votre toit » – et la peur de tout perdre – « L'incendie dévore tout, la maison, les meubles... l'héritage de vos parents comme de vos enfants » – et finissait avec emphase : « Il n'est pas donné à tout le monde d'avoir un télégraphe relié à Dieu lui-même ! » Enfin il évoquait « La Lumeraie », la propriété de sa famille, sauvée au moins vingt fois de la catastrophe grâce aux produits Hyfrer.

De mon côté, je ne me souvenais pas que les orages qui m'empêchaient de dormir dans l'odeur de l'eau y eussent été si nombreux et ne comprenais pas s'il me fallait ajouter quelque chose pour l'aider à signer la vente. Alors je me taisais, savourant le passage de sa main dans mes cheveux, ce geste de tendresse qu'il ne donnait jamais en d'autres circonstances. Pendant le trajet du retour, à son tour il ne disait plus rien. Il dépliait avec soin l'accordéon d'une grande carte où il marquait un à un les lieux démarchés : une croix verte pour un succès, rouge pour un échec. Je voyais verdir les vallées comme une vaste oasis avalant la région. J'étais fier et guettais le coin de son sourire comme un trésor complice. À ces moments je crois, le silence entre nous paraissait suffisant.

Je m'en souviens comme si c'était hier, l'instruction était claire : rentrés à la maison, il n'était pas question de raconter nos journées. C'étaient des histoires d'hommes et cela ennuierait Chérie-Charlotte. Passé la porte, je redevenais le fils unique objet de toutes les attentions. Nous dînions tous trois de considérations sur ma prochaine école, mes résultats scolaires, mes insolences, mon futur compromis si je ne réagissais pas immédiatement. Si je voulais un jour entrer chez Hyfrer, il serait grand temps de se mettre au travail. Il arrivait même que ma vie entière dépendît du contrôle de mathématiques du lendemain ; c'était difficile à admettre. Lassé, je me levais de table : d'ici à ce grand tournant, il était temps de se laver les dents.

Papa du soir, sa voix de cendrier qui racontait l'histoire. Souvent, il choisissait des fables de Pierri avec leur arsenal de morales qu'il disait ne s'adresser qu'à moi en qualité de premier petit-fils, ou bien des aventures de chevaliers vainqueurs. À toutes il ajoutait sa touche personnelle : « Et chez Hyfrer, les marges sont confortables. » Ou « idéales », « aisées », « mirobolantes », « spectaculaires »... il changeait l'adjectif en fonction de la dernière rime. Il m'embrassait ensuite. Déjà, pouvais-je être appâté par le goût de l'argent ? Mais je n'y pensais pas et le samedi, à peine arrivé à La Lumeraie, je préférais partir à vélo avec mon cousin René, le fils de Jean-Pou.

Un jour, Joseph se mit à nous donner des tracts publicitaires à distribuer :

Établissements Hyfrer
54, rue Magenta, Lyon
Télégraphe : Hyfrer-Lyon
Société anonyme au capital de 200 000 francs
Fabrique de paratonnerres et pièces métalliques profilées

Tout bâtiment moderne doit s'équiper avec notre super-paratonnerre modèle Brian :

> *Emmanchement précis, excellente tenue au faîte, pointe chargée active.*
> *Convient à toutes les toitures, surtout celles exposées à grands vents.*
> *Capacité d'absorption garantie tout coup de foudre.*
> *Conducteur de descente et mise à la terre en cuivre, gages du meilleur écoulement électrique.*

S'ensuivait la reproduction d'un schéma simplifié des mains de Jean-Pou. L'ensemble était très esthétique.

Je me demandais comment diable un produit si saugrenu pouvait être l'objet d'une réclame aussi passionnée. C'est que les grandes personnes plaçaient leur énergie sur d'étranges sujets ou faisaient preuve d'élans qui souvent m'échappaient.

Enfin, en caractères gras :

> *Demandez notice et prix.*
> *Nous ne sommes pas des importateurs,*
> *Nous ne sommes pas des négociants,*
> *Nous sommes constructeurs.*
> *Nous sommes une affaire familiale.*

« Affaire familiale » jusque sur nos vélos ? René et moi préférions la désobéissance : nous n'allions pas nous arrêter à chaque boîte aux lettres, alors nous jetions tous les tracts par-dessus un portail en surveillant la terre entière pour ne pas nous faire prendre. Puis nous mesurions l'un l'autre nos cœurs battants, paume sur la poitrine. Et, pour cogner encore et de plus en plus fort, nous préférions la course. Je gagnais, il gagnait, je riais, il riait, nous bouffions les moucherons et la joie, surpris par les descentes, puis, exténués, nous finissions par tomber dans un champ chacun dans son sillon, égrenant des épis pour y tester nos dents et y faire la sieste en laissant s'affaler notre tête au soleil. Au réveil, un brin de paille humide au pourtour de la bouche, nous palpions l'étrangeté de nos cœurs pareillement ralentis.

3

L'azur phosphorescent

Certains dimanches sont propices aux photos de famille. Celle de mes grands-parents est un vaste sujet. Beau Pierri épousa pauvre Jeanne, seize enfants en vingt-deux ans, comme un ventre à plein temps. Mon père est l'aîné, bacchantes bouclées, lunettes ovales et fines devant ses yeux qu'il me donna, mélange de vert et d'or. Après lui, Jean-Pou – surnommé ainsi en raison de sa calvitie luisante, de ses dents avancées et de ses oreilles, disons, disjointes. Jean-Pou a épousé Simone – sans surnom, ce qui, dans la famille Henry, est une rareté qui pourrait être préoccupante, mais non: Simone est très aimée, et par moi en premier car son fils René, unique lui aussi, est plus que mon cousin. Nous avons hérité tous deux de la beauté de nos mères et grandi côte à côte sans que jamais elles ne nous comparent. René sait tout de moi comme je sais tout de lui; nous mentir est un jeu qui nous tient lieu de farce. Après Jean-Pou vient Marie, la seule fille! devenue « Marie-Millions » par son mariage avec Hubert dit « le Rebhut », austère par définition mais riche à foison. René et moi aimons bien Edmond, leur fils unique: il est le troisième larron de la foire, celui que l'on aime ou dont on se débarrasse selon l'humeur du moment. Son père ne s'adresse à lui qu'en latin : c'est d'une chiquerie ! Et comme ses traits au repos lui dessinent une tête en colère, on le surnomme « Jésus », le pauvre.

Joseph en un, Albin en bout, mon petit oncle, mon cher parrain. Et à part Jean-Pou et Marie entre eux deux ? J'oublie toujours les autres... Trop de pères, trop de mères avec eux, trop d'enfants, trop compliqué de s'inquiéter de tous. « L'amour est extensible, il n'a pas de limites », répétait ma grand-mère à chaque retour de couche, mais ma mémoire à moi, non. Ah si, de l'oncle Charles, je ne peux pas ne pas me souvenir : il est peintre, et partout à La Lumeraie ses toiles sont utiles. Ses œuvres enchaînent les styles comme les refus polis d'Ambroise Vollard, avant de faire office de paravent pour les plus grands formats ou de presse-livres pour les plus petits : chez les Henry, la peinture, comparée à la littérature, est un art secondaire. On le voit bien dans la bibliothèque, aux murs il n'y a pas un tableau.

Avec René et Edmond, nos matins étaient bien occupés : réveil tenté par la somnolence, descente sur la pointe des pieds au petit déjeuner, lutte contre le beurre dur et les pots de confiture impossibles à ouvrir, attente du facteur à vélo dans la cour, quête des pêches chez le paysan voisin en évitant les bouses répandues sur la route. Puis la patience au cours du trop long déjeuner et l'éloignement pour laisser les pères et les mères prendre leur café, lire ou converser, l'hiver au salon, l'été au parasol. Régulièrement, nous venions voir Charlotte :

— On s'embête... Qu'est-ce qu'on peut faire ?

Sa réponse était toujours la même :

— Prenez un couteau et faites-vous des barres rouges.

Que ma mère puisse nous inciter, même pour rire, à nous peler la peau pour nous faire saigner m'a toujours troublé. Que se serait-il passé si l'un de nous, un jour, l'avait prise au sérieux ?

Nous nous allongions sous la véranda et regardions les rosiers tressés sur l'arc des piliers nous picoter les pieds. Notre plus belle découverte fut celle d'un papillon gros comme un auriculaire aux ailes invisibles, tant leur battement devait être effréné. Nous fûmes fascinés par son vol statique et le déploiement de sa trompe qui plongeait au fin fond des corolles pour sucer le nectar. Je vis le cerveau de René se mettre en ébullition :

— Se pourrait-il qu'un jour l'homme accomplisse pareille perfection ?

Edmond et moi ne répondîmes rien, le papillon fila. Cette idée se ficha néanmoins dans nos têtes et transforma nos étés. Nous les passâmes désormais à bricoler dans l'atelier, à détourner tout ce que nous pouvions trouver pourvu que ce soit utile à un montage qui nous mène toujours plus haut : échelles de corde attachées pour grimper dans le cèdre, câbles et hamacs où renifler sa résine collante, tyrolienne finissant dans le bassin des moutons, ou encore, pièce mythique, cerf-volant à grand-voile.

Le soir, cachés sous les draps de mon lit, nous remplissions de dessins les carnets de René. Il y ajoutait les mesures reportées à l'échelle sur les petits carreaux. « C'est mon côté Vinci », gloussait-il, faussement modeste, en griffonnant le moindre espace libre de chiffres, de notes et d'ajouts.

Ce jour-là, je montai au ciel pour la première fois. Une rafale m'emporta à dix mètres au-dessus du jardin. Encouragé par René et Edmond, je ris à gorge déployée, les bras tendus et les jambes pédalant dans le vide comme sur un vélo à l'ascension d'un col invisible. Je m'approchai dangereusement du cèdre : jamais l'arbre ne m'apparut si grand. Allais-je m'empaler sur sa cime ? Je lâchai les câbles tout à coup et m'échouai sur ses branches étalées, dégringolai de l'une à l'autre comme un oiseau blessé et tombai à terre sur le tapis d'épines. Au loin, le cerf-volant, délesté de mon poids, vira, s'éleva peu à peu avant d'être avalé par le ciel de la plaine.

Affolé, mon père accourut et se pencha sur moi pour vérifier que j'étais sain et sauf. Je fus pris d'un hoquet de bienheureux et lui dis :

— Papa... je viens de... frôler la mort... et c'était merveilleux !

Dans ses yeux passa un éclair effrayant.

— Vivant, tu es totalement inconscient... Pour commencer, rends-moi ta montre – cette montre de gousset que Pierri et Jeanne m'avaient offerte comme à tous mes cousins quand nous avions su lire l'heure, preuve que nous étions grands. Et pour la punition, nous verrons cela ce soir avec ta mère.

Sa claque, flanquée en même temps, ne fut pas une volée, non, mais elle fut douloureuse sous le regard des pères et des mères. Tous debout, ils avaient interrompu leur activité pour rire eux aussi de la scène avant de s'inquiéter. Mes deux cousins, eux, se mordaient les lèvres au sang. Dans le silence, mon père se leva et me tourna le dos.

Aujourd'hui je comprends : avant cet événement, sans doute je l'aimais sans en être conscient. Depuis, je me demande comment se transforme l'amour quand on effleure la mort, le sien pour moi, le mien pour lui.

4

Les aviettes

Pour fêter nos quinze ans, il fallait que nos bricolages devinssent un peu sérieux. J'entraînai René et Edmond à participer à une présentation de machines volantes qui se tiendrait dans la commune voisine de Brindas. Nous trafiquâmes une bicyclette pour la transformer en « aviette », engin censé voler un jour : guidon rehaussé, soudure d'une structure derrière la selle, système de balancier récupéré sur une vieille machine agricole et supportant une aile de cinq mètres d'envergure. Avec ses nervures de bois et le papier transparent qui la couvrait, elle était censée imiter celles de notre papillon. Un jeu de câbles, de poulies et de charnières permettait des battements à l'aide de poignées à crans. On pouvait ajuster son inclinaison pour optimiser la prise d'air en fonction de sa vitesse. Nous nous acharnâmes à en diminuer le poids : béquille démontée, remplacement des pédales par de simples tubes, abandon du système de freinage ; au niveau de l'aile, nervures raccourcies, collage d'une unique couche de papier partout où cela était possible. Assises au pied d'un arbre, les mères s'amusaient de nos manœuvres en suçotant des verres.

Enfin arriva le jour fatidique. Nous apportâmes notre

aviette sur la charrette attelée du jardinier, après avoir démonté l'aile pour préserver sa fragilité tout au long du voyage. Mon père et celui de René nous accompagnèrent et nous surveillèrent sous prétexte de promenade digestive. La piste en herbe tondue s'étalait sur deux cents mètres de long et trente de large. Deux lignes y étaient marquées : celle du départ et celle où la vitesse maximale des engins qui concouraient serait supposée acquise – c'est à partir de là que la longueur des vols planés serait mesurée par les arbitres qui donnaient leurs instructions depuis les sièges hauts dérobés sur des courts de tennis.

Les concurrents s'agglutinaient vers eux et les saluaient par des gestes obséquieux. Ils étaient bien mis avec leur sifflet, leur carnet, leur monocle, la cocarde à leur veste attestant leur statut. La présence de journalistes et de photographes fit vibrer Joseph et Jean-Pou : les Établissements Hyfrer reprirent le dessus sur les estomacs et ils disparurent dans les poignées de main : leurs paratonnerres après tout méritaient autant des articles que les aviettes.

À la file des concurrentes, nous pouvions être fiers : même à l'arrêt, la nôtre avait de l'allure. Nous passâmes en revue les techniques de nos rivales : roues avec peu de rayons, fourches en bois, absence de selle... Il y en avait de superbes à aile unique, comme la nôtre, mais fixe au-dessus de la bicyclette ; un modèle à double empennage relié par des câbles de dix mètres d'envergure ; un aileron déporté sur l'avant comme une figure de proue qui orienterait le courant d'air vers une hélice... Et la palme de l'élégance pour un modèle à roue unique au-dessus de laquelle le pilote se coucherait pour mieux battre les ailes latérales.

La foule arriva : au bas mot un millier de personnes. Les

moteurs des automobiles affolaient les chevaux. Les femmes rivalisaient de corsets de soie, de jupes longues, de larges ceinturons, de souliers à lacets pour mieux marcher dans l'herbe. Sur leur tête, les capelines et les cloches débordaient de voilettes de fleurs et de plumes ; les plus folles arboraient des passereaux empaillés, de noires hirondelles au vol interrompu. Les hommes, eux, s'affairaient à la comparaison des machines. Quelque part, sans doute, nos pères. Les vestes noires s'ouvraient sur les gilets brodés et les commentaires fusaient sous les canotiers : c'était un charivari d'autodidactes endimanchés, d'apprentis ingénieurs, de passionnés qui ne nous toisaient pas, nous prenant pour de jeunes spectateurs.

Je ne savais plus où donner de la tête. Nous buvions du champagne au goulot volé dans les paniers de pique-nique. Je retenais mon souffle, sursautais aux coups de feu qui marquaient les départs. Avec René, nous ne nous lassions pas de voir se démolir les structures trop légères, de nous moquer des voiles déchirées, des ailes enflammées dans les déflagrations de moteurs mal réglés. Les départs se succédaient comme un grand show de catastrophes : pas une aviette ne se lançait, pas une ne décollait.

Soudain, la liesse fut interrompue : un régiment à cheval traversa la piste. Les conversations cessèrent et toute l'attention fut saisie par la trentaine d'officiers en tenue d'apparat, au trot, qui porta sur la foule comme sur les aviettes un regard dédaigneux. Je saisis le pistolet tombé sous un arbitre et tirai en l'air pour relancer la compétition. Le public fut surpris, mais les cavaliers poursuivirent, indifférents. René décida de profiter de la confusion et m'aida à prendre notre aviette en main. Je saisis les poignées à crans puis me mis à pédaler comme un fou. Mon corps entier brûlait d'une force inconnue, aidé par René et Edmond qui poussèrent l'aile en courant de chaque côté. Elle vibra de toute sa carcasse et moi au diapason, et à la faveur d'un coup de vent je décollai d'un bon mètre. Il s'écoula peut-être cinq secondes, autant d'éternités, avant que l'aviette ne piquât du nez et se fracassât au sol. Ivre, nez dans l'herbe et la tête enturbannée des restes de papier, mon corps remontait en riant dans ma bouche. René se précipita pour m'embrasser : je venais de gagner. Dans ses bras j'entendis deux exclamations : celle admirative de la foule et l'autre enragée de mon père.

5

Nubile

Il ne fut plus question de bricolage, de marteau ou de fer à souder, mais de pensionnat, de discipline et de dominicains. Nos idées devenaient trop dangereuses. L'atelier fut verrouillé et ni René ni moi ne trouvâmes où se cachait la clef. Mais, pour filer le temps, notre tandem avait de la ressource. Jouer au poker déshabilleur nous occupa souvent, tout en allégeant les mystères de notre puberté : nous les percions à deux. Dans l'un des greniers de La Lumeraie, René ce jour-là enchaînait les victoires, je perdais prodigieusement, je riais jaune, il ricanait. Quand mon père nous surprit, il lui fut bien facile de trouver son coupable. Il m'arracha du tapis et me fit descendre en me tirant par le poignet jusque dans le bureau où il avait l'habitude de travailler, même au cours des vacances. Dans le grand escalier, nous croisâmes Albin qui ne trouva rien à dire, d'autant que l'idée du jeu à punition était la sienne. Il fut éteint par le regard noir de mon père trimballant son fils nu à travers la maison comme une chose encombrante.

Derrière nous, Joseph referma la porte. Les rideaux tirés réduisaient le soleil à un rayon étroit. Mon père le traversa pour regagner sa place et m'ordonna de m'asseoir devant lui. Tout autour du sous-main, je distinguai dans l'ombre une tasse de café froid, une pendule bruyante, une étrange calculatrice à manivelle et une machine à écrire d'où débordait un millefeuille de carbones et de papiers à l'en-tête d'Hyfrer. Le dossier du fauteuil décuplait sa carrure. J'avais soudain si chaud, si peur... Mes fesses se collèrent au cuir de la chaise. Je sentis que le sermon n'aurait pas la douceur des fables de Pierri ; je resterais ce petit animal grondé par la nature et, même à l'épilogue, il n'y aurait de morale pour personne. Allait-il commencer par des reproches concernant l'indécence ou par ses préférés : l'incapacité à être sérieux, à me concentrer, écrire sans faute d'orthographe, mémoriser une leçon, lire au moins une heure sans m'arrêter, rester dans une école plus d'une année scolaire ? à déchiffrer la musique, à jouer du piano ? à rester digne, même en jouant aux cartes ? à tenir un registre, à distribuer des tracts ? – l'un de ses amis en rentrant chez lui avait trouvé le lot complet au pied de son portail. Ou tout simplement à obéir sans qu'il y ait menace ? Y compris à des dominicains munis de martinet ? Peut-être à réfléchir, tout simplement ?

Mais il ne dit rien. Il commença par me radiographier de bas en haut. Qu'est-ce qui le faisait taire ? La lumière rasante ? Mon regard pétrifié ? Mes pieds qui, plutôt que de se balancer dans le vide, étaient plaqués au sol ? Mon absence de pudeur, mes mains posées sur mes genoux et mes jambes écartées ? En balayant le lisse de ma peau, ma poitrine pileuse, mon duvet qui caressait ma bouche, il semblait découvrir à quel point son fils n'était plus un enfant. Ce fut la première fois qu'il m'apparut si vieux. Papa sous mes yeux se métamorphosait en un grand-père subitement lassé de chercher à comprendre.

Alors que la pendule décomptait l'attente, mon corps se détendit. Je me mis à songer : puisqu'il ne parlait plus, pourrait-il s'emparer de mon propre silence et libérer l'espace où patientaient les mots que jamais je n'avais su lui dire ? Mais le miracle hélas ne se produisit pas et, sur le bureau, les attributs des Établissements Hyfrer me parurent sombres et sales. Son regard lassé se posa sur sa tasse : je compris qu'il ne me proposerait plus jamais d'y tremper le carré de sucre encore sur la coupelle.

Chérie-Charlotte entra dans la pièce sans avoir frappé, me tendit mes vêtements et nous indiqua que Pierri et Jeanne ne souhaitaient pas attendre pour dîner. Le son de sa voix me sembla étranger. Alors qu'elle s'en allait comme elle était venue, je m'habillai, il se leva puis s'approcha de moi sans me prendre la main. Je sentis sa tiédeur, et c'est côte à côte que nous descendîmes le grand escalier. Marche après marche, je me posai de nouvelles questions. Que devrais-je faire pour être à la hauteur ? Comment me comporter ? Comment inventer ce qui pourrait lui plaire sans jamais me tromper ? Fallait-il cesser d'être naïf pour devenir adulte ? délaisser René ? faire comme si la Thuyone ne m'avait pas cueilli ? abandonner la joie ? Je fus saisi par la mélancolie : je réalisai que, chez mon père, seuls les reproches méritaient d'être dits et qu'être né comme moi dans la chance imposait des efforts, un travail permanent et jamais de folie, de bravos, jamais de récompenses.

6

Un parapluie

Un parapluie, emporté par le vent, fait se cabrer le cheval d'un fiacre. La voiture voisine ne peut freiner à temps, le corps de Joseph disparaît sous le châssis et la stupeur des passants sous les hennissements. À l'hôpital, mon père ne supporte pas la double amputation et meurt quelques minutes après l'opération. À sa Chérie-Charlotte, que murmure-t-il avant de s'en aller ? Je vois ses lèvres agitées, je veux dire, les lèvres agitées de ma mère. À moi, il offre cette longue caresse qui est son dernier mot. Du bout de ses doigts nus, elle traîne sur ma peau, détaille mes cheveux, mon front, mon nez, ma bouche, de nouveau mes yeux, qu'il ferme, mes joues, mon cou, ma bouche, que j'ouvre pour m'aider à en extraire un son. En vain. Je crois qu'il me découvre, ou bien qu'il me dessine ou encore qu'il dérobe mon portrait comme dernier souvenir avant de lâcher prise. Moi, je n'ose pas m'approcher, me pencher, l'embrasser, l'émotion est si forte, ce sont mes larmes qui le touchent.

Le chagrin éclate-t-il aussi fort que la foudre ? Et plus encore quand il pleut des cataractes ? Je ne sais pas, c'est la première fois que je rencontre la mort. Alors j'attends le retour de Jean-Pou pour savoir ce qu'il en est. C'est à lui que je veux poser la question, et je veux qu'il me réponde. Quel effet produit-elle sur un frère ? Je suis un peu voyeur c'est vrai, et peut-être méchant. Le voilà, j'entends la porte s'ouvrir. Il a le visage ridé des journées fatigantes mais, c'est évident, il n'a pas pleuré. Il m'ignore, à son tour ne dit rien. Avec parrain Albin c'eût été différent, c'est certain.

À table, Jean-Pou ne s'adresse qu'à Charlotte et parle de moi à la troisième personne alors que je suis-là, juste à son côté. Moi, fils unique, si jeune, à peine dix-huit ans, mes notes et mes capacités, mes choix et mes devoirs, longues phrases mutant ma jeunesse en carrière, Hyfrer et mon futur. Je m'enfuis dans la bibliothèque où j'évite l'assise défoncée comme les accoudoirs élimés du fauteuil paternel et tombe sur le tapis. Au ras du sol, la poussière persane rivalise d'odeurs avec les cuirs des couvertures et les vieux papiers. Charlotte m'y rejoint. Près de la cheminée, trône le piano droit dont elle a hérité et où opère l'accordeur qu'on a oublié de décommander. Elle n'y joue jamais, mais me dit que l'admirer lui suffit pour entendre sa mère chanter ses plus tendres années. Elle perd son mari et retrouve sa mère, elle perd son bouclier et recherche son ventre, elle s'assied et me dit se revoir s'amusant à jouer sous la feutrine qui couvre le clavier pour deviner les notes. L'accordeur est aveugle et règle l'instrument grâce à sa seule oreille. Leurs deux regards éteints s'accrochent à l'angle du plafond en quête d'un miracle, peut-être la frappe d'une corde révolue, peut-être le remède d'une musique ajustée.

7

Ce soir-là

Dans ma chambre, m'étendre sur le dos
Ne pas fermer les yeux, ici le piano ne dit rien, le sommeil est si loin
Mon père mort, moi vivant

Ne pas fermer les yeux
Sourire, si je le peux
Imiter son allure et son corps étendu au fond de son cercueil
Croiser comme lui les doigts sur ma poitrine
Ne pas toucher ma joue, ne pas pleurer
Imaginer ce qu'il penserait de moi, mes mains sur la poitrine
Crucifix dans les siennes et vide dans les miennes
Croire qu'il en rirait plutôt que me punir
Car imiter, ce n'est pas ressembler
C'est provoquer l'instant pour se moquer du monde
Et espérer qu'il vienne pour me féliciter de mes talents d'acteur

Ce soir-là

Ce soir-là, étendu sur le dos, les doigts sur ma poitrine
Ne pas fermer ces yeux qui sont comme les siens
Ne plus être un enfant sans l’avoir décidé
Réaliser soudain moi prochain dans la tombe
Et pourtant
Refuser de vieillir
Se sentir vulnérable à la foudre et à tout accident
Loin de sa protection

M’asseoir comme lui sur le grand escalier
Être au centre sépia de la photographie, avec son front, son nez, sa bouche
Endurer qu’on répète « Tu ressembles à ton père »
Quand on n’a pas de mot pour dire le temps qui passe
Qu’on ne veut pas se voir au fond de son cercueil
Et qu’on croit consoler qui la mort a touché

Ce soir-là, dans ma chambre, m’étendre sur le dos
Devant l’écran grouillant d’images inventées
Lui enfant courant sa Lumeraie le feu dans la poitrine
Son vert paradis avant d’être le mien ?
M’y baigner nu dans le bassin, mais lui, mon père, nu ?
Moi, baiser volé au cou d’une cousine, mais lui, ses lèvres ailleurs que sur maman ?
Moi, me poudrer les joues d’ailes de papillons, mais lui, quelle fut sa folie ?
Lui, une vie d’adolescent, pas seulement de père ?
Non non, ne pas nous comparer et ne pas m’agiter, le sommeil est si loin

Croiser les doigts plutôt, étendu sur le dos

Ne pas fermer les yeux, il me les a donnés, vert et or à la fois

Ce soir-là, pas nous réconcilier, non, nous n'étions pas brouillés
Mais trouver le chemin où nous tenir la main
D'abord sur ma poitrine, le piano est fermé, et la sienne est si loin

8

Reprendre mes esprits

S'estompe la question « Que va-t-on faire de toi ? »
Si je ferme les yeux, que vais-je faire de moi ?

Reprendre mes esprits
Me résoudre à y croire
Sourire
Mon père mort, moi Vivant
Être digne
Faire comme si ce prénom valait pour ce seul jour
Et m'imposait toujours de me tenir debout

9

Hyfrer sans lui

La fabrique s'occupe d'éclairs instantanés, pas de peine qui dure. Charlotte et Jean-Pou passent désormais leurs journées ensemble et, le soir, notre appartement de Lyon devient le théâtre de dîners professionnels où se traitent de futurs contrats ; on y parle vision, planification, évolution nécessaire à apporter à la gamme des produits. On m'impose d'être à table avec ce joli monde sous prétexte que j'ai obtenu mon baccalauréat depuis un an déjà, et mon avis est sollicité entre la poire et le fromage. Charlotte et Jean-Pou ont tous deux sur moi des regards insistants ; celui de ma mère mélange espoir et doute, celui de mon oncle inquiétude et interrogations. Mon cher cousin René n'est jamais là, Jean-Pou vient toujours seul avec clients et fournisseurs ; je dois l'interroger pour avoir des nouvelles. Notre rapport a changé, il n'est plus cet oncle coquin amusé de mes plaisanteries, mais un homme en costume à qui je dois venir faire ma révérence.

Entre l'atelier et les voyages, Charlotte ne s'arrête plus. Elle s'appuie sur lui pour tout ce qui concerne l'ingénierie et me demande de l'accompagner à la fabrique de plus en plus souvent. Parfois, au détour d'un couloir, on me parle de sa froideur mais on reconnaît ses capacités à prendre les bonnes décisions. Elle m'abandonne souvent dans l'atelier où ouvriers, contremaîtres et comptables viennent me décrire leur travail comme si de rien n'était, me parler de mon père, de l'ambiance changée depuis qu'il n'est plus là, de comme je lui ressemble et de tout le bien que partout ils entendent de moi. On dirait que mon arrivée future à la tête de l'entreprise sonne déjà comme une évidence.

C'est un beau matin que vient l'assaut final. Charlotte trouve l'inspiration alors que son parfum coule sur mes tartines :

— À Paris, les coupoles haussmanniennes ont fleuri sur de nombreux bâtiments, et leurs tiges manquent souvent de décorum. C'est un marché qu'il nous faut conquérir. Quant aux vitraux spectaculaires de celles des grands magasins, ils sont dépourvus de protections adaptées.

— Ah...

— Qu'en penses-tu ? Avec l'incendie du Bazar de la Charité en 1897, nous avons l'argument : près de cent vingt femmes grillées en deux heures seulement, dont la crème de la crème venue pratiquer ses bonnes œuvres.

— Mais l'incendie du Bazar n'est pas dû à la foudre... C'est l'éther d'une lampe qui a pris feu dans le projecteur du cinématographe !

— Qu'en sais-tu donc ?

— C'est Albin qui me l'a expliqué.

— Albin-je-sais-tout... Peu importe, un incendie dans un grand magasin reste une catastrophe. Tu n'auras qu'à faire imaginer la scène au Bon Marché et aux Galeries Lafayette, et tu ajouteras que leur rayon fragrances est une bombe à retardement.

— Mais pas à La Samaritaine ? ni aux Galeries Printemps ? Les clientes de ces deux-là pourraient bien brûler vives ?

— Ne fais pas l'imbécile, grogna Charlotte en refermant son sac. Tu sais qu'il te faudra faire un jour ton service militaire ?

— Ah, mon Dieu ! encore une corvée que j'avais oubliée...

— Justement, avant, tu rentres chez Hyfrer et, à Paris, tu logeras dans le deux-pièces que j'ai loué du côté du Châtelet. J'y viendrai aussi désormais plutôt qu'à l'hôtel.

— Amen.

La porte claque déjà, elle ne m'a pas entendu.

Pardon papa-en-moi, on ne dit pas « elle » en parlant de sa mère, je sais.

10

La fosse aux lions

Albin s'est toujours plu à me cajoler :

— Je ne te veux que du bien, petit filleul, et la Thuyone a insisté pour que ce soir tu m'accompagnes.

Cette perspective me ravit ; je simule :

— Quoi, moi ? Dois-je en être flatté ?

— On dirait qu'elle s'inquiète du décès de ton père.

— Papa ?... Là-bas... chez elle ? Elle le connaissait ?

— Mais non, l'inquiétude est pour toi !

— Qu'est-ce que tu racontes, nous ne nous sommes vus qu'une fois...

Albin ne m'entend plus, perdu dans sa garde-robe et le choix de sa poudre à cheveux. Mais je me surprends à ne pas me faire prier, me voilà déjà prêt. Une part en moi n'attendait que ça ! Sur le gilet d'Albin, d'un blanc éblouissant, un parterre d'étoiles est brodé de fils d'argent.

— Mais que vas-tu chercher avec ce ciel sur toi ? Oh, voyez-vous ça, il y a même une lune ascendante juste au-dessous du cœur ! Aurais-tu pour ce soir quelque projet galant ?

— Tais-toi donc.

— Suis-je bête ! La Thuyone ne t'a rien dit de moi... c'est toi qui as besoin de moi ! Dis donc, serais-je ton faire-valoir ou ton faire-diversion ?

Parrain n'apprécie pas et file devant moi, je cours le rattraper.

Nous arrivons chez la Thuyone et passons les barrages ; dans l'escalier, le sourire des statues est bien plus insistant. La porte est grande ouverte, l'aboyeur identique, l'assemblée plus nombreuse affairée comme la dernière fois. La Thuyone me surprend par-derrière en me masquant les yeux et ses gants pleins de bagues pressent mes paupières :

— Voilà ma fontaine à surprises ! Comme vous avez grandi, Copeau, désormais sans papa !

J'hésite entre éclater de rire ou en sanglots. Pour me redonner de la contenance, je choisis de reprendre la conversation de notre première rencontre comme si nous venions de l'interrompre. Je l'entraîne bras dessus, bras dessous du couloir à la bibliothèque :

— Un jour où le temps serait à ce beau fixe qu'on espère en vacances, on aurait importé dans votre salle de bains une forêt primaire grouillante de phasmes et de coléoptères, et même d'un iguane tout à fait immobile. Le débit de la douche ne serait que d'eau chaude.

— Tous les convives perdus dans ses vapeurs ?

— Oui, leur chevelure aplatie dévoilerait d'inconnus accidents aux formes de leur crâne...

— ... et l'encre des teintures dégoulinerait sur les cols cassés...

— C'est cela, l'huile des maquillages lutterait avec l'humidité, et leurs visages prendraient des airs de tragédie où, feignant de jouer du boulevard, ils se diraient enfin des vérités. Au début, on se moquerait des poitrines trempées et jetées en pâture à la communauté...

— ... mais alors, revenu au salon, on aurait froid, rit-elle.

— Exactement ! Ils frissonneraient tous !

— ... plus tard viendraient les fronts rougis prémices de la fièvre...

— ... et l'on se précipiterait sur l'alcool comme un cerveau malade avide de pilules. Au milieu de la nuit, nous ne serions plus dans votre appartement mais perdus à l'hospice. Croyez-moi, on apprendrait des choses autrement que durant vos dîners ! Qu'en dites-vous, madame ?

— Mais mon pauvre Copeau, descendez donc de votre canopée... Qu'avez-vous en commun avec la forêt vierge ?

— C'est que...

— Ah mon Dieu, vraiment ?

Elle m'attire dans la salle à manger. Nous passons devant le salon de musique. L'orchestre cette fois joue un jazz effréné et non plus du baroque. Placé presque en face d'elle, je vois quand elle se lève. Le temps passe, puis la musique cesse, on entend quelques chuchotements, une manière tout à elle d'exiger le silence. Alors la Thuyone apparaît, se détachant de l'obscurité accompagnée d'un animal étrange. Il tient dans ses bras. Sa bretelle tombée dégage ses épaules et le bas de son cou se confond avec le teint doré de la créature. Qu'est-ce donc ? La Thuyone vient-elle d'accoucher d'une chimère sans que l'on s'en rende compte ? Un félin, croyez-vous, vraiment ? La mord-il ? La tète-t-il ?

Elle s'approche des flammes sans le quitter des yeux, les doigts perdus dans la fourrure. Est-ce un ronronnement ? ou la rumeur de l'étonnement ? D'un geste lent, elle vide une vasque au centre de la table et l'y dépose : non pas un seul, mais deux lionceaux mordillent son téton et ses doigts une dernière fois. Les félins se fraient un chemin tout en désinvolture, pourlèchent les restes d'aliments et renversent les flûtes sans prêter attention aux cris de peur concurrents de l'extase. Je suis le seul à remarquer qu'elle a de nouveau disparu.

Dans l'ombre, on tire mon fauteuil, je me lève. Nous nous retrouvons à l'angle où une table déborde de carafes, d'alcools, de verres de toutes formes. Dès que je la vois, elle me prend la main, se met à courir, je disparais dans les mèches qui étincellent devant moi vers un autre escalier que je n'avais pas vu. Après quelques marches, elle s'arrête et se tourne :

— Votre prénom, déjà ?

— Vivant... je suis... – mais je ne peux finir ma phrase.

Se baissant vers moi, elle approche ses lèvres. Je n'en crois pas mes yeux : ce soir, les siens sont transparents.

— Irons-nous Vivant jusqu'à la fosse aux lions ?

J'avale son parfum. Sa main toujours dans la mienne, elle reprend l'ascension comme au quai d'un paquebot qu'il ne faut pas rater. Le couloir de l'étage s'avance dans un noir absolu où je n'entends que mes essoufflements tambouriner mes tempes. Une porte, de cabine peut-être, puis deux, une grille, une rambarde, peu importe, pas de lanterne allumée mais des soupirs de feu dans le fond du foyer, un baldaquin doré, miroirs réfléchis, parfum de roses et cendres mélangées. Nous y sommes. Il y a un tintement cristallin. Elle m'offre ce verre minuscule que je devine rempli de la célèbre absinthe. Il se pourrait bien que ce soir ce soit mon tour de faire mon trou dans Paris. Dès la première gorgée, un monde parallèle s'invite dans la chambre. Elle tombe et je la prends, ou je tombe et elle me prend, qui déshabille l'autre ? Comment saurais-je agir, luttant sur le tapis ? Elle m'embrasse et se lève, son sexe imberbe à hauteur de mes yeux. Je me demande pourquoi le mien ne l'est pas tout autant tandis qu'il hoquette au rythme de mon sang : elle n'est pas l'origine du monde mais simplement du mien. Elle m'attire dans le lit où nous nous asseyons, pose mes mains sur ma poitrine, caresse mes cheveux, me dévore les lèvres et m'aspire la langue puis me pousse et s'allonge. Elle me manipule, est-ce ainsi qu'on existe ? Elle attire nos doigts, sa cambrure m'apprend où insister, puis elle se retire, je me plais à poursuivre pour goûter cette voix que je ne lui connais pas. Elle se relève et m'approche la tête, m'invite à découvrir que la résine de l'alcool n'est pas de thuya mais de là où dérive ma langue insatiable. La Thuyone m'enlace, nous roulons, elle me guide, je la pénètre, vais, viens, les fesses entre ses mains, dans cet embrasement que je crois égoïste alors que la furie la gagne et qu'elle chante « Attends ! attends ! Retiens ta déchirure, retiens tant que tu peux mon joyau préféré, retiens le cri de ta première fois ! » Je peux, un peu, beaucoup, mais ne suis plus qu'un muscle avant de déverser mon corps relâché.

Depuis la cheminée, une reprise du feu projette ses oranges et me ramène aux draps, nos soupirs s'entendent à nouveau et nos chairs abandonnent. Éreinté, je m'affale et chuchote :

— La prochaine fois...

— La prochaine fois tu le feras avec ta femme.

Elle me pousse hors du lit, je ne comprends plus rien et me rhabille en précipitation plutôt que de la contempler franchir le bord du sommeil, cavalcade puis chevauche la rampe comme un gamin et, dans la glace du hall, c'est mon père que je crois voir courir la fortune avant de m'effondrer sur le pavé de la rue, mosaïque luisant aux griffures de ma joue. Je me relève et sais : je ne finirai pas dans le ciel des mourants. Je vivrai.

11

Moustache

Au plaisir de ma mère, je travaille chez Hyfrer sur les pas de mon père. Je n'avais pas imaginé que son testament attirerait comme un paratonnerre. Je partage mon temps entre Paris et Lyon, et ce sont les voyages en train que je préfère : ils me laissent le temps de la lecture et de la rêverie. Les gares sont toujours bondées dans le flot des vapeurs, le sifflement des machines et les cris de porteurs. Chaque fois que je grimpe dans un wagon, j'ai l'impression de partir avec le monde entier. Je retrouve l'âcreté des parfums mélangés, regarde les compartiments se remplir et aide à porter les bagages sur les grilles en hauteur. La secousse initiale voudrait que je m'asseye, mais, toujours debout dans le couloir, j'admire Lyon qui se révèle sous un jour que je lui connais mal, ses habitats de brique, ses devantures pleines, ses constructions bancales, ensuite pâturages, hêtres pourpres où le vent se devine, haies de ronces, refuge pour les oiseaux que je voudrais entendre, bétail regroupé, là-bas, si près de l'eau. Sur les vitres des fenêtres et des portes coulissantes, les reflets de la campagne rebondissent et composent de furtifs tableaux : le soleil se morcelle, des voyageurs semblent s'évaporer au-delà des nuages et des arbres envahir des bancs inoccupés. Derrière moi, des enfants s'amusent à titiller des chats dans leur panier d'osier à moins que l'un d'eux ne s'empare d'un ballon. Une porte refermée suffit à oublier leurs parents derrière le rideau et à transformer le couloir en terrain de jeu favorable à la course, aux glissades, aux meilleures libertés. Quand je suis fatigué de jouer avec eux et qu'ils me bousculent ou m'écrasent les pieds, je cherche une place où, après une courte conversation avec des inconnus, je peux continuer mon livre. Parfois, quand les roues tapent un peu fort le pointillé des rails, le paysage sans rien dire me reprend, la Dombe me présente sa faune de marais, le Morvan son brouillard langoureux, la Bourgogne l'alignement sans fin de vignes séculaires et le sommeil léger ma tête balancée.

À peine arrivé, je m'offre un café sur le zinc et vais à pied jusqu'à notre appartement pour me mettre au diapason de Paris, même si je suis agacé par ses rues et places impossibles à traverser, grouillantes de calèches, de bicyclettes, de voitures et d'omnibus à impériale. Près du Châtelet, l'odeur pestilentielle de l'urine de cheval se mêle à celle des vespasiennes, mais elle ne m'empêche pas de rêver devant les affiches des spectacles placardées sur les colonnes Morris. Ah ! si je m'offrais une pièce avec Sarah Bernhardt ? Il faudra que j'en parle à Albin.

Un matin pluvieux, la chance me sourit sur un trajet de Paris à Lyon : je me retrouve seul avec un homme gris dans un compartiment dont le carreau est cassé. Je lui propose de partager mon plaid, son livre est barbant, c'est un homme simple mais visiblement érudit, et il me parle comme si nous nous connaissions depuis longtemps déjà. Il est heureux d'abandonner la grande institution qu'il dirige pour quelques jours de petits soins maternels au soleil à ne s'occuper de rien d'autre que de l'heure de la sieste : « Ma mère est ce point cardinal à nombreuses vertus », sourit-il avec bonhomie, « c'est toujours à elle que ma boussole me ramène. » Le métier d'Hyfrer l'amuse avant de le glacer : c'est le musée du Louvre dont il a la charge, et c'est moi, un si jeune homme, qui lui ouvre les yeux sur le risque de la foudre auquel ni lui ni ses adjoints n'ont jamais pensé. Dans le bruit de la pluie s'infiltrant par endroits, je décide de ne pas me contenter de lui vendre vingt paratonnerres mais aussi de tester une idée qui m'est venue la veille alors que je cherchais la joie dans la récurrence des travaux de ménage. Il faut assortir l'affaire d'un contrat d'entretien, car, oui, le toit de La Dentellière, de la Vénus de Milo et de La Joconde mérite son passage en revue annuel, l'aiguisage de ses pointes, la vérification de la corrosion et des attaches des câbles tout autant que notre appartement ses coups de balai, de serpillière et ses changements d'ampoule. Je constate avec bonheur que tout cela sonne comme une évidence pour ce cerveau anxieux : il ne fait pas un pli.

À mon retour triomphal à la fabrique, je retrouve les faveurs de Jean-Pou : « Le contrat d'entretien, cette manne de revenus réguliers, quelle idée fantastique ! » Mais le bonheur dans les yeux humides de ma mère me trouble : me voit-elle moi ou ne suis-je que le glorieux successeur de mon père ? Le champagne coule à verse, « Tout Hyfrer est si fier ! » crie-t-elle en trinquant.

Décidément, je suis le bon garçon qui succède à papa, c'est mon parrain Albin qui le répète en me rappelant aussi que c'est un grand honneur d'accomplir ce qu'on attend de vous, mais que ce n'est pas donné à tout le monde de dépasser son maître aussi tôt. Sans doute. Alors je décide qu'il me faut une signature à moi, un blason, un drapeau, mes couleurs. Et pourquoi pas une moustache dont la forme serait unique ? J'y réfléchis, passe des heures devant ce miroir à cadre de bambou et fais des tentatives : l'aventure du Louvre doit me galvaniser le portrait. Joseph se serait étonné de me voir pour une fois aussi calme et concentré. Je lis même des livres sur l'art de la chose à travers l'histoire et tous les continents. Je crois que je lui ressemble un peu dans cette nécessité d'être encyclopédique sur des savoirs infimes. Moustache asymétrique ? Impossible, même le désordre a ses codes... À franges ? Non, je laisse à Edmond le rôle de l'abat-jour. Fine, double et pendue bien au-dessous de la mâchoire ? Je ne suis pas chinois... Ni chevron ni guidon. Ni fer à cheval ni pinceau, ne pas copier René. Ni morse ni crayon, non... C'est de grand-père Pierri que vient l'inspiration. C'est ça, je me souviens : à La Lumeraie, un beau midi qu'il s'endormait et que sa tête l'embarquait comme un phoque glissant sur sa banquise, j'avais observé les poils blancs saillant de ses narines. Je m'étais approché : l'un d'eux, bouclé sur lui-même, devait mesurer pas moins de deux centimètres : merci grand-père. Ce sera donc de l'intérieur de mon nez que poussera ma moustache : elle couronnera mon philtrum que Charlotte m'a fait canonique et que je raserai toujours au plus près. Merci maman.

Il faut attendre plusieurs mois pour que la chose prenne forme, mais j'ai tout mon temps, et Pierri m'a transmis ses narines fertiles. À grand renfort de patience, de soins et d'étirements, dans un geste très travaillé de l'index et du pouce, je file une moustache nasale qui est désormais l'étendard des Établissements Hyfrer de Lyon à Paris. On en parle comme d'une publicité brillante : c'est elle qui m'ouvre les marchés des gares de Lyon et d'Orsay dont il faut sauvegarder les précieuses horloges. Charlotte et Jean-Pou ne peuvent donc s'en plaindre malgré le dégoût qu'elle leur inspire. Je m'en réjouis : je tiens ma mère et mon oncle par mes idées géniales autant que par la moustache.

12

Paname

Vingt ans déjà, et un numéro à ma table, le 2. Je ne me refuse rien et sors à présent sans Albin : il est grand temps que je m'amuse. Au cabaret, quelques billets ont raison d'Arthur, le portier, pour camoufler mon âge. Je me métamorphose en oiseau de la nuit : queue-de-pie, jais sur la bande du pantalon, chapeau claque à peine convexe où je pique les plumes de pigeon trouvées sur mon chemin, mais toujours aucune chemise : torse nu sous les revers de soie. Et toujours mes sandales, bien sûr, pas de chaussettes ni de chaussures de clown dont rien que le vernis serait un vrai souci. Avec le temps, ce n'est plus la peine d'arroser Arthur pour lui baisser la garde, il me connaît trop bien. Car je suis un habitué et il sait que ma tenue ravit le patron et comble les touristes avec cette élégance so French mâtinée de folie. Ah, Paname ! Ah, Montmartre, tes moulins sont plus réputés pour leurs scandales que pour leur farine ! Leurs ailes nous mentent : elles tournent à l'électricité depuis que le vent bute sur les immeubles en construction...

Dans la salle, la table numéro 2 frôle une colonne à décor

de faux marbre et ne laisse que peu d'espace pour s'asseoir ; mais elle touche la scène. Je m'y faufile et transforme cet angle minuscule en place où m'amuser. Je suis ici mieux qu'à ces premières loges de théâtre où petit-oncle Albin fricote dans mon dos et m'empêche de profiter du spectacle. D'abord je m'amuse à mesurer sur quel pied danse l'équilibre des couples, ardeur ou lassitude, jeunesse ou habitude. Puis je me concentre sur ce moment où les conversations suivent la lumière des lustres : intensité réduite avant de totalement s'éteindre. Ne reste de vivant que les feux de la rampe qui lèchent le rideau et les rambardes scintillant de leurs décors de cœurs. Les femmes s'octroient une giclée de parfum, retirent de leur sac un miroir de courtoisie pour, d'un signe, peigner un cil ou farder une joue. Les hommes remettent le monocle et abandonnent le cigare. À ce moment précis, la salle entière devient spectatrice, l'impatience flotte et les désirs convergent vers les passementeries du rideau. Leur chatoiement déborde sur ma table comme une flaque pourpre : j'ai l'impression de faire partie du cirque.

Tout à coup il s'ouvre. La musique explose sous une lumière vive et les applaudissements. Chaque semaine, les décors surprennent : vendredi dernier un ciel enturbanné de Perse, aujourd'hui un panthéon d'Égypte, pour Noël une forêt de neige artificielle et pour Pâques une mer en chocolat. Dans ce tour du monde toujours recommencé, le cancan chahute son langage universel, balance ses quadrilles, ses claquements de bottes rouge et bleu, son orchestre déchaîné, ses costumes de plumes, ses hurlements de filles et de garçons, ses poneys à houppette, ses grands écarts et ses pirouettes, ses bataillons de cuisses et ses fameux coups de cul, géniale invention de la Goulue dont j'ai punaisé l'affiche au-dessus de mon lit, frustré de n'avoir pu connaître ce nabot de Lautrec.

Aucun détail n'échappe au buvard de mes sens : les cris, l'excitation, les bravos, le champagne, les culottes à couleurs, la coquine repérée qui n'en a pas mis, les froufrous, les jarretières, les étoiles collées aux aréoles des seins, les pluies d'or en paillettes jusqu'aux bouches écarlates... on en mangerait. D'ailleurs j'en mange, dévore même les baisers des danseuses envoyés de la scène qui rient maintenant du trac évanoui, et moi moi moi je suis le roi qui n'a qu'à tendre la main pour qu'on la lui brûle en la couvrant de lèvres.

Après le spectacle, je deviens la meilleure commodité de la troupe. Je cours dans les coulisses pour mener les chevaux miniatures à leur stalle, je rejoins les artistes et tourne dans les loges où l'on parle de moi, on me prête pour effectuer maintes prestations selon que l'on est encore ardent ou bien trop fatigué, car je sais tout faire. On m'aime, on chante ma jeunesse et me tire la moustache hors du nez pour me faire souffrir. Je recueille les confidences et les réécris pour pimenter l'intrigue. Je déshabille des costumes et simule ne pas trouver le change, je monte sur les genoux, dégrafe les colliers en mordant les fermoirs, dévisse les ampoules à mains nues, caresse dans la pénombre les hommes et les femmes et ne dédaigne pas qu'on me pique une plume pour une dernière danse où je mime un faisan affolé au sortir d'un bois. Tout cela n'a aucune importance, on sait depuis longtemps que je me rase la poitrine, ce n'est plus un sujet ni une curiosité.

Et je suis encore de ceux qui partent au restaurant où je pourrais faire croire que je suis un saltimbanque si je ne portais cet habit dont les plis repassés me démarquent des autres. Car le danseur, lui, s'habille toujours de flou, et il ne lui viendrait pas à l'idée de se vêtir d'un tel sarcophage. On rit de moi, aussi, c'est vrai, de mes mots de bourgeois, de mes fausses spartiates, de mon métier stupide, mais je m'en moque. Je sais le pouvoir des mascottes et des porte-bonheur, c'est ce que je leur fais croire : « Tant que je serai là, table numéro 2, vous aurez du monde ! Et tant que je serai Vivant, le spectacle vivra ! » Alors on me fête à nouveau et l'on trinque à ma gloire, à la scène, à ma fidélité, à mes jolis cœurs et à mes préférées, et, poussé par l'aubergiste qui rêve de dormir, on m'évacue, on me tient par l'épaule jusqu'au troisième croisement pour me laisser purger dans un coin, là où pissent les chiens. Enfin, il faut se séparer : je suis raide comme un paratonnerre, on m'asperge de parfum, on s'échange des au revoir tragiques auxquels les riverains répliquent par des seaux d'eau. Encore un orage, les éclairs et la foudre ?

13

De bon matin

Dans le clair-obscur de ma gueule de bois, je crois percevoir un bruit.

Insistant.

Frappe-t-on à la porte ?

D'abord trois coups.

Qui sonnent dans les cales au vaisseau de mon lit.

Puis trois autres.

Je me lève, regarde ma montre-bracelet : il n'est pas si tard, bon sang…

Un coup encore.

Rideau de cabaret ? Entrée chez la Thuyone ?

Ou mon cerveau qui cogne comme s'il devait se décider pour la première fois ?

Je reprends mes esprits. Au cours de cette nuit-là, quelque chose a bougé. Je m'habille et me dirige vers le salon. Ma mère est là ; ses cheveux blanchis et son air identique à la tristesse de sa robe me sautent au visage. Sa nuit a dû mal se passer, le train aura tardé, elle se sera disputée avec Jean-Pou, les derniers résultats de la fabrique auront été décevants ou mes contrats à Paris auront été si beaux mais si longs à venir. Son corsage monte très haut et finit par un col de tulle vert et noir qui borde son visage au fil de son menton. Elle s'approche, la chaîne de son sautoir bondit sur son pas décidé ; nos joues se cognent et je sens ma peau rêche accrocher le tissu.

Puis je m'assois au bord du canapé ; elle fait de même, très près. Trop, je me décale un peu : elle n'est pas René.

Tant pis, je prends la parole avant qu'elle ne le fasse :

— Plutôt qu'un service militaire, je ferai Saint-Cyr.

— Saint-Cyr ?

— Oui, l'École spéciale militaire de Saint-Cyr, *ils s'instruisent pour vaincre,* telle est leur devise.

— Mais avec ton père nous t'avons instruit déjà, et qu'as-tu donc à vaincre... ? Et Hyfrer dans tout ça ?

— Hyfrer me survivra.

Charlotte ne m'écoute plus et se lève. Je poursuis tout de même :

— Saint-Cyr, prestige et tradition. L'élite, en somme. Une idée qu'aurait aimée papa.

— Ton père aimait moins les idées que les accomplissements. « La pensée s'évapore mais le travail produit »... Et pour toi il en caressait d'autres.

Tant d'idées caressées pour une seule caresse.

14

Petit poupon

Saint-Cyr, c'est une carrière, pas seulement le service militaire. Charlotte s'en inquiète auprès d'Albin : son cher petit a décidé d'abandonner Hyfrer après des débuts si flamboyants.

Désormais bien intégré au ministère de la Guerre où il peaufine une trajectoire prometteuse, petit-oncle est ravi de la rassurer avec ses mots à lui :

— Il est jeune, Charlotte ! Ah bien sûr il lui sera moins agréable de mourir écrasé sous un cheval que sous un corps de femme, mais ce sera plus honorable d'être atteint par une balle que par la syphilis, vous en conviendrez. La mort franche est toujours préférable à la dégradation, n'est-ce pas ? Et, dans ma position au ministère, je pourrai toujours veiller à ce que son parcours militaire soit un honneur pour vous-même et pour notre famille.

Mais Albin est un parrain aussi habile qu'imprévisible : il se rend chez Jean-Pou et Simone à Lyon pour leur expliquer qu'il est hors de question de me séparer de René à l'âge clef de l'ouverture au monde, comme si René et moi n'en avions pas déjà défoncé quelques portes. Leur fils doit lui aussi présenter l'École. On adoucirait ainsi les questions de succession pour les deux héritiers d'Hyfrer : quand ils en reviendraient, ce serait bardés de la même formation.

Simone acquiesce, contre toute attente Jean-Pou s'incline, l'affaire est faite. Quant à mon autre cousin, Edmond, il n'aura pas droit aux honneurs de Saint-Cyr : il sert déjà la France. Ses parents ont éteint sa vocation religieuse comme un cierge pascal un matin de Pentecôte : il ne sera pas curé. Dans le grand escalier de La Lumeraie, les portraits des religieux sont rares et l'on ne sait rien d'eux, alors que ceux des officiers à cheval sont toujours à l'origine de mille anecdotes. Et puis, avec l'entrée d'Edmond dans la cavalerie, ma tante Marie-Millions et son mari le Rebhut s'éviteront des décennies de patience à espérer un évêché ; il est bien plus sage de compter sur une descendance. Pour cela, l'argent et l'uniforme sont les meilleurs ingrédients. Edmond-Jésus ne dira pas le contraire : les parents de la petite Émilie, qu'il fréquente depuis quelques mois déjà, sont très sensibles à l'apparat.

Au cabaret, la table numéro 2 a changé de locataire sans que personne ne s'en plaigne, démontrant, s'il le fallait, la capacité des artistes à s'affranchir du passé grâce à des chouchous neufs. Ni fleurs ni couronnes, la troupe poursuit sa carrière en se passant de mes services sans même envoyer une carte postale débordante de signatures illisibles. Ils sont ingrats, je suis ingrat, je ne leur en veux pas. Même sans moi là-bas, leur spectacle vivra.

Voilà que je commence à compter les années : à l'automne 1905, après neuf mois passés au pensionnat de Sainte-Geneviève à Paris, maintenus dans les clous grâce à des messes chantées suivies de confessions et des rondes de nuit, René et moi entrons à Saint-Cyr. Ma mère m'écrit des lettres reposées, la discipline de l'armée lui permet d'oublier mes années de collège. J'étais trop cancre ! Un cancre je veux bien, mais « trop » cancre ? Et quoi encore ? Le soir encore fallait-il travailler ? Quelle idée étrange pour qui suivait si bien la classe… Mais ça, elle ne le voyait pas ni ne voulait le croire… Elle m'apprend qu'à l'époque elle devait tenir un agenda : celui des rendez-vous avec les proviseurs pour tenter de me garder jusqu'à l'année prochaine :

S'il vous plaît…
Ou ce trimestre au moins ?
Je vous en prie…
Ou ce mois-ci ?
Pitié !

René et moi nous sommes adaptés comme des caméléons. Au matin du départ, Albin accompagne Charlotte et ma tante Simone. Jean-Pou hélas n'a pu se libérer. Nos mères semblent soulagées de nous livrer en de si bonnes mains mais aussi bouleversées à l'idée de nous abandonner. Simone, elle, trouve facilement la main d'Albin pour contenir sa douleur. Je prends ma mère dans mes bras :

— Au revoir Chérie-Charlotte, ce n'est pas un adieu. Je reviendrai, et couvert de galons pour vous combler de joie !

Elle ne répond rien, surprise par mon emploi du surnom réservé à mon père, mais me tend un billet bleu.

— C'est ?…

— C'est l'enveloppe à laquelle ton père tenait tant. Il l'a toujours prise pour un objet sacré qu'on a peur d'ouvrir et a même inventé une couleur pour elle: «bleuciel», en un seul mot. Peut-être contient-elle quelque chose, un mystère, un talisman, mais je n'ai jamais su si c'était une croyance qu'il s'était inventée ou une certitude qui lui faisait du bien... Même depuis qu'il est mort, je ne l'ai pas ouverte. Prends-la, je crois qu'elle est pour toi.

Elle la glisse dans ma poche, me caresse l'oreille, mais la joue, non, je l'arrête, elle n'en a pas le droit.

Je suis reçu 90e sur 285, loin derrière René. Avec un rang aussi moyen, je ne peux prétendre ni au magnétisme inhérent aux meilleurs, ni à l'amitié spontanée réservée aux bouffons dont j'ai tant profité durant ma scolarité en yo-yo. Alors, au soir du bizutage, je monte sur la table et engloutis d'un trait une carafe de vin à la stupéfaction générale. Puis j'entonne l'hymne de «La Galette», surnom de l'épaulette bleue que portent les élèves officiers mal classés comme moi, en le déformant pour le dédier à mon cher cousin:

> René,
> Que ton nom tout-puissant
> S'il vient un jour d'alarme
> À cinq cents frères d'armes
> Serve de ralliement.
> Qu'au jour de la conquête
> À défaut d'étendard
> Nous ayons ta girouette
> Pour fixer nos regards.

Je le braille plus que je le chante: grâce à cet exploit, désormais on connaît mon nom. Mon père m'a toujours dit que, dans tous les nouveaux lieux, c'est au premier quart d'heure qu'il faut marquer l'histoire.

La nuit qui suit est difficile et je ne dors pas, le ventre tordu par la vinasse. Le lendemain, je me trouve aux côtés d'un certain Léon Lelièvre qui m'aide à refaire surface. Il a une chance inconnue : le lobe de son oreille droite est identique à celui de René. À sa seule vue, même floue, mon amitié est acquise. Nous nous trouvons au salut des trois couleurs, claironnés et rasés de près mais ma moustache sauve, les yeux tournés vers la patrie.

Lelièvre me murmure sur un ton de vieux sage :

— Tu as de bons talents d'animateur on dirait. Et quels poils de nez ! Garde-les, comme tes bonnes manières. Mais tu ferais bien d'éviter le mitard où le cafard pullule… alors n'oublie pas d'exécuter l'ordre de ton supérieur tête haute sans réfléchir tout en tenant le doigt sur la couture du pantalon. Ton parcours suivra la même ligne et tu finiras par donner des ordres à ton tour. Et plus tu seras haut, plus ce sera toi le patron de la fête !

C'est une révélation, merci Lelièvre : c'est donc cela le paradoxe de l'armée, il suffit d'obéir pour gagner en liberté, très différent de l'éducation paternelle, n'est-ce pas papa-en-moi ? Je me propose aussitôt pour animer les soirs de veillée et lire des poèmes. Au départ, tout cela est imparfait : je ne suis pas Baudelaire, et je ne sais jouer à peu près que la *Lettre à Élise* au piano, les notes bien détachées l'une de l'autre comme une boîte à musique tournée trop lentement. Je n'ai pas non plus le talent de grand-père Pierri aux soirs de Noël lorsqu'il nous entraînait à chanter *Gloria in excelsis Deo* en canon : l'exact contraire de mes siestes à la messe. Ni celui de René, qui ne manque jamais de s'asseoir après moi au clavier pour sauver la dignité des Henry. Il se plaît souvent à célébrer cette chanson de Pierri, la favorite de la famille qu'à son tour il m'adresse :

> Le petit Vivant, couvert de pompons, rubans et festons, est-il mignon !
> Son sommeil heureux, et ses jolis yeux regardent vaguement les cieux.
>
> Ah ce tout petit comme on l'aime ! Quand vient le jour de son baptême,
> Papa tout ému porte son enfant, accompagné des petits et des grands.
> La marraine est tante Simone, qui rit qui pleure elle est ravie,
> Le parrain c'est le petit Albin, regardez comme il est fier !
>
> Mais hélas, il faut qu'il grandisse ! On voit augmenter ses caprices,
> Tantôt assis, tantôt sur les genoux, dans la maison il furète partout,
> Il mange l'écheveau de laine, casse les belles porcelaines ;
> Quand on le gronde il prend un air fripon : c'en est fini du poupon !

L'art lyrique, autre affaire familiale.

15

Petit Théâtre

Au régiment des habitudes, nos journées s'écoulent entre entraînements et soupe froide mais aboutissent au bonheur d'être libres à 18 heures. Avec René et Lelièvre, nous nous sommes installés dans une ancienne conciergerie à vingt bonnes minutes à pied de la caserne. Elle est notre « Petit Théâtre » car la pièce principale est entourée de coffres en bois dans lesquels nous classons nos bouteilles et qui servent de gradins ou de lit. Nous y invitons nos camarades pour de grandes discussions nocturnes qui durent au moins six pipes. Puanteur des fumées, fenêtres ouvertes en grand même au cœur de l'hiver, batailles de verres et de cartes, de blagues, argent, paies fondues dans les mises et surenchères de dettes, délires farfelus, Pascal, Épicure ou Montaigne, nous avons de ces débats qui rehaussent les voix et frisent les moustaches. Enfin, moi je fais semblant – j'ai si peu lu.

Assis à un petit bureau, René approfondit son amour des mathématiques, échafaude hypothèses et paris, dessine des moteurs à grandes courroies de transmission mais ne manque jamais d'attention ; Pascal.

Lelièvre, lui, enfourne le bois dans le poêle qui crépite sa rumeur de fond. Il place son fauteuil de telle manière qu'il puisse lire en s'y chauffant les pieds, tâtonnant des orteils la brûlure de la fonte ; Épicure.

Et s'il n'en reste qu'un et pour leur faire plaisir... Moi, Montaigne ? Quelle idée... je ne suis prêt ni à mourir ni à philosopher...

Il y a Émile aussi, qui arrive de Montmartre un soir par hasard et me tombe dans les bras : c'est un lointain cousin. Il s'installe quelque temps, raconte d'improbables histoires de livres et de chats conteurs, puis énumère les mille détails de l'art de bien boire. Avec lui, jusqu'à la nuit tombée, nous nous imaginons dans une villa avec vue sur la mer au joli nom d'« Ablodée », c'est plus ensoleillé que notre pays perdu pour siphonner des tonneaux de rosé et chanter des paillardes avant de jeter des fruits pourris sur le toit de la maison voisine. Celle d'un grand éditeur parisien ? Mais Émile disparaît du jour au lendemain. Il est vrai que nous ne l'avons pas cherché. Peut-être a-t-il été affecté quelque part, très loin ? Nos vies se sont brutalement séparées comme deux corps d'armée chacun sur ses batailles. Pourtant, je pense souvent à lui. Les soirs d'ivresse et de mélancolie, je chantonne « Fais-moi signe ! Fais-moi signe ! » comme une injonction télépathique car, j'en suis certain, un jour prochain il m'entendra, un jour prochain nous nous retrouverons et fêterons ensemble notre amitié intacte comme si jamais nous ne nous étions quittés.

Le soir, je lance souvent des parties de poker, mais René et moi avons grandi : il est question de francs plus que de punition. Nous partageons les gains que René accumule grâce à sa mémoire mécanique : il faut bien que nos invités paient leurs verres, le pain, la charcuterie. Je prends aussi en main l'organisation de spectacles. Notre Petit Théâtre se mue en cabaret et l'on vient « chez Vivant » où les numéros amateurs se succèdent avec, souvent, des danses en compagnie d'animaux fournis par la ferme voisine : veau, vache, cochon, couvée... J'ai le savoir-faire, on règle sa chambre et les suppléments importés de chez la Thuyone : 1 franc pour être lieutenant, 2 pour être capitaine, 3 pour être colonel et 5 pour être général. Ce qu'ils ne savent pas, c'est que le prix du champagne grimpe avec le galon : de 6 à 9 francs la bouteille. Attirées par autant de grades et de bulles, des filles affluent des cantons alentour. Elles s'appellent Fernande, Julienne ou même Cunégonde, les pauvres, ce n'est pas leur faute. Alors, lorsque nos têtes coulent dans le creux de leur cou, nous scrutons le ciel noir et les constellations à la recherche de prénoms plus charmants : Petite Ourse, Pégase, Dragon...

Le matin de notre prise d'armes, au saut du lit, je surprends la médaille qui pend au cou de Lelièvre ; il est fier de me la montrer. Elle est gravée d'une chimère.

— C'est mon porte-bonheur, un bijou de famille que ma mère n'a jamais voulu porter. Je la comprends : difficile de savoir quel est cet animal...

— C'est un lion, moi je vois un lion.

— Oui, ou peut-être un hamster...

— Un hamster-lion, tiens !

— Crétin... Et toi, quel est le tien ? Et ne me dis pas que tu n'en as pas !

— Non... disons que ma mère m'en a donné un : c'est une lettre... enfin, une enveloppe bleuciel qui contient quelque chose.

— Tu ne l'as jamais ouverte ?

— Non... Mon père non plus, m'a dit ma mère.

Le clairon nous interrompt ; nous partons. Le crépuscule tombe sur le campement, la froidure transperce le bleu des uniformes et, pour les spectateurs, il faut des fourrures. Il y a là Pierri et Jeanne, Charlotte, Simone, pas Jean-Pou de nouveau occupé, mais Marie et le Rebhut, Albin et quelques autres pères et mères sensibles à la cause, l'oncle Charles aussi, le peintre, mais je n'en suis pas certain, il est tellement discret. C'est un peu comme si La Lumeraie s'était déplacée jusqu'à nous. René, Léon et moi recevons notre casoar de saint-cyriens genou à terre, adoubés comme des chevaliers par de vieux généraux. Alignés, nous redressons le sabre ; la discipline des défilés va jusqu'à la buée soufflée hors de nos nez : elle est coordonnée. Des gouttelettes glissent sur ma moustache. Les plumes rouges et blanches piquées sur les shakos dansent dans l'air gelé qui balaie la cour, emportant avec lui les partitions de l'orchestre et les applaudissements. La soirée au mess est joyeuse, et la nuit qui suit sèche et d'un sommeil de plomb : l'armée, épouse délicieuse qui ne se touche pas.

Je suis nommé caporal en avril 1906, sergent en novembre de la même année, sous-lieutenant en mai 1907, savant mélange de coups de botte et de soirées « chez Vivant » appréciées des gradés, d'écarts de conduite et d'exploits, ces derniers pardonnant les premiers : sauvetage d'un camarade au bord d'une chute mortelle et d'un lieutenant débile curant son arme chargée en scrutant le canon. Aux anges, Chérie-Charlotte oublie ses regrets : puisque tout va bien, le temps efface ses états d'âme et il est avéré que Hyfrer a survécu à mon départ. Lelièvre répète en parlant de moi :

— Voilà un officier rempli de joie de vivre et au grade fugace : dans deux ans, il sera notre constellation, cinq étoiles !

C'est si bien dit, j'en suis presque gêné.

16

Une question d'argent

Charlotte décide un beau matin de me couper les vivres. Elle prend le prétexte de mon affectation au 86e régiment d'infanterie, 13e corps d'armée, sis au Puy-en-Velay, que nous gagnons avec René et Lelièvre. L'année 1908 restera marquée par ce cadeau d'anniversaire : la confrontation avec un budget limité, une grande première. Mais la lettre accompagnatrice est toute en choses raisonnables. La chatte n'abandonne pas son chaton ni la mère son poupon, dit-elle, sa mission n'est que de me mettre sur la bonne route : mon père l'aurait fait à mes vingt et un ans et j'en ai vingt-trois, elle a été clémente, il semble temps de m'affranchir, et à elle de couper le cordon [*sic*]. Moi, n'avais-je pas l'impression d'être déjà si loin ? Et ce ne serait pas, au fond, un grand sacrifice. Elle m'assure en effet un horizon de tranquillité : je pourrai compter sur son travail dédié à la prospérité des Établissements Hyfrer, dont je ne manquerai pas, un jour, fût-il lointain, d'hériter en qualité de fils unique. Enfin, à moitié, car René disposera des parts de Jean-Pou. Je ne dois pas oublier que son courage de mère assurera toujours le parapluie de ma fortune. Pour autant, précise-t-elle, je dois rester toujours prudent et ne pas me mettre inutilement en danger. Surtout depuis la mort soudaine de Joseph, je dois bien me souvenir du grand prix de la vie, et Dieu ne nous en donne qu'une seule, n'est-ce pas ?

Aucune chance en effet, en tant que militaire, de me mettre en danger... sarcasme impossible à écrire dans ma réponse, j'aime trop bien ma mère. Une fois de plus, mon père aurait agi de la même façon, il me faut accepter.

Je prends la nouvelle avec philosophie, lutter ne sert à rien, et sors ce soir-là avec Lelièvre et quelques saint-cyriens pour dilapider une dernière fois. Ils portent leur grand uniforme et moi mon combiné pyjama-sandales propice à l'aération de mon corps parfois trop encombrant, même s'il est svelte et beau, ils me le disent tous. C'est un souvenir de mon passage au pensionnat chez les dominicains et qui me semble idéal pour prononcer mes vœux de pauvreté.

Nous nous installons à une terrasse de café en face du théâtre et je paie mes tournées générales. Nous buvons des bières Pousset à n'en plus finir, dorées comme nos boutons, nous nous levons, nous vidons, revenons, rions sur un tapis d'écorces de cacahuètes. Autant d'uniformes à la fois tournent les têtes des passantes et arrêtent un photographe : un instant, avec beaucoup d'efforts, nous prenons la pause protocolaire. Je récupère le cliché quelques jours plus tard : la photo est un véritable tableau sur lequel je suis le seul à grimacer. Je l'envoie aussitôt à ma mère avec cette mention : « Mes camarades me souhaitent mon entrée à l'économat. » Peut-être comprendra-t-elle l'ironie du message ?

Plus tard, Lelièvre me remercie d'avoir vanté ses mérites à la serveuse. C'est vrai, pour ceux que j'aime, je suis attentionné : j'ai toujours financé les petites attentions qui facilitent les amitiés. Enfin, avant.

Les deux premières années, je touche ma solde de sous-lieutenant, soit 180 à 200 francs par mois. J'espère mes prochaines permissions : à Paris, désormais dégagé de toute obligation de séjour auprès de ma mère ou sur le canapé de petit-oncle, la Thuyone m'accueillera toujours, j'en suis certain. Et heureusement, car les soirées grand train au cabaret ne sont plus que de lointains souvenirs : je ne peux plus me les offrir. Chez elle, je retrouverai la douceur de la soie, les senteurs des bons vins, un champagne de bonne qualité, j'inventerai des surprises et je pourrai venir avec de bons amis pour lui tenir compagnie.

Promu lieutenant le 1er octobre 1909, ma solde grimpe à 249 francs par mois, de laquelle il faut déduire les frais de timbres, de bibliothèque et de presse régimentaire : une fortune en croissance de près de vingt-cinq pour cent que je dépense peu à peu en livres et meubles confortables. La fameuse lettre de ma mère me rappelle sans cesse l'inutilité de l'épargne : un jour, sa mort aidant, je serai riche. Alors autant faire circuler l'argent pour mon plaisir. « Tu es comme mon cousin Étienne, me dit un jour Léon, tu as les mains percées. »

Donc ce n'est pas la diète, et tout cela me pousse à aimer la rigueur de la répétition. Le matin, avant même le lever du drapeau et les exercices de mon contingent, je pratique près d'une heure de musculation : je tente de fourrer l'esprit de discipline dans la fermeté de mon corps d'origine. Le Henry n'est pas gras, il n'a pas l'ossature qui peut se le permettre. Alors que le Lelièvre a déjà cette bedaine brioche impossible à faire fondre.

Je me mets aussi sérieusement au piano sur le demi-queue du mess, sous la haute autorité du même Léon. Il ne sait pas jouer mais contrôle mes efforts à grands coups de cravache. Peut-être même a-t-il l'oreille absolue, ce qui ne manquerait pas de piquant quand on s'appelle Lelièvre. L'éloignement déchirant de René, affecté à un régiment en arrière-Provence, libère mes complexes ; je n'ai pas ses longs doigts d'épeire mais, peu à peu, mon jeu s'améliore. La musique me place en communion nostalgique avec lui : René me manque. Mon petit-oncle Albin aussi, pour m'apprendre des histoires et me parler de géopolitique ; cousin Edmond-Jésus, un peu.

Mon régiment comprend une cinquantaine d'officiers et de sous-officiers. En dehors des manœuvres, je monte à cheval, visite les villages environnants et joue même la comédie avec Lelièvre dans de minuscules théâtres improvisés qui nous rappellent le nôtre. Léon nous trouve à chacun un nom de scène : *Poquelin* pour moi, *Coquelin* pour lui, deux pseudonymes attractifs pour tracts et affiches qu'il dessine en imitant Mucha, et idéaux surtout pour les quiproquos à la Feydeau. Nous mélangeons des tirades de Molière et des vers de Rostand : la prose de Jourdain contre la poésie de Roxane, le Tartuffe à gros nez, fourberies des *non merci*... un catalogue de plaisanteries. « Moi je veux mourir sur scène », chante Poquelin en fatiguant son malade imaginaire d'une perruque de fille, « et moi assassiné une heure avant dîner », souffle Coquelin, assis sous le grand arbre au milieu d'une place. Ce n'est pas la table numéro 2 du cabaret ni la course en coulisse à la chasse aux danseuses, non, mais c'est la joie d'être à deux sur une estrade et de faire rire un instant une poignée de paysans : nous partageons l'ardeur théâtrale et quelques nuits câlines en tout bien tout honneur avec des filles de cuisine qui retournent chez elles déguisées en carnaval, tout heureuses et maquillées de lune.

Ma routine bascule lorsque Lelièvre est affecté en Algérie, à Oran, nouvelle séparation après celle de René qui vient de m'écrire pour m'annoncer ses fiançailles avec une certaine Cécile. Cécile ? Une illustre inconnue. Se fiancer, René, si tu savais à quel point je trouve ça ridicule. Je demande immédiatement un changement de caserne. Ma hiérarchie me répond que mon corps d'armée n'a personne avant la sortie des écoles pour combler les vacances et que tout le monde veut quitter ma garnison, tant elle est peu enviée : Le Puy est bien un trou au fond duquel le monde entier voudrait m'abandonner.

17

Les perms

Désormais, j'ai ma chambre chez la Thuyone. À chaque permission, je me précipite chez elle : elle m'a confié le choix et l'intendance des surprises de ses soirées. Elle n'a plus à se préoccuper que de la liste des invités.

Mais à Paris tout va très vite, tant la ville est en prise avec la réalité du monde : le bouillon politique des Balkans et le ping-pong incompréhensible des jeux d'alliance entre pays ont subitement tari sa fantaisie mais décuplent la mienne. Pourquoi diable s'arrêter de vivre parce que des tsars et des empereurs veulent se chamailler ? Ici, la vie a du sel, c'est autre chose qu'au Puy, elle ne peut pas saisir. Elle me donne de l'argent, je cours à ses frais les bas-fonds de Paris pour satisfaire les moyens de mes exubérances. Avec les turpitudes guerrières qui occupent tous les esprits, il devient difficile de se procurer certaines fournitures. Mais je parviens toujours à épater la Thuyone.

Un soir, je convoque un montreur d'ours. À côté de l'animal debout, son saltimbanque paraît bien courtaud. Le plantigrade est impressionnant de hauteur, de largeur, de maîtrise et de calme. Il fait quelques pas de danse au milieu du salon sans quitter son maître des yeux, avec pour seule musique sa respiration rauque et le cliquetis de sa chaîne. Bien malin sera celui qui comprendra la tension de son regard : toise-t-il le petit montagnard qui l'a élevé comme un fils ou craint-il son brutal coup de fouet ? Sa langue fourrage dans la muselière et salive sur le parquet, dégageant dans la pièce une odeur aussi épouvantable que la vue de son anatomie pour le moins dérangeante.

La Thuyone n'a pas du tout apprécié, mais a feint d'être impressionnée pour ne pas perdre la face devant ses invités. Plus tard, elle se plaindra beaucoup de l'absurde contraste entre le standing de son salon et la sauvagerie inhérente à cette bête, et je serai privé de compliments. Ici, chez elle, il est question d'art et non de muflerie, ne le savais-je donc pas ?

Pour me faire pardonner, lors de la soirée suivante, je fais venir un pur-sang monté par une femme connue au cabaret. Indéniablement, ce sera plus élégant et plus en adéquation avec les attentes de ma propriétaire. Dépourvue de poitrine, ou presque, et dotée de grands yeux vairons, la jeune fille se plaît aux déguisements de messieurs. Accoutrée en lieutenant de cavalerie avec des éperons et une cravache à virole d'or, une moustache dessinée au charbon et des cheveux très longs couvrant les épaulettes, elle opère une montée d'escaliers spectaculaire : le cheval pose chaque sabot sur la marche suivante sans une hésitation, en avant, calme et droit. Le martèlement des fers sur le marbre accompagne cette ascension de ses percussions froides. Puis elle parcourt l'appartement au trot enlevé, les flammes des bougies versant des éclats fauves sur sa robe alezan. Les grelots accrochés aux tresses de la crinière tintinnabulent et elle baisse la tête mollement au passage du chambranle des portes. Les frissons aux muscles de la croupe comme de l'encolure sont saisissants de beauté. Enfin, le cheval se désaltère dans une grande coupe qu'on vient de remplir avec les fonds de verres, avant de redescendre, dodelinant de l'arrière-train sous les applaudissements. Cette prestation, digne du Cadre Noir, affole mon imagination ; sur le seuil de sa chambre, je me présente à elle avec ma vigueur en avant, calme et droite. Mais elle me claque violemment la porte au nez.

À d'autres occasions, j'invente des menus, des histoires à rire et à manger qu'elle adore :

APÉRITIFS
Amer d'Alors
Dubonnet de Nuys
o o o
HORS-D'ŒUVRE
Émincés de Contribuables à la française
Saucisson d'Hôtesse Tamant
RELEVÉS
Rang d'Andouille à l'Invité
Palourde Lafille !
ENTRÉES
Poitrine plate sans prétention
Asperge Tavoizine
RÔTIS
Cochon Taleuil au beurre noir
Entrecuisses faisandés aux légumes
LÉGUMES

Flageolets garantis au Gaz [mon clin d'œil personnel au gigot dominical de La Lumeraie]
Véritables Pissenlits de Kumouillé
DESSERTS
Chou-choux à la Crémière
Le Cake Sexa?
° ° °
VINS
Anjou... Feu!
Cep Hareille-Aumaime, Réserve Nouzan
CAFÉ
Arabe Ica Toré Ifié
LIQUEURS
Lécate Cencout
Fine Iderire
Eau-de-vie d'Ange

Ou encore ce soir où je fais fabriquer une vaisselle complète avec des rebuts de munitions de 1870 : on boit dans des douilles asymétriques, mange dans des casques aplatis dont la pointe a été transformée en pique-assiette. On s'esclaffe quand un gaillard se lève pour chanter comme un baryton ce vieux dicton viennois : « La situation est certes désespérée, mais on ne peut pas dire qu'elle soit vraiment grave. » On discute joyeusement avec l'accent teuton du moyen de reproduire la carte de l'Europe centrale sur la table : l'Empire austro-hongrois a sa frontière sud érigée par des fourchettes et des couteaux jusqu'à la Bosnie-Herzégovine – c'est à peu près la seule que l'on connaisse. Des courgettes, des carottes et des céleris tracent celles de la Serbie, de l'Albanie, du Monténégro à l'ouest, de la Roumanie et de la Bulgarie à l'est. Ces légumes sont tellement déplacés qu'ils donnent rapidement aux convives l'idée de les cuisiner. On oublie sur-le-champ le propos politique au profit du choix du vin qui s'accordera le mieux à cette ratatouille, débat que l'on comprend mieux car plus consensuel, surtout plus érudit.

18

Un vol de gerfauts

Albin sonne avec René et Edmond à la porte de la Thuyone – il sait où me trouver. L'odeur qui les frappe est celle d'une nuit encore statique et la porte grince à m'en fendre le crâne. C'est que je viens de prendre une grande décision : cesser de me coiffer, garder pour toujours mes cheveux en bataille. Je ne porte qu'une robe de chambre en soie imprimée de feuilles exotiques qui doit me donner un air de bourgeon pas bien prêt à éclore. Je ne prends pas la peine d'en nouer la ceinture et, quand je les mène au salon, elle ondule derrière moi comme une traîne de paon. Ils passent devant un jeune homme endormi sur le sofa, emmitouflé dans une couverture de poils.

— C'est le puceau du mois..., leur dis-je avec dédain.

— Ne jamais perdre les bonnes habitudes, la Thuyone reste en forme, je vois, sourit Albin.

Edmond et René ne peuvent pas comprendre. Tout en marchant, il s'agit d'éviter les bouteilles et les verres de la veille pour se faire de la place et parvenir à s'asseoir. Un couple tout à fait dénudé près de la cheminée s'éloigne en galopant.

— Quel bon vent vous amène ? leur dis-je en tombant dans le canapé. Vous avez raté la Thuyone, elle vient de partir.

— Un vent frais ! Et si tu aérais la pièce ? dit Edmond.

— Je ne peux pas... Ne vois-tu pas mes oiseaux ? Ils risqueraient de s'enfuir...

Les cousins remarquent enfin les volières placées à différents endroits, les portes grandes ouvertes. Ils lèvent les yeux : dans les moulures du plafond, perroquets et perruches virevoltent, ajoutant leurs couleurs aux dessins des tentures ou occupant des nids dans les coupes du lustre. Un mainate vient se poser sur mon épaule et me nettoie l'oreille avec délectation.

— C'est l'heure de la promenade matinale, Jésus, tu ne voudrais pas leur ôter ce plaisir...

— Mais quel est cet endroit ? me demande-t-il encore.

— C'est... disons... une plage isolée où des méduses dansent pendant leur permission sur des fils électriques...

Albin est amusé, Edmond sidéré, et René veut abréger :

— Justement, déclare-t-il, c'est pour une question de vol d'oiseau, ou presque, que nous venons te voir.

— Après le vent le vol, que fais-tu de la plage ? dis-je en fermant ma robe de chambre.

— Oui, ta mère a informé la mienne que tu n'allais toujours pas quitter Le Puy. Tu ne vas pas croupir toute ta vie dans l'infanterie, tu le sais bien... Déclare-toi volontaire pour l'aviation militaire !

— L'aviation, mon René... mais regarde-moi ! Tu ne vois pas que je suis grabataire ?

— Oui, l'aviation. Avec Edmond, nous en sommes ! Nous venons de nous inscrire, nous allons devenir pilotes !

— Moi... moi, moi pilote pour l'armée ?...

— Oui, tu ne le sais peut-être pas, mais l'armée commence à investir dans les aéroplanes, la technique, les moteurs, poursuit René. Et elle manque de volontaires. Crois-moi, nous aurons les moyens de nous amuser avec nos appareils, autre chose qu'avec notre aviette... Souviens-toi du premier succès de vol plané, à Brindas, c'était toi !

— Avec l'armée, coupa Edmond, tu voleras bien plus haut que le moindre de ces oiseaux, tu seras libre !

— Oh Jésus, s'il te plaît, ce n'est pas avec de telles lourdeurs que tu me feras grimper aux rideaux... enfin, au ciel...

Le mainate, discipliné, regagne son perchoir où l'attend une coupe de fruits rouges. Je me lève, saisis une carafe sur une table basse et me sers un verre avant de remplir d'eau un vaste cendrier. Un couple de canaris s'y précipite, se toilettant l'un l'autre à coups de bec : leur bain éclabousse les livres et les objets alentour et fait sourire René.

— Pour toi aussi, bientôt le bain ? se moque Albin.

— Albin ! gronde René, nous ne sommes pas là pour plaisanter.

— Tu as raison, cousin. Regarde-toi, Vivant... Tu ne vas pas passer ta vie entre ta caserne, ton casoar et ce bordel à plumes ! Tu ressembles à un dimanche de notaire qui vient de visser sa plaque. Quel légume tu fais... paresseux, va ! Vraiment, tu n'as aucun courage. Et il me semble qu'on fait la queue dans l'entrée pour te ravir la place...

— Assez !

Je lui jette un coussin au visage.

— Alors, reprend René, qu'en penses-tu ?

— Tu seras mon seul rival dans la compétition, renchérit Edmond avec le sourire en coin de l'officier confiant.

Cette fois, je me contente de sourire :

— Laissez-moi un peu de temps pour y penser.

— Plaisantin, dit René, comme si tu avais le choix, j'en suis, je te rappelle…

— Mais que sais-tu de ma décision ?

— Je te connais par cœur, l'aurais-tu oublié ? Regarde-toi dans cette robe de chambre : tu ressembles à une méduse, ah pour ça oui, mais échouée ! Et je ne te connaissais pas ce regard avachi. Allez, cesse de faire semblant ! Je sais bien que tu vas y venir !

Puis, s'adressant aux autres :

— Comme il est savoureux de savoir que notre Vivant va bientôt quitter cet endroit pour rejoindre les aviateurs. Comme je suis ému !

— Oui, dit Albin, c'est moi qui l'ai amené ici pour la première fois, moi qui l'ai introduit dans les petits papiers de la Thuyone… et, même si ce corps est plus doux que celui de l'armée, n'est-ce pas mon Vivant ? il faut t'émanciper, allez !

Un autre coussin traverse la pièce et tombe sur la poitrine d'Albin.

— Oui, enchaîne René, le ciel comme travail à plein temps, le rêve absolu ! Imagine tes journées entièrement dédiées à voler ! Je ne peux le dire qu'ici, nous sommes entre nous, et Jaurès n'est pas là pour m'entendre, il engraisse au Café du Croissant… mais cette guerre qui s'annonce est une chance, une formidable opportunité !

— La guerre est une chance ?

— Oui, pour les progrès de l'aviation, je veux dire… et pour les tiens aussi. Tu ne peux pas rater ça, c'est là que tu seras le meilleur. Et si ce n'est pas pour la patrie, fais-le au moins pour honorer ton père.

Un silence se fait, les regards des cousins se refroidissent un peu.

— Il n'aimait pas que je vole. Et René, s'il te plaît, n'invente pas à sa place l'honneur de mon père. D'autant que tu oublies Hyfrer, c'est là qu'il me voyait... Et puis, je vous le répète, laissez-moi un peu de temps pour y penser, dis-je en ramenant à sa volière un mandarin venu se poser sur mon doigt, la robe de chambre de nouveau grande ouverte.

— C'est tout réfléchi, lance René, se levant à son tour et entraînant les autres. Mets du vent plutôt que du temps sur ta peau ! Prépare tes affaires, je viens te prendre demain à 8 heures. Et pense aussi au champagne, il faudra fêter ça. Il doit bien traîner une bouteille encore pleine camouflée quelque part dans le sable de ta plage, n'est-ce pas ?

Je serre la main d'Edmond, embrasse mon petit-oncle et René, puis demande :

— Et Émilie, ça va ? Et Cécile ?

Mais je n'écoute pas les réponses.

À notre passage dans l'entrée, le jeune homme ouvre des yeux de mort-vivant. Ce diable n'a pas dix-sept ans, les traits fins et le torse blême. Il nous arrête en dressant la main puis ferme les paupières et bafouille :

> Comme un vol de gerfauts hors du charnier natal
> Fatigués de porter leurs misères hautaines,
> De Palos de Moguer, routiers et capitaines
> Partaient, ivres d'un rêve héroïque et brutal.

— Tais-toi donc, lui dis-je fermement.

Mais il accélère, plus fort :

Chaque soir, espérant des lendemains épiques,
L'azur phosphorescent de la mer des Tropiques
Enchantait leur sommeil d'un mirage doré ;

Et encore plus fort, alors que je me rapproche de lui :

Ou, penchés à l'avant des blanches caravelles,
Ils regardaient monter en un ciel ignoré
Du fond de l'Océan des étoiles nouvelles.

— Tais-toi !

Je le saisis par l'épaule, réunis ses affaires, le jette dehors avec les autres et claque la porte. La couverture gît sur le sol comme ma robe de chambre tombée dans la dispute. Je m'assieds, sous moi le velours pourpre encore chaud de sommeil.

19

Du fond de l'océan des étoiles nouvelles

Je me toilette à l'eau froide, me rase avec soin et ne me peigne pas. Je suis fin prêt, une bouteille de champagne préparée dans l'entrée. Quand René sonnera, je ne l'oublierai pas.

Avant de m'habiller, je vais dans la chambre de la Thuyone. Elle dort comme un poupon sur une avalanche de draps. Son lit à baldaquin me paraît avoir encore grandi, je recense au moins huit oreillers à pourtour de dentelles. On aurait pu s'y connaître à plusieurs, je m'étonne de n'y avoir pensé plus tôt. Moi aussi j'ai changé : son miroir debout me le dit, je ne suis plus chétif, jambes gauches et sans hanche. Ma poitrine est formée et mon ventre musclé, j'ai partout la peau lisse, les épaules et les bras tendus par l'exercice. Je suis le combattant si loin de la boue du parcours. Et puis j'ai ces yeux hérités de Joseph que je vois hypnotiques dans le regard des autres, iris vert et or, petit papa-en-moi qui voit à travers moi, ou moi à travers lui. Je suis la vigueur même et je m'approche de la Thuyone : elle souffle un vent d'été qui file de ses seins à ses cuisses, pâle désert d'où surgissaient les lions. Je la dévale d'un œil admiratif. Et file dans le souvenir brûlant de notre nuit commune. Reste un instant immobile au-dessus d'elle à compter les ridules tout autour de sa bouche. Lui chuchote à l'oreille :

— Un pli de plus depuis ma première fois. Tu chiffonnes, ma Thuyone…

Lui baise le sexe puis le cœur, minuscule sursaut au val battant du sein.

— Ne m'attends pas, vieille fille, j'en ai pour un moment.

20

Rêves héroïques

René au pas martial me demande :

— Tu ne t'es pas mis en tenue pour aller t'inscrire ?

— Je ne veux pas la ramener avec les attributs clinquants du saint-cyrien.

— Voilà que môssieur fait le modeste à présent.

— Je leur expliquerai, ça n'a pas d'importance.

Pris par mes réflexions, je ne me justifie pas. Les cousins, au fond, ont raison, et René en particulier : la routine du Puy a fini par m'anesthésier et il est grand temps que je m'occupe de ma vie. Alors ce matin, dans les pas de René, je sens l'aventure aérienne me perfuser comme un sang neuf. Il lit dans mes pensées :

— Ne t'en veux pas, petit frère. Tu n'es pas le premier qui se perd après la mort d'un père, et le confort n'aide pas à se secouer les plumes. Et puis Albin est un peu responsable : en t'entraînant chez la Thuyone, tu ne t'es rendu compte de rien... il t'a chloroformé.

— Oui, mais je lui pardonne. J'ai aimé, tu le sais, le ronronnement du Puy comme mes virées à Paris. J'ai bien vécu je crois... je me suis amusé. Mais tu m'appelles « petit frère », c'est que j'ai rajeuni ?

— N'exagère pas non plus...

— Je n'exagère pas, je me sens comme si j'avais eu cent ans hier et dix ce matin. Et, jeune ou pas jeune, demain n'est pas près de me voir mourir !

— Voyez-vous ça ! Quelle prétention...

— Oui. Tu m'as ragaillardi, merci.

— C'est mon devoir de frère, soldat !

— À vingt-sept ans il serait peut-être temps de risquer mes journées ! Moi, je n'ai pas de Cécile, je n'ai pas d'Émilie, je n'ai rien à perdre !

— Oh mon Dieu... tout un programme...

Nous sommes arrivés. René m'embrasse sur le perron et repart en disant :

— C'est au deuxième étage, troisième bureau au fond du couloir, sur ta droite. Il y a un panneau sur la porte : *Poste d'examen de l'aviation*. Tu ne peux pas le rater. Et prépare-toi à la visite médicale dans la foulée. Nu intégral, palpations et questionnaires interminables, le dada favori du toubib à galon, tu connais ça.

J'entre dans la pièce immense où une armada s'affaire. Une fourmilière – non, mieux, une termitière – qui croule sous des monceaux de paperasse. Un homme en chapeau a près de lui un bouledogue français dont la bave s'écoule sur un napperon brodé : le chef du bureau. On me fait asseoir en me complimentant pour ma moustache et mon regard perçant. Je me déclare volontaire, suis les démarches et la fameuse entrevue avec les médecins : rien ne m'est épargné, mais la morphologie Henry, idéale pour cette profession, me place au sommet de la pile. « Un vrai squelette à plume », murmure l'infirmier. Je suis déclaré apte et me découvre même une vision de loin plus précise que la moyenne : le docteur me pardonne mon « oubli » de la brosse à cheveux. Me voilà incorporé avec René et Edmond dans l'aérostation au sein d'une promotion de vingt-cinq officiers de toutes armes, désignés comme stagiaires.

Les sapeurs aérostiers nous traitent avec une bienveillante autorité dont le ton est plus policé pour René et moi – nous sommes saint-cyriens. Chaque jour, il faut mériter la leçon : nous nous entassons dans une charrette à bestiaux tirée par un tracteur qui nous mène au terrain d'entraînement situé à Buc, près de Versailles. On y chante dans les odeurs de bouse imprégnées jusqu'au tréfonds du bois, et on joue à qui croque le plus de mouches : elles volent en essaim.

Les officiers chargés de notre instruction ne se font pas une idée bien nette de l'aviation : ils ne connaissent que les montgolfières et les dirigeables. La manipulation des longueurs infinies de cordes nécessaires pour les faire décoller comme pour les diriger en vol est un véritable cauchemar. Ils nous font suivre un stage analogue à celui des ballonniers : mécanique, corderie, couture. Il faut mettre les mains dans la graisse, tresser, tirer, nouer, dénouer, enrouler, s'habituer à tous types d'encablures et de gaines, plier les bâches comme il faut pour assurer leur déploiement parfait, et même apprendre à coudre, ouverture évidente aux plaisanteries potaches.

Sur le terrain de Buc, nous choisissons l'école Maurice Farman, du nom d'un trio de frères constructeurs ; on dit grand bien de leur biplan à carcasse légère. Ces engins font rêver : avec leurs ailes parallèles et leur fuselage effilé, ils ressemblent à d'énormes libellules, et c'est nous qui un jour allons les piloter !

Fin mars 1912, nous commençons notre apprentissage du pilotage aux bons soins du major-instructeur Fourny dont le flegme contraste avec des méthodes très directives. Même si nous sommes ses supérieurs, c'est lui qui a le savoir. Il nous impose le port de nos manteaux pour toutes les instructions, quelle que soit la météo. Moi qui abandonne de plus en plus souvent les tenues militaires, je m'y glisse en simple caleçon, cela m'évite de suer sous le soleil en attendant le grand maître. Lorsque le vent est fort, il nous fait attendre debout au beau milieu de la piste, sur une jambe, puis l'autre, dans le but de tester notre résistance aux rafales : aucun faux pas ne doit rompre la ligne. S'il pleut, il teste nos déséquilibres dus à la prise de poids des pardessus gorgés d'eau. Aucun caprice du temps ne doit nous atteindre. Pour ses cours magistraux, Fourny nous place devant un avion, assis en cercle, puis il monte dans sa nacelle : il s'agit de nous regarder de haut. Droit comme un I, il lit sa prose qu'il agrémente d'anecdotes avec des gestes éloquents et fait toujours référence au *Catéchisme de l'aviation*, sa bible. Il a tout d'un curé en chaire et reçoit bientôt le sobriquet d'« abbé ».

Les huit cycles de leçons sont interminables. Je veux décoller, que diable !

À la fin de la période de deux mois, l'abbé Fourny distance ses lectures de tactique et ne cesse de reporter l'expérience réelle. Il remplit nos journées d'exercices où la terre a toute son importance : bains de boue ras la gueule, le sac à dos rempli porté à bout de bras, labour à main nue pour la musculation des doigts, progression ventrale dans des marnes qui collent sous un plafond de barbelés. Il faut prendre son mal en patience. Mais un soir, à la cantine, je dis notre impatience au commandant qui s'empresse de renvoyer l'abbé à son grade : il lui ordonne de nous faire voler dans les dix prochains jours ou il sera muté dans une véritable paroisse de campagne.

Deux jours plus tard, nous partons au Crotoy en train, terrain paraît-il idéal pour les novices. Le voyage depuis Buc est épique, mais l'arrivée dans la baie de Somme un grand soulagement. Nous faisons étape à Abbeville, où une certaine famille Diot a embroché pour nous un mouton des prés-salés. Ils nous offrent des livres de Colette, écrivain du cru, pour patienter jusqu'à la bonne cuisson : Lelièvre aurait apprécié, ces gens-là savent recevoir. Ils nous mènent ensuite au Crotoy sur une charrette attelée. Une fois à destination, un dénommé Rauch, Crotellois pur mer, nous accueille comme si nous l'avions quitté la veille : il ne connaît pas nos habitudes, il les anticipe. Avec lui, mes sandales et mon accoutrement n'ouvrent pas la question, même lorsqu'il nous fait marcher dans le sable pour nous parler avec délectation de la marée montante et de la descendante : il patauge dans le bonheur et n'a pas besoin de voler pour être au septième ciel. Sur le chemin de l'aérodrome, il est intarissable sur la vie de Jules Verne qui a écrit ici, dans son village, *Vingt mille lieues sous les mers*. Comme humbles héritiers de l'artiste, nous dit-il, nous devons être à la hauteur. Quelle pression !

Je panique tout à coup à l'idée de ce premier vol que j'ai pourtant tant espéré. Je monte comme passager, à la place dite de « l'observateur », sur un prototype expérimental monoplan de type REP 2. Il ressemble à un drôle d'insecte avec sa roue unique sous la nacelle, sa petite béquille arrière et ses ailes au-dessus du fuselage et au bout desquelles une roue de vélo sert de reposoir à l'arrêt comme au décollage. Fourny en est le pilote : pouvais-je être baptisé par un autre que mon abbé ? Avec lui, quoi qu'il arrive, j'irai au paradis...

Est-ce la mise en route concomitante des moteurs de René, d'Edmond et du mien ? ou leur vrombissement si excitant qui court dans mes veines ? Est-ce le décollage dont je ne sens rien sinon le vent filant sur mes oreilles ? la piste disparue sous moi derrière sa rangée d'arbres ? Est-ce la vision si proche des clochers, des coqs et des paratonnerres ? les courants d'air caressants de la mer ? le vol surnaturel des aigrettes, des hérons et des chevaliers ? Est-ce l'écume galopant sur les vagues d'un océan sans fin ? Je ne sais pas, je ne sais plus, mais l'ivresse me prend, mon cœur éclate dans ma poitrine et je m'agite comme un pantin.

Je dis à Fourny :

— Dis donc l'abbé, est-ce la main de Dieu ou est-ce la main de Diable qui a tissé le ciel ?

Mais il aurait fallu hurler, Fourny n'entend rien, tourne l'appareil et s'amuse à frôler l'étendue décuplée de la baie. Dans le voile d'un nuage, une couronne se forme : soleil de rayons, brûlure de mon père, horizon rapproché. Plus bas, le sable est une idée caressée par les vagues qui reflète le ciel comme un mirage mou.

Avec mes cousins, c'est ensemble que nous lévitons pour la première fois ! Derrière le commandant qu'il tient aux épaules, René me semble crispé, et Edmond gonfle le torse pour admirer le paysage par-dessus la tête de son pilote, nez au vent et bras en croix comme un aigle planant délivré de sa chasse.

Le soir au mess, il n'y a pas assez de mots pour décrire cette révélation, et l'abbé, hanté par la perspective de voir diluer son pouvoir dans le talent de ses élèves, impose trois jours d'instructions avant le prochain vol que nous ferons, si nous nous comportons bien, au poste de pilotage.

— Trois jours avant la résurrection, dis-je en sabrant le champagne. Ne t'inquiète pas, Fourny, donne-moi mon linceul, je les oublierai vite...

— Certainement, mon lieutenant ! me dit-il en trinquant.

Le trajet du retour du Crotoy à Buc me donne le mal de mer : ma tête se cogne à la vitre du train, tout est proche, gros, les paysages sont confus, trop pleins d'arbres épais, de villages boursoufflés de pierres et de tuiles, de gares gigantesques remplies de voyageurs qui veulent m'assaillir, les fermes sont obèses, les troupeaux monstrueux comme les montagnes de leur fumier, tout me tape dans l'œil, tout m'étourdit, je tire de ma poche une bouteille d'éther pour m'aider à dormir, je ferme les yeux, je veux monter plus haut, grisé de ciel et oublié du monde, que le temps disparaisse comme l'hélice devant moi et que je reste là, fragile et incertain, à voler, voler, voler, à dévorer sans fin le filament du rêve.

21

Aviateur

René, Edmond et moi sommes enfin lâchés le 12 septembre 1912 pour notre premier vol en qualité de pilotes, à Buc.

— 12 septembre, me dit René. Ce n'est pas la date d'anniversaire de ton père ?

Je ne lui réponds pas et tourne la tête vers les aéroplanes Maurice Farman 70 HP qui viennent d'être livrés. Nous montons chacun dans le sien. Nous partons en formation à trois, escortés à gauche par un novice de la promotion précédente et à droite par le commandant dont il convient de suivre les mouvements d'ailes, dernier ordre donné d'un major à ses lieutenants d'une voix hésitante.

Une fois assis derrière moi, Fourny me dit :

— Fini la reptation, tu vas voler pour de vrai, mon lieutenant. Tu t'es bien comporté. Oublie-moi, sers-toi de tes beaux yeux, fais corps avec l'aéroplane maintenant, reste souple avec ton cou de chouette, tiens tes épaules, épouse la cuisse au fuselage et tes pieds bien au fond : tu verras, tu seras mieux que dans le ventre de ta mère, je te le dis ! Et tu mesureras comme le ciel s'étend si loin que même le soleil n'en connaît pas la fin ! Allez, porte bien ton nom, Vivant, c'est le moment !

La prise en main du Farman s'avère plus facile qu'imaginée ; la qualité de l'enseignement de l'abbé se concrétise en toute simplicité. L'aéroplane, incliné sur sa béquille arrière, m'interdit de voir la piste : je découvre à quel point le pilotage n'est qu'une question de sensations. C'est cela, je comprends, faire corps avec l'avion, c'est l'entrer dans sa chair, c'est fixer les compteurs aux pupilles, que son fuselage devienne votre peau et que ce soit son essence qui vous batte le cœur. L'herbe file sous mes pieds comme sous les roues, et dès que je pousse les gaz l'avion décolle. Qu'est-ce que l'apesanteur ? C'est une expiration, il suffit de vouloir... Le manche réactif prolonge mon cerveau. Je pousse encore, feins de tendre l'oreille aux conseils de Fourny, ses bribes abandonnées au raffut de l'hélice.

Arrivé à 500 mètres d'altitude, je ris de mon vertige d'être ce Gulliver survolant Lilliput, ses champs moissonnés de rayures, ses haies limitant les parcelles, ses cours de ferme dévoilant leurs secrets, ses groupes de maisons au flanc de leur église comme des enfants peureux aux jupes de leur mère, ses chemins empruntés par de minuscules attelages où les chevaux ressemblent à des fourmis, ses feux de broussailles qui brûlent sans chaleur. Je glisse dans ma main gauche ce paysage immensément petit que je porte à ma bouche. Dans le premier virage, la rotation à 45 degrés tord le plancher de mon nouveau royaume. La formation reste coordonnée et le commandant amorce un looping. Je tire sans mesure sur le manche et engloutis la courbe : c'est comme un sixième sens, la géométrie de la Terre sera désormais mienne, je la placerai comme bon me semblera, plate, tordue, inclinée, au plafond de mes pieds ou paillasse à ma tête, c'est moi qui déciderai. Il ne sera pas question de liberté, mais de toute-puissance, et je ne craindrai plus le jugement de mon père, l'accident, la mort, rien.

Le temps s'arrête, le moteur a muté dans le cri de mon ventre : est-ce Dieu, est-ce Diable, ou les deux à la fois ?

ciel

L'atterrissage est d'une douceur béate et, au saut de l'avion, je fais quelques roulades sous les applaudissements des mécaniciens. Le commandant et Fourny me félicitent pour ma prestation exemplaire. René et Edmond accourent vers moi pour une longue accolade.

— Nous voilà dépucelés par l'univers lui-même ! Ce n'est pas rien !

Le soir, ils parlent d'émotions semblables même si je n'en entends rien. Le déroulé de leur vol fait l'objet de longues dissections. Les talents d'Edmond aussi ont impressionné. Nous griffonnons en hâte nos rapports : quelques lignes avec l'énumération des distances, des altitudes et des lieux survolés. L'abbé nous rappelle la nécessité de prendre dès aujourd'hui cette bonne habitude. Je me contente d'un dessin : une hélice tournant sur elle-même, inaccessible étoile au milieu de la page :

Un mois plus tard, René, Edmond et moi obtenons notre brevet sur appareil Maurice Farman 70 HP : les épreuves obéissent à un ensemble de 35 heures de vol, comprenant deux montées à 1 000 mètres, un triangle de 500 kilomètres avec deux atterrissages contrôlés, un voyage de 600 kilomètres et deux lignes droites de 350 kilomètres. Nous nous sommes ardemment préparés, toujours avec l'aide de l'abbé devenu de plus en plus complice.

En matière de voltige, le commandement ne peut cacher que je suis le meilleur, réactif, intuitif et agile en toute situation. René a quant à lui un pilotage académique, parfait mais sage : l'excellence même des missions contrôlées. Edmond brille pour les figures saccadées et nerveuses, déroutantes dans les exercices tactiques d'attaque, traîtresses à l'ennemi imaginaire : en l'air, Jésus est un véritable Judas.

22

Catéchisme de la nuit de noces

Ils ont des airs de fanfarons avec leur képi rigide à large bord, leurs myriades de décorations piquées sur la poitrine et leur moustache très serrée sous le nez, ces officiers de l'armée impériale russe intéressés par notre aviation! Ma démonstration les impressionne: j'ai encore gagné en précision et mon atterrissage à contre-vent et sans rebond est un baiser sur l'herbe. La délégation est enthousiaste, le tsar lui-même n'aurait pas mieux applaudi. Je saute de l'appareil avec un sourire radieux et viens les saluer: je ne comprends pas un mot de ce qu'ils me racontent, mais j'imagine que ce sont des félicitations.

Le soir même, je réunis les officiers, pilotes désormais, sur les bancs d'écolier de la salle de cours pour fêter le départ de l'abbé Fourny. Il doit suivre les Russes pour entraîner leurs troupes et nous voulons lui faire de mémorables adieux. Debout devant le tableau encore marqué d'instructions, de croquis, de recommandations, je prends mon exemplaire du *Catéchisme de l'aviation* et invite tout le monde à ouvrir le sien. Les couvertures rouges sont toutes rayées et le tissu du dos presque arraché. J'imite l'air martial de Fourny et demande le calme.

— Messieurs, vous ne le savez peut-être pas, mais l'abbé vient de me le confesser : pour la France, vous aurez la mission de voler, mais pas seulement. Vous devrez aussi faire un beau mariage ! Et pour cela, vous avez les meilleurs atouts : votre qualité d'aviateur et vos galons. Alors soyez prêt !

Ils sourient, je poursuis :

— Et pour voltiger lors de votre nuit de noces, retenez la méthode et lisez avec moi, page 69 :

Virage sur l'aile : cabrez légèrement main et pied à droite, puis ramenez-les doucement au milieu, piquez légèrement, remettez en ligne de vol.

Glissade : cabrez légèrement main et pied d'un côté ou de l'autre, coupez et attendez que l'avion soit sur le nez. Ramenez doucement tout au milieu. Piquez quelques mètres, redressez doucement et remettez le moteur.

Ils se laissent aller à la métaphore et lisent tous en chœur d'une voix de plus en plus passionnée :

Retournement : piquez légèrement, cabrez fortement main et pied à droite à fond, coupez et opérez comme pour la glissade.

Fourny qui s'est pris au jeu nous interrompt :

— Il n'est pas question de se précipiter, on prend son temps... Voler, survoler, planer : tout doit rester possible. On écoute son cœur, on tend l'oreille à la moindre réaction, car c'est une communion, messieurs !

Je reprends :

Spirale serrée : coupez le moteur, mettez le manche légèrement en arrière, main et pied légèrement à droite. Quand la spirale est commencée, pour la serrer, ramenez de plus en plus le manche sur le neutre, mettez le pied plus à droite et dosez ces deux mouvements selon que vous voulez une spirale plus ou moins piquée. À la fin de l'enroulement ramenez doucement main et pied au milieu, le manche légèrement en avant, attendez un peu et redressez doucement.

La lecture commune s'emballe dans un rythme effréné pour la dernière instruction :

Looping : piquez de façon à augmenter le moteur d'environ cent tours, tirez rapidement sur le manche mais sans brutalité et pas tout à fait jusqu'au bout ; quand l'avion est vertical, tirez à fond, coupez quand il se renverse ou glisse d'un côté et procédez comme pour la glissade.

L'assemblée se tait d'un coup ; tous les yeux sont rivés sur Fourny. Après quelques respirations, c'est lui qui conclut calmement :

— Apogée : gardez les yeux fermés, appréciez la confiance, l'univers est à vous, le moindre de vos mouvements devient une évidence. Et quand vous lâchez prise, l'horizon vous emporte si vous volez de jour, ou le noir absolu si vous volez de nuit. Vous êtes au septième ciel, exultez : ce que vous formez là s'appelle un équipage.

L'abbé sourit, pleure puis quitte la salle et surtout ne se retourne pas. Le silence après lui est solide et compact, mais le clairon, bête et discipliné, ne décale pas son appel à dîner.

23

1er août

1914 sera une belle année : Edmond est nommé commandant de notre escadrille et il va se marier. Ses qualités sérieuses et ses talents de voltigeur ont séduit en haut lieu, et nous ne dirons pas à Émilie qu'il prise de la cocaïne pour ne pas s'endormir lors des vols trop longs.

Le jour J, les pères ont fait l'effort d'arriver en avance à l'église, tous les quatorze avec leurs épouses. Mon petit-oncle Albin est là aussi, toujours célibataire, si chic dans son frac : haut-de-forme neuf, diamants rosette piqués dans les manchettes, canne de cristal, gardénia à la boutonnière et, sur un gilet candide, un papillon de soie bleue. J'ai l'impression qu'avec l'âge et le métier ses traits s'affinent : il rayonne comme une revanche réussie. Car enfant, il me l'avait raconté, Albin était le tardillon qui n'intéressait personne. Ma grand-mère Jeanne croyait avoir assez donné à son mari comme à la France et fut surprise par cette seizième grossesse. Mon grand-père se contenta de s'exclamer : « Encore un garçon ! » quand il apprit la nouvelle au retour d'une chasse. Albin avait tété de poitrine en poitrine sans qu'aucune ne s'attache. L'une des nourrices fut limogée par Pierri pour une incartade. Bien lui en avait pris : la nouvelle recrue sauva Albin d'une mort de faim, la précédente s'étant lassée de le nourrir pour courir les loups. Il s'en était fallu de peu qu'on le retrouvât sans vie au fond de son berceau. Il avait appris à marcher en s'agrippant aux plinthes des murs du couloir. Ses parents le regardaient courir sur la terrasse comme un chiot sauvage qui ne venait jamais se fourrer dans leurs jambes. Plus grand, il servait à délimiter les buts dans les jeux de ballon et à gonfler les pneus avant les départs à vélo. Même Marie, son unique sœur, n'avait aucune attention pour lui, déjà prise dans la perspective de trouver le bon mari. Dans l'appartement en ville, il dormait au fond d'une alcôve où deux bureaux servaient à ses frères étudiants, si bien qu'il s'endormait toujours tard et les cheveux couverts de taillures de crayon dans les voix des récitations qui seront l'aiguillon de son érudition. L'arrivée d'un couple de domestique, M. Reygros et Mme Bellet, fut son premier souvenir marquant : la vie d'Albin commença ce matin-là de ses six ans où ils se présentèrent, bras dessus, bras dessous, à pied : il crut voir apparaître les parents qu'il n'avait jamais eus.

Toute la famille s'installe du côté droit de la nef, près des fauteuils des mariés, autour des grands-parents : Jeanne est vénérable, Pierri patriarcal. Les enfants galopent en essaim, salissent leurs festons et leur nœud papillon au grand dam de leur maman, jouent entre les bancs avec les bouquets et les missels tandis que les adolescents, l'air de rien, reluquent les corsages des nourrices amplement dégrafés aux bouches des bébés. Les aînés grouillent dehors, attendant cousin Edmond pour pouvoir le chambrer.

De l'autre côté de l'allée, la partie adverse s'assied sur

des bancs clairsemés, effarée de voir la masse énorme de cette famille Henry submerger l'église comme une marée montante. Les cloches sont sonnées à toute volée par Édouard dit Doudou, quinze ans à peine mais un physique de contrepoids, se prenant pour un ange ficelé dans son aube et arraché à la terre avant de retomber, hilare. Alignée sur le parvis, une troupe d'officiers relève sabres et drapeaux. René, Albin et moi nous dirigeons sous le balcon de l'orgue. La cousine Suzanne s'installe au buffet, et Suzanne, c'est quelqu'un : un caractère de chienne dans un corps de Vénus. Enfant, elle nous giflait quand nous venions trop près. Comment lui en vouloir ? Aujourd'hui, à la voir seulement, tout lui est pardonné. À l'heure dite, elle engloutit les conversations sous un Bach énergique. Je dis à Albin et mes cousins :

— Regardez comme la Suze est à l'aise pour souffler dans les fûts ! On dirait qu'elle a enfin trouvé l'amant idéal, celui qui chante seulement quand elle le manipule.

— Oui, tu as raison, dit Albin, qui ne peut s'empêcher d'étaler ses connaissances en matière d'orgues : elle n'hésite pas une seconde entre les manettes de registre et les dominos d'accouplement. Et regarde ses doigts qui descendent de clavier en clavier…

— Et ses jambes…, dis-je en me tordant le cou pour les observer mieux.

— Pédales d'expression, pédales de combinaison, m'interrompt Albin.

— Arrêtez ! proteste René, nous sommes dans une église, tout de même.

— Puritain, sourit parrain, comme si tu ne m'avais jamais parlé du physique de la Suze, de ces petits petons ! Et Cécile est bien loin, ne crains rien…

René n'entend pas, ou feint de. Je vais embrasser Edmond dont l'émotion rend le physique encore plus tendre : mon Jésus serait presque dodu comme un ange baroque. Avec René, nous nous installons côte à côte en bousculant le deuxième rang, position stratégique pour observer les mariés tout en surveillant que leurs parents pleurent au bon moment. Le parfum des jasmins tressés au bout des bancs brouille celui des femmes.

L'entrée d'Edmond au bras de sa mère est théâtrale : Marie-Millions aspire les regards amoureux de ses frères et contrastés de ses belles-sœurs. Son chapeau éclabousse de plumes dont quelques-unes dansent à l'oreille de son fils. À son cou scintille un petit diamant bleu. Sa robe ciel, voilée d'un beau chantilly, est brodée de cristaux qui parlent aux vitraux. L'assemblée, et même le Rebhut, n'en croit pas ses yeux : la fille unique de cette immense fratrie rafle tout sur son passage une nouvelle fois. Elle rappelle à ses invités que ce sera elle, aujourd'hui encore, la monarque absolue. On n'attend plus désormais la mariée que par pure politesse.

Edmond, en uniforme de capitaine, épaulette et contre-épaulette, son pantalon garance et sa veste sombre à boutons dorés, incarne l'allégeance mais prend un peu plus d'assurance à chaque pas. Impossible de décrire sa moustache, éloge à la finesse napoléonienne, aboutissement de l'art militaire tellement habitué aux passages en revue. Elle l'amène jusqu'à l'entrée du chœur et l'isole entre la chaise et le prie-Dieu ; plus haut, le prélat est immobile. Edmond prend sa mère dans ses bras. Elle l'embrasse sur chaque joue puis s'arrête sur son front. Leurs ventres se touchent. Un frisson la parcourt. Je crois voir la naissance d'Edmond bousculer la mémoire de Marie, comme si on venait de lui déposer l'enfant à même la peau. Il ne pleure pas encore, et c'est sur ce même front, avec ces mêmes lèvres, que son premier baiser livre l'enfant au monde tandis que l'accoucheur lui coupe le cordon. Alors je suis ému, je comprends : la vie, cette fois sans ciseau, lui arrache son fils une deuxième fois.

Marie se retire, Edmond hésite un temps puis se retourne pour admirer Émilie venir jusqu'à lui. La mariée et son père se tiennent par la taille, c'est un geste très tendre. Elle porte dans les cheveux des fleurs d'oranger et deux voiles : l'un qui floute son visage, l'autre qui traîne derrière elle, retenu par les enfants d'honneur. De loin, sa robe est un éclair de blancheur. De près, elle révèle sa dentelle Dognin, feuilles et arabesques essaimées sur une prairie de tulle, magie de transparence feinte sur sa peau sous-jacente. Edmond est immobile, tellement immobile.

Le sermon est parfait pour ceux qui entendent mal car il est bref. Il permet à René une petite sieste tombée sur mon épaule. Albin semble débordé par sa condition de vieux garçon, ni curé ni militaire. Plongé dans ses pensées, il regarde les mariés glisser leur doigt dans les alliances. Sa moue me fend le cœur. Durant le consentement, Edmond soulève le voile d'Émilie, elle l'embrasse, il sourit à peine. René, lui, est ému au spectacle de ces lèvres trouvées, rougeur et pâleur aussitôt séparées. Il n'ose pas se retourner pour chercher sa Cécile dans l'assemblée. Je m'en aperçois et me moque de lui.

Pour la sortie, les grandes orgues dilatées par la Suze électrisent l'assemblée. Edmond semble préoccupé. Est-il taraudé par son prochain retour à son escadrille, juste après le mariage ? ou troublé par ce baiser public dont son père à l'oreille vient de lui faire le reproche ?

Avec René, nous avons choisi de ne pas porter notre uniforme pour ne pas faire d'ombre à Edmond, et ressemblons à des jumeaux dans notre costume de garçon d'honneur : queue-de-pie à rayures, gilet à fantaisie d'oiseaux, gants immaculés et deux chapeaux tout neufs. Un autre carcan, en somme. Que n'ai-je osé la djellaba que Lelièvre m'a envoyée d'Oran ? Ne pas choquer ma mère… encore. Ou l'inconsciente responsabilité de l'aîné des cousins décapité de père ? Cette idée me dégoûte.

La famille défile devant le photographe, chacun affichant son visage de cire. Albin, ragaillardi par la proximité de la fête, ironise sur l'apparence de la famille d'Émilie dont les hommes portent des cannes sans pommeau et les femmes des capelines trop étroites :

— Mariage d'amour… mariage d'argent… j'ai vu se marier toute sorte de gens, fredonne-t-il en roulant les *r* comme un Auvergnat.

— Rabat-joie, va ! lui lance René qui nous a rejoints. Regarde comme ils sont beaux ! Plutôt mariage parfait de lune et de soleil !

— Tu as raison, René, leur dis-je en leur tapant les fesses : l'avenir nous indiquera qui est la planète chaude, qui le froid satellite… mais j'ai mon pronostic.

Les photographies sont séquencées par génération : impossible d'avoir tout le monde sur le même cliché sans expédier le photographe à l'autre bout du village. Les enfants ont compris et se tiennent tranquilles. Enfin, presque tous. Les mères traînent des regards alanguis sur les pères, glissent leur bras pour les souder à elles ou font des caresses qui, en d'autres temps, auraient semblé tout à fait impudiques. Est-ce pour s'affranchir de la chape de plomb qui revient maintenant que la messe est finie ? Les familles d'Émilie et d'Edmond ont en effet choisi de maintenir la fête malgré le climat politique, c'est osé. Nous sommes le samedi 1er août 1914, et leur union sera pour toujours associée à cette date infernale.

La voiture qui les attend décapotée est une Delage flambant neuve, sièges en cuir à boutons, grandes roues à rayons et carrosserie vert profond. Le silence a gagné l'assemblée, Émilie s'appuie sur l'épaule d'Edmond pour s'y installer, elle est la légèreté ou la fragilité, je ne sais que choisir, les voilà tous les deux à l'arrière. Avant de prendre le volant, j'initie les applaudissements : il faut toujours un couteau pour briser la glace ou un fou pour entraîner les masses. À mon signal, les enfants jettent des pétales de rose et Doudou crie des *Vive les mariés !* bientôt repris par toute l'assistance.

Je presse la poire du Klaxon

Vive les mariés !

alors que, sur les murs de la place

Vive les mariés ! Klaxon

on affiche l'ordre de mobilisation générale pour le lendemain

Vive les mariés ! Klaxon

la guerre est sur le point d'être déclarée

Vive les mariés ! Klaxon soudain couvert par un vrombissement. La foule lève les yeux au ciel d'où surgit l'aéroplane que j'ai commandé et qui fonce sur elle, vrille au ras du clocher dans la stupéfaction et jette les paquets de tracts que j'ai fait imprimer :

Si Vivant

« Ne vous trompez pas de garnison :
ici c'est mobilisation
pour le mariage d'Émilie et Edmond »

24

Minuit plus tard

Je vide ma coupe pour me donner du courage autant que du plaisir. Puis je la remplis de nouveau et y trempe l'index. Je tourne lentement mon doigt sur le fil humecté. La note naît, cristalline, enfle, gagne sur les conversations. Lorsque la coupe explose, c'est surprenant, le silence s'installe. La Lumeraie devient La Lume et retrouve pour un instant ce calme où je sais qu'elle repose entre deux vacances. J'ai toujours senti cette maison expirer le fracas et inspirer le silence : volets grands ouverts aux rayons de printemps et verrous repoussés aux soirs des saisons mortes, encombrements soudains et adieux déchirants, courses de mille enfants et bagages de mères. En y arrivant, on sait qu'on y trouvera tout, qu'on peut venir sans rien, qu'on s'arrangera bien, alors qu'en la quittant on vérifie dix fois qu'on n'a rien oublié sans penser aux souvenirs infiltrés sous la peau qui s'embarquent avec nous. Je me rappelle – pourquoi maintenant ? – que mon père un beau jour décida que sa place d'aîné imposait qu'il serait le dernier à fermer la maison. Aujourd'hui – pourquoi maintenant ? – j'en comprends la raison : il voulait éviter que le vide laissé par chaque départ frappe mes grands-parents comme la massue du temps perdu. Et moi, quelle serait ma mission en qualité d'aîné des petits-enfants ? Divertir comme je divertissais Pierri et Jeanne en jouant le pitre du haut de mes cinq ans dans le cabriolet pour qu'il ne regarde pas Joseph tourner la dernière clef ?

Oui, divertir, peut-être. Je me lève et tire de ma veste une feuille sur laquelle j'ai écrit mon discours ; je ne le confonds pas avec l'enveloppe bleuciel de mon père qui ne quitte pas ma poche.

« Ma chère Émilie, ma cousine désormais, je ne serai pas long, mais laisse-moi te dire ma joie de te voir épouser notre Edmond.

Comme il se dit dans la famille, Edmond est un bon garçon.

Tu sais que tu trouveras toujours en lui un protecteur qui commande en latin, ce n'est pas rien.

Alors parle-lui en français ; dans cette langue au moins, c'est toi qui décideras.

Et nous sommes certains qu'il trouvera en toi la tendresse et l'allégresse… qui lui manque parfois !

Alea jacta est, vous voilà bien mariés.

Puissiez-vous tenir la fierté de vos parents, notre Rebhut et notre chère Marie, notre unique Marie.

Puissiez-vous vivre longtemps l'amour des amants et donner à la France de nombreux enfants : entre la prolificité de nos grands-parents et le fils unique, il doit bien y avoir un juste milieu, n'est-ce pas ?

Notre petit Albin est déjà candidat – il ne le sait pas encore, mais je le lui apprends – pour être leur parrain, bienfaiteur idéal qui sait le catéchisme et bien d'autres mystères.

René quant à lui sera là pour les cours du soir, la science et les mathématiques.

Et puis tous les cousins les couvriront de soins.

Mais avant, nous, les hommes, devrons servir la France et monter au combat.

Et mon Edmond, tu seras de ceux-là.

Nous serons à tes ordres, nous suivrons tes conseils.

Mais la date d'aujourd'hui nous pousse à la question : que nous dit un mariage quand une guerre se déclare ? Allons-nous retenir la haine certifiée ou l'amour célébré ?

Moi je choisis mon camp : le camp des optimistes et le camp des joyeux, le camp qui s'amuse et qui se divertit.

Le camp des acrobates dont tu es le meilleur.

Le camp des voltigeurs dont tu es le seigneur.

Le camp des cœurs légers qui connaissent l'azur.

Le ciel qui répond oui à la terre qui dit non !

C'est le camp qui vous aime.

C'est le camp qui n'a pas d'ennemi, c'est le camp de l'amour !

Vive les mariés ! »

Je me rassieds sous les applaudissements, le retour du fracas. Une pensée m'interroge : de quoi Edmond ce soir devra-t-il se défaire pour se glisser dans le lit d'Émilie ? Des millions de sa mère, du latin de son père ou juste de la guerre ? Il fait doux, le jardin frise les coupes de sa brise légère. De toute sa hauteur, La Lume irradie, éclairée de mille feux. Je sens qu'on oublie de faire des hypothèses, de compter les oncles et les cousins qui, demain, seront éparpillés dans tous les corps d'armée. Qu'on ne veut pas anticiper les foyers vides d'hommes car ils sont encore là, autour des tables, à se serrer les coudes, à rire de souvenirs, à se moquer des uns, à préférer les autres. Qu'on décide de boire pour dissoudre l'avenir dans la fête, dans la joie des époux, dans les papiers cadeaux déchirés sous les bravos. Oui, on se congratule. On chante. La pudeur fond dans la chaleur ambiante, on se met à danser sans veste et sans chemise en mélangeant les couples et les générations. Enfin, on se laisse aller ; on est heureux, je crois. On mesure le prix du bonheur de l'instant ; il est inestimable.

Edmond, le plus sérieux de la famille, a le mariage le plus gai et le plus débridé de sa génération. Celui où s'évanouissent toutes les supputations. Celui où l'oncle Charles portraiture en direct sous les acclamations, où des yeux ressemblants surgissent sur ses toiles, les seules qui deviendront précieuses pour avoir fixé tant de derniers sourires. Celui où un évêque embrasse la mariée. Celui où mon René grimace comme un pou se moquant de son père. Celui où mon Albin embrasse ce garçon dont la beauté le trouble. Celui où ma Charlotte me prend la tête à pleines paumes, transpose dans mes yeux son regard sur mon père qu'elle croyait oublié, écrase sans savoir sa caresse d'adieu. J'en pleure, j'en crève. Celui où je cueille les bouches de Loulou, de la Suze, d'Albin et de René surtout, de toutes mes cousines et de tous mes cousins. Celui où ce ne sont plus les pères qui versent le champagne mais les mères à leur place : c'est tellement mal élevé mais tellement délicieux ! Celui où l'on rit du sommeil public de Jeanne et de Pierri. Qui va les chatouiller pour les faire vaciller ? Celui où la maison porte si bien son nom, même au cœur de la nuit.

Debout et titubant, René et moi nous faisons boire l'un

l'autre en nous croisant les coudes. Le premier qui rira... Je trinque, je divague, il m'étend sur trois chaises, passe sa main dans mes cheveux, dépose sous ma tête une serviette pliée et me glisse dans la bouche une fleur d'orchidée. Je m'endors avec cette émotion : La Lumeraie en moi a changé pour toujours, mes yeux sur elle ne seront plus les mêmes. Ce soir est si particulier... Avec toute la famille réunie à ses pieds, elle a touché son comble de bonheur, faîte de son histoire, souvenirs ascendants comme ces mariés que vent emporte Sur la rive du rêve elle m'accompagne encore, René, je sais, me dit que j'ai bien assez bu Rien ne s'arrange avec les pleurs, Vivant, tu sais, rien ne s'arrange avec l'ébriété Le champagne, René, est un or qui se mord. Mais la coupe est trop fine, Vivant, son arête tranchante Ne t'inquiète pas, cousin, si ma bouche se brise Le sang se mêle au vin, Vivant, et coule entre tes doigts Va-t'en, René, laisse-moi Sers-moi le verre brisé, papa, sers-moi le goutte-à-goutte La Lume, ce n'est qu'alcool qu'ivresse emporte Envoie-moi la boussole, papa, qui mène jusqu'à toi Sers-moi lèvre blessée, papa, sors-moi de l'obsession Te voilà mon Joseph dix ans jaillit sur le perron, tu galopes vers moi comme une tête blonde, sautes sur mes genoux Et me donnes une clef dont je ne sais quoi faire La Lume, ce n'est qu'enfance que vent emporte La coupe se renverse et je tombe comme elle Il est si tard

La musique n'est qu'un son cotonneux, si loin

Il est si tard, on a trop bu de vin, les invités s'en vont, c'est la fin

Silence

La Lumeraie s'éteint.

25

Vert kaki

Une centaine de pilotes, cent trente-deux avions, vingt et une escadrilles de six et deux de trois : c'est le trésor de la France au début de la guerre. C'est un corps à part dont l'état-major jauge encore mal la mission. C'est Edmond, René, c'est Lelièvre et c'est moi.

Ce matin, arrivage de fournitures : revolver, couteau de survie et une ceinture remplie de pièces d'or. En cas de panne en terrain ennemi, il faut pouvoir manger, boire et corrompre.

Edmond, fraîchement promu capitaine, commande notre escadrille. Nous commençons par le renseignement : survol des environs et des troupes hostiles, description des paysages, amélioration de la cartographie, gribouillages de petits papiers jetés par-dessus bord dans des tubes métalliques munis d'un ruban blanc, plutôt faciles à retrouver à terre pour une information en direct. Puis René, qui dirige une cohorte de mécaniciens, décide de monter des appareils photo sur les carlingues. Toutes les solutions sont testées, l'escadrille est un laboratoire à ciel ouvert : appareil photo embarqué sur le côté du fuselage, mais l'observateur doit se lever derrière le pilote et déséquilibre l'appareil. Perforation du fond de l'habitacle pour que l'objectif émerge directement entre les pieds de l'observateur : il suffit de baisser la tête pour prendre les clichés. Triples objectifs longs de 40 centimètres à 1,50 mètre pour triple précision, chacun adapté à une certaine altitude. Tout est testé, ajusté, rejeté ou validé.

Entre deux séances, je suis inondé de lettres : mes tantes et mes cousines m'informent des affectations des garçons et des pères. Il en part sur tous les fronts, je me sens encerclé. Par ma famille, par des parents lointains dont je ne connaissais même pas l'existence. Mais voilà qu'ils sont là, troupeaux d'hommes peureux fourrés au fond d'un trou, qui ont le même sang que moi et surveillent le même ciel de leurs yeux globuleux. Je m'habitue à cette idée : pas un jour sans voler au-dessus de l'un d'eux. Elles me l'écrivent aussi : pas un avion sans qu'ils pensent que c'est moi. Je suis l'espoir qui vole à qui ils font des signes et que je ne vois pas. Un peu comme l'âme de Joseph devant qui je crois gesticuler et qui ne répond rien.

Nous recevons des félicitations : nous sommes plus rapides et plus fiables que les ballons captifs qui sont des cibles trop faciles. Je mets au point un code de figures de voltige permettant à l'artillerie d'ajuster ses tirs et de faire mouche. Nos adversaires à nous sont d'une autre espèce : le vent et ses caprices, la pluie, l'orage, toujours l'orage, ce colon de mes luttes. L'aéroplane, hérissé de câbles, de mâts, le Farman en particulier, est très sensible à l'intensité des rafales. Il faut surveiller le comportement du moteur comme le lait sur le feu, réagir au moindre sursaut de l'air sur les ailes, les ailerons, le gouvernail. La pluie, elle, brouille la vue, imbibe les manteaux comme la toile du fuselage, alourdit, rend les sols glissants et l'atterrissage problématique. Faire corps avec la machine n'est plus suffisant : il faut écouter le ciel, dialoguer avec la nature, aimer sa force et ses caprices et ne pas dépasser cette frontière au-delà de laquelle elle ne vous aide plus mais s'autorise à vous éliminer.

Le premier qui rappelle cette leçon est un caporal de vingt ans parti seul en reconnaissance sous un ciel chargé de cumulus gras et blancs, mais pas encore menaçants. À son départ, l'éclatement semble encore lointain et même peu probable. Mais il doit écourter sa mission quand les nuages noircissent. Alors qu'il s'aligne pour atterrir, une saute de vent le dévie et un éclair l'atteint en plein moteur : sans s'en rendre compte, il vole au cœur de l'orage. L'incendie de l'appareil se déclare en même temps que le bruit de la foudre. Derrière les carreaux de la popote, nous voyons tout de la scène et ne pouvons rien faire sinon regarder cet objet difforme s'approcher de la piste, y rouler un panache sans frein suivi d'une fumée d'encre jusqu'à l'explosion du réservoir d'essence. Mort pour la France, mort par la foudre, mort par le feu. Et tous les camarades les yeux fixés sur René et moi, descendants des Hyfrer loin des paratonnerres.

Le lendemain, je décolle dès l'aube avec Edmond pour profiter du ciel encore cristallin, chacun avec un observateur : Dariguet pour moi, Laperruche pour lui. Ces deux-là sont secs comme des triques, presque chétifs, des amis du petit caporal : ont-ils été sélectionnés pour leur poids plume ? Avant de partir, Edmond-Jésus sermonne : il s'agit de rapporter des photos d'une colonne repérée par une escadrille de Châlons. Arrivé au-dessus du front que le déluge de la veille a lessivé,

Edmond fait une spirale de toute beauté, signe qu'il est temps de nous séparer, la mission étant planifiée sur deux altitudes distinctes. Un Taube ennemi, monoplace dont les ailes et la queue ressemblent à celles d'un oiseau, apparaît face à moi : nous nous croisons si près que je vois les traits du visage du pilote. La masse de l'avion est impressionnante, mais le sourire ironique de l'autre pique mon orgueil. Au deuxième passage, je déchiffre le blason sur son fuselage : aigle rampant sur fond rouge et initiales d'or : « EvR ». Plus bas, je compte les croix dessinées : il a déjà abattu trois camarades. Il profite de ma distraction pour passer à l'attaque. Mais la voix de Fourny résonne dans ma tête : il commence à me suivre et à tourner dans la même direction, erreur cataloguée par l'abbé et qui me donne une belle opportunité. Je fais signe à Dariguet de sortir son fusil, baisse les gaz brutalement et ralentis en parallèle sous lui, l'empêchant ainsi de tirer, puis tourne immédiatement dans la direction opposée. La réactivité et la maniabilité du Farman s'avèrent bien supérieures à celles du Taube : à présent, « EvR » ressemble plus à une grosse palombe qu'à une hirondelle. Alors qu'il tente de sortir de sa manœuvre précédente, il ne peut pas me voir remonter verticalement sous sa queue, plein gaz et perpendiculaire : Dariguet fait feu à deux reprises et je tire de même avec mon pistolet. La première est vaine mais la deuxième atteint la mécanique : il perd bientôt de l'altitude dans un trait de fumeroles. C'est beau, la fumée d'un avion qui dessine sur la toile du ciel la courbe de sa chute. Alors, même si nous sommes en territoire ennemi, je la suis et fais signe à Dariguet d'arrêter de tirer. Le Taube repère une clairière pour atterrir, et je me mets dans son sillage. Sa traîne noire a des odeurs de cendres. Incapable de freiner, il finit sa course les ailes arrachées entre deux arbres.

Le Farman à son tour arrêté, je saute, suivi de Dariguet. Nous marchons, cachés derrière les troncs, et arrivons non loin des débris de l'appareil. Dariguet, arme à la main, chuchote :

— En temps de guerre, mon lieutenant, on n'abandonne pas un cadavre ennemi sans l'avoir visité. C'est mon cousin Eugène qui me l'a expliqué ; il est dans l'infanterie. À la fois épicerie, troquet et bijouterie, il peut vous sauver la vie aujourd'hui et faire demain votre fortune. Car il n'y a qu'à se servir en lui faisant les poches : argent, chocolat, lard fourré dans la doublure, friandises dans leur papier doré, tabac, fiole plate et bien remplie, montre de gousset, musicale parfois... Pour s'en servir, il suffira de jeter le portrait de la jolie qui sourit au clapet du couvercle ! Et n'oubliez jamais les ornements du corps qui ne serviront plus : porte-bonheur, médaille religieuse avec sa jolie chaîne, gourmettes, alliance – et, pour ceux qui ont quelques outils et le courage des garçons bouchers, dents en or.

Je m'étonne de son sourire féroce : en voilà un qui dilue sa peur dans son imaginaire.

Mais l'ennemi est vivant et descend de l'avion ; il tousse dans la fumée, même pas blessé, et cherche son monocle. Quand il nous voit, il accepte sa défaite : il lève les mains en l'air. Son allure est celle d'un roi décollé de sa carte à jouer ; il a un certain âge, pourrait être mon père. Ses yeux sont d'un bleu de glacier. Au col de son manteau tombent des pans d'hermine : une coquetterie d'aristocrate qui me fait penser à Louis de Bavière et qui contraste sérieusement avec mon pyjama et ma peau de bique. J'ordonne à Dariguet de baisser son canon. Nous nous approchons, je lui tends la main :

— Lieutenant Vivant Henry, et voici Raymond Dariguet, maréchal des logis.

— Erich von Rauffenstein, Oberst.

Nos casques retirés, nous nous jaugeons longtemps : nos cheveux sont caressés par le même vent qui disperse autour de nous les étincelles de l'avion enflammé. Nous restons empêchés comme deux idiots coincés devant la barrière de la langue, aussi invisible qu'infranchissable. Il semble étonné par mon accoutrement et ma tignasse ébouriffée. Il se met à regarder Dariguet avec plus de déférence ; il doit se poser des questions sur mon statut. Dariguet saisit l'arme à sa ceinture et ne peut s'empêcher de lui tapoter l'épaule d'un air condescendant. Le geste m'agace :

— Tu ne manques jamais de respect à un officier supérieur.

— C'est que je ne sais pas lire ses galons, mon lieutenant...

— Imbécile ! Il suffit de le regarder, lui !

Dariguet ne répond rien, étonné de me voir énervé pour la première fois. Rauffenstein sort un flacon en aluminium de sa veste, dévisse le bouchon, et c'est à moi seul qu'il le tend : grâce à notre dispute, il a compris les grades. Je bois, admire les initiales gravées du même blason que l'avion, puis Rauffenstein avale une rasade à son tour avant de glisser la flasque dans sa poche. Je lui serre de nouveau la main puis tourne les talons. Dariguet me suit. Tandis que derrière lui son avion brûle encore, Rauffenstein nous accompagne et nous aide à remettre le Farman en position de décollage ; il vérifie les vis aux roues du train, les haubans, caresse la fleur des ailes, hésitant entre un regard espion et un regard complice. Il sait que je suis le pilote et m'aide à monter à bord.

Je dégaine le Baudelaire qui ne quitte jamais ma nacelle et lui récite en ricanant :

> Mon enfant, mon frère !
> Songe à la douceur
> D'aller là-bas vivre ensemble !
> Aimer à loisir,
> Aimer et mourir
> Au pays qui te ressemble !
> Les soleils mouillés
> De ces ciels brouillés
> Pour mon esprit ont les charmes
> Si mystérieux
> De tes traîtres yeux,
> Brillant à travers leurs larmes.

Il sourit, parfois la poésie suffit pour se parler du monde sans en comprendre rien, puis lance mon hélice. Le moteur vrombit, il se redresse en s'éloignant du souffle, me salue d'une main, nous décollons. Je monte en spirale autour de la clairière et, la tête penchée au bord de la nacelle, ne le quitte pas des yeux. Vite, il n'est qu'un corps kaki qui me fait de grands signes, puis il disparaît dans la fumée qui couvre l'herbe du pré. C'est ça, il pourrait être mon père.

26

Boulevard de la Paix

Edmond donne ses ordres le soir pour que l'on dorme dessus et les intègre bien. Vers 19 heures, je suis en avance au mess où nous partageons un café. Il me parle d'une lettre qu'Émilie vient de lui écrire ; il est question d'une nouvelle dont il ne sait que faire, mais il ne m'en dit pas plus. Je ne pose pas de question : la confidence viendra quand il le voudra. Déjà entrent des officiers. Il se recompose cette allure de tigre que je lui connais tant, cet air grave et incontestable, oubliant que ses traits un peu ronds l'adoucissent toujours. Quand tout le monde est là, il prend la parole :

— Reims, messieurs ; demain nous volons jusqu'à Reims, mission de reconnaissance pour voir si l'ennemi évacue, et premier vol avec nous pour Pierre-Amans Ruby, qui vient de nous rejoindre et que j'ai le plaisir de vous présenter.

Celui-ci fait un pas et s'incline à peine, un geste suffisant pour intégrer l'équipe. Edmond reprend :

— Mais l'artillerie hostile s'est époumonée trop près de la cathédrale, car elle croit que nous avons caché un poste d'observation dans ses tours. Alors elle vise ses gargouilles... Comme si elle n'avait pas vu qu'elles ont déjà la gueule cassée !

Des vitraux du côté nord aussi ont été touchés, comme la statuaire du portail. Alors c'est à nous de les empêcher de sourire...

— Bien dit, capitaine ! Et quel est l'objectif ? demande Ruby.

— Nous amuser, jeune homme, je viens de vous le dire, repérer les dégâts des derniers bombardements, et atterrir quelque part si le cœur nous en dit, taper du pavé, ça nous changera de l'herbe.

— Atterrir ? En pleine ville bombardée ?

— Oui, atterrir. J'ai pensé au boulevard de la Paix, il devrait être assez large.

Je l'interromps :

— Et un peu d'ironie ne nuit pas.

Pierre-Amans se lève :

— Je me porte volontaire, capitaine. Je suis né à Reims, et dans ce quartier en plus : impasse Lundy, numéro 22, eau et gaz à tous les étages, au troisième.

— Adjugé, Ruby, vous nous passerez ces détails mais vous volerez en tête. Et vous ferez équipage avec Maric. Et avec vous aussi : René et Dariguet. Laperruche, vous volerez avec Vivant, et en même temps vous lui couperez les cheveux.

— Il serait temps ! ricane Maric, vite vexé par ma petite tape derrière la tête.

Le lendemain, je profite de l'occasion pour essayer une nouvelle pelisse que je viens de recevoir de ma mère : le volume du colis a intrigué l'escadrille. La pièce est cousue de plusieurs peaux d'un indescriptible animal à poils longs et odeur tenace. Sa taille est très juste, je dois l'enfiler nu. Sous les rires de mes camarades, la taille des membres décuplée, je deviens une créature de colonie exotique : un yéti de gravure. René, lui, en est à sa troisième couche de pulls, et la salopette qu'il tente de combiner par-dessus avec son ordonnance, composée de plusieurs vareuses assemblées, est vraiment étriquée. Mais il ajuste d'astucieux soufflets placés aux articulations qui lui permettent une certaine liberté de mouvement. Il ne nous reste qu'à enfiler nos passe-montagnes, nos casques en cuir et nos lunettes, pendant que les mécanos achèvent de graisser les moteurs et de déplacer les aéroplanes les uns derrière les autres.

Le temps à terre est froid mais clément. Le ciel présente ces nuages filaires et très blancs qui créent l'illusion des poutres d'un plafond. Vite, nous les crevons, et au bout de vingt minutes nous survolons le mont de Berru, essuyons quelques tirs mal ajustés, puis virons à l'ouest : sous son quadrillage de nuages, le paysage verdit à peine jusqu'aux faubourgs de Reims. Je sens les coups de ciseaux de Laperruche me dégager les oreilles et le cou.

Avant de partir, j'ai étudié la carte avec Ruby : il aime manier la gomme et le compas avec ses binocles et il a préparé notre route avec une jubilation de pirate. Nous survolons la cathédrale dont le pilier nord est ceint d'échafaudages ; décidément, ce bâtiment ne sera qu'un chantier perpétuel. Je le suis jusqu'à l'axe du boulevard de la Paix où nous volons à 500 mètres pour une première reconnaissance. Je décide soudain de dépasser Ruby et enclenche la descente : un segment praticable me semble assez long pour atterrir. Tout se passe sans encombre. Quand nous coupons les moteurs, l'atmosphère est calme. Seuls quelques bruits au loin attestent des bombardements. Nous descendons et commençons à marcher.

Des enfants sortent des décombres.

Âgés de cinq à sept ans, la fronde à la ceinture.

Pieds nus de corne, mains crasseuses et joues creusent contrastent avec leurs lèvres blanches.

Les deux plus grands ont des cheveux noirs à leurs yeux confondus, un rouquin recolle un pansement de fortune, trois filles sont d'un blond hirsute et la pommette haute, le dernier arbore une croix de guerre épinglée sur le cœur.

Ébahis par nos aéroplanes, ils quittent leur vagabondage et s'abattent sur eux comme un essaim de mouches, grimpant dans les nacelles, empoignant les fusils.

J'accours aussitôt, mais pas un ne bronche. Quand ils tournent la tête vers moi du haut de leur promontoire, je comprends qu'ils n'ont pas peur. Je change de registre :

— Alors les enfants, on joue à la guerre ?

— Ben non, on peut pas, dit une blonde le doigt sur la détente, personne veut faire le Boche.

— Ça tombe bien, dis-je, regarde, avec ma sale gueule, je serai comme un vrai.

Les enfants pouffent et le rouquin se moque de moi :

— Les Boches sont pas des ours com' vous, m'sieur ! Ce sont des loups.

Alors ils sautent des aéroplanes et disparaissent dans les ruines, en un éclair, comme ils étaient venus.

Le chaos ici est aux antipodes du parcours aérien : il faut grimper puis redescendre des amas de gravats, de pierres et de poussière, éviter les éboulis et ne pas trébucher. Des rues entières n'existent plus. L'horizon devant nous est détruit, des gris sans fin gagnent sur d'autres gris. Des meubles éventrés, des effets personnels se mélangent aux carcasses de chevaux. Partout des corbeaux et des mouches. Après quelques minutes, Ruby s'arrête pour montrer un immeuble dont il ne reste plus qu'un mur latéral. Les étages sont séparés par des restes de plancher et des trous d'escalier ; des morceaux de cloisons délimitent le vide. Les papiers peints révèlent l'ancien usage des pièces : ici, vert de feuilles sombres pour un salon, traces de cheminée entre deux appliques, là les rayures d'une cuisine où pend, intacte, une batterie de casseroles, plus loin la tête d'un lit double, frise de fleurs naïves pour une chambre d'enfants.

Ruby désigne un autre bâtiment en pointant un petit pan de mur jaune où volent des dessins tenus par des punaises :

— Ici, dit-il, c'était mon école primaire... Et tous avec notre plume sergent-major, déjà aux ordres, et avant l'heure ! Mon maître nous bassinait avec ses histoires de Prussiens et de 1870 dont on se foutait pas mal, vu qu'on n'était pas nés. « Taisez-vous, Ruby ! » qu'il disait... « vous me copierez vingt fois : là où est le drapeau, là est la France ! » Ah, je me souviens ! Et sur la carte du pays accrochée au mur, il passait le doigt tous les matins sur les frontières de l'est en se pinçant les lèvres.

Ruby ne dit plus rien : à l'opposé du coin qu'il a montré, tout près d'un tableau noir où l'on peut encore déchiffrer les noms d'un dernier appel, une carte géographique est suspendue. On y voit le pays sans son Alsace ni sa Lorraine. La France amputée tient accrochée sur ce mur irréel. Pierre-Amans se retient pour ne pas pleurer :

— Ah les gars, et la *Dictée du petit Français*... Elle me revient aussi... Ça faisait : *Mon fils, tu seras soldat... Qu'est-ce qu'un soldat ? C'est un homme robuste, résistant aux fatigues, aux privations, aux maladies...* Tout au pluriel s'il vous plaît, parce qu'il y en pas qu'une, des maladies de soldat ! *Mais ce n'est pas assez d'*être robuste, il faut être adroit. C'est tout nous ça, tiens ! *Pour être un bon soldat, fais de la gymnastique, saute les fossés, grimpe aux arbres, monte à cheval.* Il n'était pas question d'aéroplane à l'époque ! *Nage et cours avec tes camarades, pratique des jeux de ton âge, apprends à marcher sans bruit dans un fourré, tiens tes yeux et tes oreilles toujours éveillés.* Tout un programme ! *De plus, un bon soldat est intelligent et instruit.* Et la suite est pour notre capitaine ! *Aussi comprend-il mieux les ordres qu'il reçoit et sait mieux les exécuter.* Pour finir, cerise sur le gâteau, la grande vertu militaire : *Le bon soldat est discipliné, il obéit sans murmurer et sans hésiter. Il sait le nom de cette obéissance passive : sans elle il n'est pas d'armée possible.*

J'interromps le malaise qui s'installe :

— Ici, l'obéissance est active. Mes amis, rentrons.

27

Droit sur la cath'

Le brouillard est une mélasse tenace : nos nuits glissent en matinée et nos matinées dorment l'après-midi. Les jours défilent.

Cette éclaircie-là, nouvelle mission sur Reims ordonnée par Edmond. Il faut contourner d'assez loin le fort de Berru d'où d'intenses bombardements s'abattent sur la ville. Mais je change soudain de cap et fais signe à René de prendre la tête de l'escadrille : une fumée dense s'élève d'un point précis du centre-ville. Elle ne ressemble pas aux dégagements d'un tir d'obus détruisant un immeuble. Je m'approche et constate avec effroi que le tourbillon vient de la cathédrale. Plus près, je vois un incendie dévorer les échafaudages de la tour nord. Je serre ma trajectoire au plus près de l'édifice. Des flammes filiformes lèchent les abat-sons et lancent des étincelles comme une pluie de mèches. La cathédrale a été aménagée depuis quelques mois en hôpital ennemi, tous leurs blessés y ont été regroupés par leur armée sur des bottes de foin qui leur servent de lits. Je suis horrifié à l'idée que le feu gagne l'intérieur. Le panache se boursoufle, recouvre le transept comme l'abside et remplace le ciel. Plus je m'approche, plus les émanations se métamorphosent, passant de gris à jaune sale. Je sens la moiteur de mes mains et la sueur m'oblige à retirer mon casque et mes lunettes. Les volutes me piquent les yeux. Je partage, corps contre corps, la nervosité de Laperruche plaqué contre mon dos. Au passage suivant, je vois disparaître le toit et le brasier de la charpente ; ses poutres rouges s'écroulent les unes sur les autres comme des allumettes, c'est une panse ouverte qui vomit ses entrailles. Le ronflement des flammes devient assourdissant et se confond avec le bruit de mon moteur. Dans des nuages de fumeroles, les gargouilles vomissent un liquide. Je ne comprends qu'au passage suivant : le plomb de la couverture fond comme du beurre de cuisine. Je suis saisi par l'odeur de surchauffe, sans savoir si elle monte réellement jusqu'à moi ou si elle n'est que le relent d'une hallucination. Quand je vire au plus bas devant la façade, les sculptures des tympans, vibrantes et floues, paraissent déguisées de mille filaments. Puis la rosace éclate, projetant jusqu'à moi des morceaux de vitraux comme un soleil brisé.

Au sol, des infirmières, des médecins, des soldats se précipitent sur le parvis. Des malades courent, claudiquent, tombent telles des mouches. Des habitants poussent les vantaux sud comme pour empêcher les blessés ennemis de sortir. Je vois des fuyards se faire tirer dans le dos. Ailleurs, des torches humaines dansent pendant que des religieuses jettent des casseroles d'eau sur le palais archiépiscopal à son tour enflammé. N'en croyant pas mes yeux, je me retourne et, derrière le visage effaré de Laperruche, je vois mes camarades qui suivent mes circonvolutions et s'en remettent à moi malgré la très basse altitude. Les Farman semblent plus fragiles que jamais, à la merci de courants d'air chaud surprenant les manœuvres. Mais je voltige, entraîné par une force addictive qui me tient accroché à cette apocalypse. La cathédrale n'est plus qu'un cratère envoûtant même si des gaz étranges me prennent la tête à chaque traversée. Est-ce Dieu, est-ce Diable, ou les deux à la fois ?

Il me faut un éclair de lucidité pour me rappeler le risque de prendre feu à mon tour et pour me décider à, enfin, regagner notre base. Nous avons tourné trop longtemps autour de la fournaise et je ne distingue plus rien de la ville, ni ses ruines, ni ses vallons alentour, ni les canons menaçants de Berru qui depuis se sont tus. Je reprends de l'altitude et vérifie que, derrière moi, aucun ne manque à l'appel.

De plus haut, les palpitations de l'incendie ne sont plus perceptibles : hors du halo rouge, le panache incliné dans le sens du vent me paraît dérisoire. Pourtant, c'est bien la cathédrale.

28

Retour de flamme

Un journaliste, l'homme que m'envoie Jésus est un journaliste qui veut des photos aériennes du désastre. Je demande à René d'être mon pilote pour faire moi-même les clichés ; nous partirons seuls. Les mécaniciens fignolent la préparation de l'appareil, agacés que je n'en fasse encore qu'à ma tête. Dans le climat ambiant, ils ne comprennent pas que je prenne le risque d'une sortie solitaire et surtout que Jésus ne dise rien.

Le Farman paré, mon ordonnance regarde la mise en marche avec mélancolie : l'hélice lancée par Ruby démarre et René augmente les gaz. On retire les cales et nous nous élançons dans un nuage de fumée d'échappement qui retombe mollement : il n'y a aucun vent.

À Reims, l'ampleur des blessures de la cathédrale est spectaculaire. René descend lentement pour me permettre de dresser mon inventaire : toiture disparue, voûtes à vif, solives calcinées, fissures noircies sur nef et transepts, autel pulvérisé, flaques de plomb coagulé, amas de braises à flammes bleues, odeurs trahissant des fumées transparentes, ruines du clocher de l'ange, chœur béant comme celui du monde. Mais nous sommes déjà interrompus : trois aéroplanes hostiles pointent à l'horizon. Se refusant à mener un combat au-dessus de la cathédrale, René se dirige vers le boulevard de la Paix où nous atterrissons en précipitation ; les Fokker abandonnent la partie, sans doute pour voler sur un autre objectif. René coupe le moteur et me laisse descendre avant de me proposer d'aller observer l'édifice de plus près. Les enfants que nous avons vus la dernière fois apparaissent de nouveau : les deux bruns, les trois blondes, le rouquin, le dernier décoré.

L'une des filles nous dit :

— Alors les vieux, on joue aux pompiers ?

— Ben non... on peut pas, dis-je, personne ne veut faire le pyromane.

— Ça tombe bien, rétorque le rouquin, regarde, avec le briquet de mon père, je serai comme un vrai.

Il a un geste rapide : la pierre scintille dans sa paume, la flamme brûle entre ses doigts.

Nous sourions mais ne répondons rien : il me semble que ce sont ses yeux qui prennent feu. Nous contournons les éboulements des maisons abattues, marchons dans des lacs de cendres. Au-dessus de nous, dans le bruit des bombardements qui pleuvent alentour, les gosses crapahutent à quatre pattes et surveillent notre avancée avec l'agilité d'une meute d'araignées. Nous arrivons devant un bâtiment rouge dont la façade est percée d'autant de fenêtres que de trous d'obus : une tranche de gruyère.

Tout à coup, les enfants disparaissent. Un éboulement de pierres roule jusqu'à nous, puis la poussière retombe. En voyant les trois avions ennemis foncer sur nous en position de tir, je comprends que les gamins ont flairé le danger avant nous. Le claquement des balles précède d'une seconde celui des moteurs : les déflagrations déchiquettent les briques autour de nous, un éclat ricoche dans ma poche sur l'enveloppe bleuciel. René m'entraîne vers une trappe de bois, l'ouvre et m'y précipite. Nous sommes en haut d'un escalier, le battant aussitôt se referme sur nous.

Dans le noir, nous entendons les avions faire un nouveau passage, puis, à l'écoute du vide qui prend toute la place, nous descendons la main sur la paroi en tâtonnant, marche après marche. L'humidité nous gagne. À une vingtaine de mètres de profondeur, on dirait un palier. Nous reprenons peu à peu nos esprits. René sort son briquet. Ce que montre la flamme nous fait sursauter tous les deux.

29

Sous la craie

Une armée de fantômes rabaisse ses fusils. Des bougies s'allument autour de nous. Nous l'avons échappé belle ; sans la lumière du briquet de René, ces réfugiés nous auraient massacrés. Là, au contraire, ce sont des accolades. Un murmure se répand : « Des as, ne craignez rien, ce sont des as. » Bien m'en a pris cette fois de ne pas porter ma djellaba.

Nos yeux s'habituent à la pénombre où la danse des flammes découvre peu à peu une voûte de craie. Les visages parlent d'obscurité et de jours trop longs. Ils sont vêtus d'étoffes lourdes, d'écharpes de fourrures où les yeux des visons ne se ferment jamais. L'air est chargé des odeurs mêlées de la promiscuité. Nous sommes surpris de voir les deux gamins bruns, les trois blondes, le rouquin, et le dernier décoré anguiller parmi les mains caressant leur passage.

De ce troupeau, une jeune fille émerge. Elle a vingt ans, peut-être, et semble ignorer que j'en ai presque trente. Elle ne me sourit pas. Sa robe est un éclat blanc au milieu du bas-fond et recouvre ses pieds ; un gilet en peau rasé et de larges barrettes lui donnent une allure insoumise que je préférerais voir courir à l'air libre. Elle glisse, sa robe ne bouge pas.

Va-t-elle me traverser ? Elle scrute mon visage et mes galons. J'incline la tête pour sentir son parfum. À quelques centimètres, c'est elle qui m'interroge :

— Est-ce que tu as une marraine de guerre, toi ?

— On ne tutoie pas un officier, dit une voix à l'écart.

— Une marraine ?

— Oui, ma mère me disait que chaque soldat a une marraine de guerre, et qu'un jour peut-être, si j'étais sage, honnête et droite, je pourrais moi aussi en être une. Alors, est-ce que tu en as une, toi, de marraine ?

— Marguerite ! répète la voix.

— Non. J'ai mon cousin René, le ciel, le soleil et la vie, ça oui, mais je n'ai pas de marraine.

Son visage s'éclaire enfin.

— Alors ce sera moi ! Tu me donnes ton prénom, ton nom et ton adresse et je t'écrirai tous les jours !

— Marguerite ! crie la voix, plus fort.

Je me rends compte qu'elle me tient la main et lui chuchote à l'oreille :

— Mon prénom est Vivant, Vivant Henry, 3e corps d'armée, escadrille MF 20, aérodrome de Souilly, c'est là que tu me trouves quand je ne vole pas. Et si tu m'envoies aussi des avions de papier, il se pourrait bien que j'en attrape un ou deux, là-haut, à l'occasion…

À ses yeux je comprends : elle a tout enregistré.

À mon cœur je comprends.

Accompagnée de René et des autres qui marchent dans nos pas, elle me tire par le bras. Les crayères débordent d'ombres et de mystères. Me voilà son Alice et elle est mon

Lewis. Les bougies s'agitent sur notre procession, Marguerite m'entraîne, Marguerite nous guide vers une première cave. Là, des milliers de bouteilles de champagne reposent sur la pointe dans des pupitres en bois ; un homme les tourne deux par deux d'un quart de quadrant. Je suis ébahi par la précision et la vitesse de ce marionnettiste. Au centre, coulée sur une table, une énorme bougie projette sur le cul des bouteilles la lumière éclatée d'une constellation ; me voilà dans un vol de nuit.

— Combien ? demande Marguerite, me ramenant à elle.

— Combien ?

— Oui, combien veux-tu de bouteilles pour tes camarades et toi ?

— Marguerite ! répète la voix d'outre-tombe. On ne tutoie pas les officiers !

— Eh bien... beaucoup... Oui, et même le plus possible !

— Très bien, nous verrons bien ce que tu seras capable de porter.

La voix ne dit plus rien. Je suis ragaillardi :

— Fais-moi visiter ton palais !

Voici une nouvelle cave où règne une forte odeur de moût. Des objets liturgiques trônent sur un autel recouvert de dentelles où des piles de cahiers s'entassent aux côtés d'encriers. Au-dessus, un christ polychrome pend, brûlant de réalisme, front dégoûtant d'épines, au pied duquel un panneau « mairie » a été fixé, paré de rubans bleus, blancs, rouges.

— Ah mais je vois que vous savez réconcilier l'Église avec l'État ! dis-je. Mon père n'aurait pas fait mieux !

— Mais Jésus est trop haut, tempère Marguerite, et même

si je monte sur le Code civil sur la pointe des pieds, je ne peux pas l'atteindre.

— Marguerite, ça suffit ! gronde la voix. Tu blasphèmes, en plus !

D'un sourire complice, elle me reprend la main quand je lui murmure :

— Jésus est mon cousin, je te raconterai…

Dans la crayère suivante, des femmes en tablier épluchent des pommes de terre, tandis que d'autres gavent les fourneaux de charbon. La fonte tempère la froideur de la pièce et, malgré la cheminée de tubes montant jusqu'au sommet, de la fumée déshydrate les yeux ; j'éternue. Je plonge un doigt dans la purée et la fais goûter à Marguerite.

— Voilà qui change de chez moi où ce sont les hommes qui sont à la cuisine, lui dis-je alors qu'elle déglutit.

René ne nous a pas entendus : des femmes et lui se titillent déjà dans un concert de rires.

La cave d'après a des allures de crypte. Une lampe bouillotte y étincelle comme un phare de luxe. Des vieillards se lèvent de leurs places encombrées de journaux illustrés. Je m'arrête un moment pour décrire la cathédrale, sa situation de la veille et celle de tout à l'heure. Je fais mouche en tirant de ma veste les plaques que j'ai prises pour le journaliste. Un homme m'entraîne dans un recoin sombre et sort les révélateurs et les fixateurs nécessaires à leur développement. Il ne manipulera pas le Saint Graal avec autant de soin. Après le temps nécessaire au séchage, il glisse la première plaque dans une visionneuse. Un par un, ils découvrent sans mot dire les séquelles de la catastrophe en trois dimensions. L'espoir a ceci de magique qu'il s'accroche à tout fil ténu. Donc on ne pleure pas, on accable l'ennemi et charge l'incendie de fantasmes pour en extraire des idées de vengeances nouvelles.

Mais Marguerite n'a que faire de ces explications. « Les cathédrales sont toujours en construction, me dit-elle. Nous la rebâtirons et, mieux, nous la moderniserons ! » Elle veut continuer l'excursion jusqu'à une crayère où gisent des malades. Là, les hommes grimacent sans crier, projettent des ombres inquiétantes sur des paravents, aèrent leurs cicatrices dans une lumière orange, dégageant mille émanations. Mes blagues d'aviateur fonctionnent bien ici : nos aventures célestes deviennent des légendes.

— Très bien tenu, ton hôpital de nuit, dis-je à Marguerite lorsque je la retrouve.

Elle ne m'écoute pas :

— Viens à l'école, c'est mon royaume !

Ici pas de bouteilles mais un fort parfum de fermentation. Des dessins ponctuent les murs de canisses ; les aquarelles coulent sous la condensation. Assis à leur pupitre, les plus jeunes suivent la lecture du bout de leur index dans des blouses crasseuses. Ces bonnes bouilles m'émeuvent, mais je ne retrouve pas les deux bruns ni les trois blondes, le rouquin, le dernier décoré.

Marguerite reprend la parole :

— Ici, la craie ne manque pas pour écrire les leçons au tableau : j'enseigne directement dans la mine ! Et c'est le cancre du jour qui creuse... C'est pratique, tu vois, j'en ai toujours un sous la main.

— Marguerite ! dit la voix avec lassitude.

Marguerite s'installe à sa place. Là, je réalise que nos uniformes n'ont rien à voir avec ceux que les enfants connaissent : nous ne portons ni pantalon rouge, ni vareuse bleue, ni fusil à baïonnette, ni casque. Leur regard nous interroge sans prononcer un mot : pourquoi les attaches aux lacets des bottes de René ? Et pourquoi mes sandales ? les boutons fauves de nos vestes ? ma moustache décalée dans mon nez ? ma chevelure hirsute ? Et après : avons-nous des nouvelles de leur héros de père ? ou une information permettant d'espérer son retour prochain ? Ne l'avons-nous pas vu depuis l'aéroplane ?

Alors j'invente une histoire : celle d'Ariste, pas trente ans, aviateur idéal inconnu, et de Victor, dix-huit ans, petit téléphoniste engagé volontaire sur le front de l'Est. Le premier est un as, voltigeur sans pareil, le second une boule de courage qui tire ses fils dans la boue des boyaux. Ils ne se connaissent pas mais ils se reconnaissent : l'as fait des détours pour bien suivre la ligne, et le gamin de grands signes à deux mains. L'un en l'air, l'autre en terre, tous deux en reviendront. Quand je finis, ils demeurent silencieux, fascinés.

Je prête mes lunettes à l'un d'eux qui, moins timide que les autres, s'est levé pour mettre un doigt dans mon côté percé. Il touche l'enveloppe bleuciel. Sa fierté brille comme une étoile : ils se précipitent tous pour demander leur tour. Dans la cacophonie, ils sautent sur les bureaux puis quittent l'école et se poursuivent de cave en cave, imitant des bruits de moteurs et écartant les bras pour s'en faire des ailes, s'emparant de bouteilles pour les brandir avec leur drapeau comme des prises à l'ennemi.

En un instant, tous les réfugiés sortent de l'église, de la cuisine, de l'atelier couture, de la crypte-bureau, même de l'hôpital et se mettent à courir comme eux. La cavalcade envahit les dédales de la crayère. Jamais ni René ni moi n'avons volé dans une escadrille aussi joyeuse. L'ambiance est plus folle qu'au soir des vendanges. Les voûtes déforment les hurlements sauvages et je vois se lever un rêve de cavale. Sous la pression, quelques bouchons s'envolent et le champagne inonde la folie de son effervescence ; alors les câlins moussent dans les yeux des enfants et les rares couples se boivent à la bouche.

Debout sur un tonneau, les bras levés au ciel imaginaire, Marguerite virevolte dans les tourbillons de sa robe : elle tourne, tourne et tourne encore, puis s'enflamme soudain au passage d'une chandelle. Elle rit aux éclats :

— Je suis la cathédrale ! le baptistère des Francs !

Marraine est une torche qui secoue sa bouteille, marraine joue la bacchante qui force le bouchon et m'asperge en hurlant :

— Mon filleul, je te baptise, au nom du Père, du Fils et du Saint-Esprit !

La voix de la discipline, noyée ailleurs, ne sait rien rétorquer.

30

En beauté

Le premier rayon du soleil jette sur la nuit cet outremer bleu plus dense que la mer. Parfois, des fils de cirrus apparaissent comme des îles lointaines. René aussi est déjà réveillé, nous marchons sur la piste. Le rose qui envahit le ciel révèle la rosée. Je voudrais lui reparler de Marguerite, mais, sans d'autres mots que sa main sur mon épaule, nous avançons. Je bouffe cette beauté sans nom qui me semble irréelle et je savoure ma chance : hier, aujourd'hui, demain, j'irai planer sur ces mirages, je simulerai la panne pour goûter le silence qui supporte mes ailes, je serrerai la main de cette femme et, de retour au bercail, je resterai muet pour tenter de conserver en moi, un peu, cette magie.

Dans l'après-midi, Edmond est parti visiter le 2e groupe aérostier de Reims et remettre des plis. Une ordonnance les lui a apportés en courant, c'est une urgence. Mais il tarde à rentrer. Tous les pilotes s'inquiètent car le jour décline. Les mécaniciens ont étalé un grand drap blanc au milieu du terrain pour le guider dans son atterrissage. Pourtant, il lui est déjà arrivé de dépasser les horaires prévus, et ce n'est pas parce qu'il est parti seul qu'il ne reviendra pas. De plus nous savons qu'Edmond est un pilote brillant, un combattant, un orfèvre de la figure qui défait l'ennemi, c'est son jeu, c'est son art. Et ses talents permettent de pardonner l'austérité de son caractère : le vrai Jésus, comme lui, je crois, n'était pas vraiment drôle.

Dariguet se tient sur le champ, en bout de piste ; il essaie un appareil photo en lumière basse, il vient d'user sa dernière plaque et cause avec un mécano qui tout à coup pointe le ciel du doigt et s'exclame : « Edmond ! » René se retourne juste au moment où l'appareil, à 300 mètres à peu près, se replie sur lui-même en se froissant comme une feuille de papier. Puis une masse allongée se détache de l'ensemble. Les autres accourent et, stupéfaits, repèrent la nacelle complètement détachée, en pleine chute, l'hélice tournant encore à plein régime. Les ailes et la queue s'écrasent quelques secondes plus tard.

Ils se précipitent sur le lieu du drame, mais ce n'est pas tout près. L'avion s'est abîmé au milieu d'une rivière, au sud. La nuit ombre la scène. Les plans s'accrochent çà et là aux roseaux argentés de la rive. Un vieux batelier vient de retirer Edmond de l'eau : l'homme, penché sur lui, remonte vers la grève, arrachant chaque pas à la vase et aux flots. Il le porte un bras sous ses épaules, l'autre sous ses genoux. Arrivé à mon tour, je trouve Edmond immense, amaigri, les membres prolongés prêts à se liquéfier : ses mains et ses jambes fendent le courant et laissent derrière elles quelques traces rapides. Il a une plaie au crâne, les yeux ouverts, le visage ballant, calme, très pâle. Le ciel est de plus en plus noir et noire l'onde débordant de sa bouche. Malgré la violence de la chute, toutes ses articulations jouent comme celles d'un pantin. Mon cousin commandant est allé taquiner les limites du vol, le voilà mort au nom d'une prouesse esthétique qui dépassait les capacités de son aéroplane.

Enfin parvenu hors de l'eau, l'homme tombe à genoux.

René s'agite, occupe le terrain. Il se frotte les mains :

— Il a voulu essayer de faire un looping serré, c'est indéniable, je l'ai vu ! Il savait que nous l'attendions... il a voulu nous épater ! Je l'ai vu ! Il avait essayé de le faire la semaine dernière en revenant des manœuvres à Montmorillon, je l'avais vu ! Mais, faute d'assez de moteur, il n'avait pu tourner complètement. Voilà comment tout cela a dû se passer, je le sais.

René mime la scène :

— D'abord descente verticale, moteur au ralenti, puis redressage brusque et ouverture des gaz, tout concordant pour faire supporter aux ailes une pression considérable, tellement considérable que la nacelle est passée par inertie à travers le plan inférieur, emportant avec elle les deux morceaux de longerons, avant et arrière. C'est ça que j'ai vu !

Edmond était rentré d'une courte permission le matin même. Il avait pu passer quelques jours avec le Rebhut et Marie-Millions, profiter de déjeuners chez lui pour faire le plein des tendresses d'Émilie, un carburant nouveau qu'il sentait plus précieux que celui d'un avion. Il m'avait expliqué qu'être avec elle décuplait ses émotions provoquées par le ciel. « Je vais être un homme heureux ! » m'avait-il crié en laçant ses bottes.

Son mécanicien racontera plus tard à la hiérarchie :

— Vers 16 h 30, il vient m'offrir une petite fiole d'un cognac de luxe, je le remercie chaleureusement et le félicite de sa bonne mine. Il me dit s'être bien retapé chez lui, il se sent comme neuf! Je prends des nouvelles de sa femme, il m'en dit grand grand bien, vraiment, une bien jolie dame si j'en crois la photo qu'il m'a montrée, avec ses boucles brunes et ses joues toutes rebondies, de ses parents aussi, toujours si prévenants pour leur unique fils, tout en ramenant la discussion à des choses sérieuses à propos de l'escadrille. Je lui dis : pendant votre absence il est arrivé une note du colonel disant que ce n'est pas aux pilotes militaires de rechercher les positions limites d'équilibre d'un appareil. Moi j'étais persuadé que c'était à son attention que cette lettre avait été écrite. Il est le commandant, tout de même, c'est bien à lui de donner l'exemple. Et qui d'autre que lui faisait autant le fier-à-bras lorsqu'il pilotait, hein ? Après l'avoir lue, nous en discutons pendant une dizaine de minutes puis nous partons préparer son appareil. J'ai renouvelé le conseil : vous feriez bien d'écouter le colonel, vous allez finir par vous casser la figure ou bien vous faire mettre à la porte de l'aviation. Je lui demande d'aller chercher un observateur pour voler avec lui, et à plusieurs reprises même. Edmond refuse, il insiste pour partir seul ; alors je commence à être inquiet et le suis tout à fait quand je le vois s'attacher sur son siège avec de la grosse ficelle, sortir une boîte argentée pleine de poudre blanche et y priser par trois fois au moins. Je refuse alors de le mettre en marche et quitte la piste en direction du hangar. Finalement je ne sais pas qui l'a fait à ma place, mais il est tout de même parti.

Dans la nuit, l'homme vient de coucher le corps d'Edmond dans l'herbe. Il fait un signe de croix, achève sa prière, nous tous autour de lui : « Amen. » Mais, même au latin, Edmond ne répond rien. Je m'agenouille et ferme ses paupières.

Comment aurai-je le cran de prévenir Émilie, fiancée quelques années, mariée quelques semaines ? D'expliquer au Rebhut qu'à défaut d'évêché, Edmond vient de gagner le paradis ?

Et comment consoler ma pauvre Marie-Millions ?

Si, je sais, je leur dirai seulement : « Votre Jésus était d'une grande bonté. Il était doux et sage. Sur terre, il respirait la paix et la tranquillité ; au ciel, la force et l'acuité. Pour vivre, aimer, voler comme mourir, il était très doué. »

31

Un christ pour Jésus

— Un linceul, trouvez-m'en un Diable-Dieu ! et vite !

— Un linceul ? s'étonna Dariguet. Vous ne voulez pas un cercueil plutôt ?

— Un cercueil ne tient pas dans un aéroplane, Dariguet, et je le ramène moi-même chez ses parents. Donc, vous avez bien compris, trouvez-moi un linceul, un drap, une toile... n'importe quoi... Un parachute, tiens !

— Un parachute ? Vous... vous voulez le larguer quelque part, lieutenant ?

— Pourquoi pas ? Ses parents devraient apprécier ! Mais d'abord nous allons l'embaumer. Ce soir c'est soirée égyptienne ! Et prévenez les rampants, ils joueront les pleureuses et les mécanos les poseurs de bandages.

Dariguet renonce à comprendre :

— Bien, mon lieutenant !

— Et, dis-moi, René, quelle sorte de vin buvait-on sur les berges du Nil ?

— De la bière...

— Parfait, dis-je à Laperruche, prenez un cheval et débrouillez-vous pour me trouver de la bière dans les deux heures.

René choisit de se prendre au jeu :

— Et à quoi penses-tu comme amulettes pour Edmond ?

— À part un christ, je ne vois pas…

— Un peu ironique pour notre petit Jésus, non ?

— Tu vois mieux ?

— Une photo d'Émilie ?

— De Marie-Millions plutôt, au bras de son Rebhut. C'est avec ses parents que l'on part pour un si grand voyage, pas avec l'épouse d'un mariage abrégé, non ?

— Ne serais-tu pas un peu jaloux ? ou aigri, même ?

— Et une bouteille de champagne en guise de vase canope fera l'affaire, ajoutai-je. Je ne vais pas éviscérer mon cousin ni lui extraire le cerveau par les fosses nasales…

Ce ne fut pas une soirée exactement vaudoue, je n'avais pas d'aiguille. Quelques bougies seules éclairaient le mess et portaient sur les murs nos ombres gigantesques. Nos visages dansaient comme des lunes orange autour de la dépouille d'Edmond enveloppée sur la table. Dariguet tenta une photographie, mais renonça ; la lumière n'était pas suffisante. Dans la fumée noire des cires et les odeurs de pipe, nous bûmes la bière ambrée comme de vieux pitancheurs. Laperruche l'avait achetée à bon prix dans l'auberge voisine. « Réduction famille nombreuse, aurait dit le patron quand Laperruche lui avait parlé de la mort du chef de l'escadrille qui faisait ses affaires, et revenez me voir dès la prochaine occasion. » Un sens macabre du commerce qui, ce soir-là, me réjouit : j'avais posé le fût à côté de la tête d'Edmond, et je tirais les chopes jusqu'à la dernière goutte. À tour de rôle, je leur fis raconter leurs souvenirs et quelques anecdotes sur les talents et les maniaqueries de notre commandant. Moi, je n'étais plus lieutenant mais maintenant grand prêtre, alors je riais.

Depuis, les nuits finissent et les jours suivent, les nuages sont bas et l'humidité descend des collines. Elle nous prend, me ronge. Mais je dois tenir ma place. Au bord de la piste, un cèdre étale son bleu sombre des mauvais jours. À son sommet, je remarque une chouette chevêche. Avec l'aide de Laperruche, je dépose Edmond à la place de l'observateur de mon Farman et réalise que nous avons souvent volé côte à côte mais jamais dans le même avion. Enveloppé dans son drap blanc, il pèse une tonne et ne dit rien. Je me mords la langue d'avoir passé ma vie à parler à sa place. Je snife un peu d'éther. Des mécanos s'apprêtent à me pousser, les mains déjà posées sur les ailes inférieures. Un instant d'attente, respirations profondes, communion des regards échangés, droite, gauche. Au déclenchement du démarreur, l'avion ronronne son ralenti parfait. Je décolle dans le vrombissement de l'accélération et la poussée des hommes. De part et d'autre de la piste, les rampants et les autres pilotes sont alignés et leurs gestes d'adieu parfaitement symétriques.

Le ciel descend son plafond gris sur la forêt : va-t-il me laisser assez de place pour glisser mon avion entre les arbres et lui ? Il me plaque de plus en plus aux frondaisons où les troncs pointent comme des fers menaçants : je navigue dans une fente. Le vol est très long. Pour m'empêcher de dormir, je n'ai pas le cœur à lire une *Fleur du Mal* mais plutôt à manger des dattes sirupeuses envoyées par Lelièvre. René m'a préparé une bouteille isotherme qu'il a remplie de whisky.

À l'approche de Lyon, le ciel s'éclaircit dans un azur d'une pureté éblouissante.

Enfin, j'aperçois La Lumeraie ouverte sur sa plaine, son jardin, son vaste champ de foin. Alors que le Rebhut et Marie accourent déjà pour me rejoindre, j'y atterris.

Comment n'ai-je jamais rêvé de cette piste idéale ?

32

De Marguerite

Mon cher filleul,

Je ne te connais pas, tu es parti si vite. Ou plutôt si, je sais déjà la douceur de ta main et ton talent pour raconter des histoires. Et j'ai vu tant d'amour pour toi dans les yeux de ton acolyte... Alors je ne te demande pas si tu vas bien : je sais que tu vas bien. J'ai compris que toi, tu peux aller chercher là-haut tout ce dont tu as besoin. Tu ne vis pas vraiment sur la terre, et encore moins en dessous, comme nous autres. Moi, je suis toujours au fond de l'escalier où tu nous as trouvés, tu te souviens j'espère, à moins que tu n'aies la tête farcie par bien trop d'aventures ? Mais quelque chose a changé, c'est indéfinissable. Alors je voudrais être officier à mon tour avec tous les avantages de la fonction, avoir un lit pour moi toute seule par exemple. Depuis quelques jours, nous sommes un de plus sur notre enfilade de matelas. Je ne sais pas d'où il vient celui-là. Il s'appelle Paul, il a huit ans, des cheveux de corbeau et un visage rond et rubicond, mais il ne parle pas. J'ai su très vite que je ne trouverais pas grand-chose dans les billes de ses yeux. C'est comme si rien ne les accrochait plus, ni les murs de bouteilles, ni les gens, ni les livres. Quand on fait la classe, il ne dit jamais rien. Je ne l'interroge plus ; j'ai essayé deux ou trois fois, mais son regard reste fixé au loin. C'est ça, il est bloqué sur un horizon qui me traverse. Même si tu lui passes la main devant d'un peu près, il ne cligne pas des paupières, et il donne toujours l'impression qu'il va se mettre à pleurer. Mais il ne pleure pas. Et puis il m'a bien gênée pour dormir. Alors je me suis tournée de son côté pour l'observer, il se tenait sur le dos à chercher un plafond. Mais ici, dans les crayères, il n'y a pas de plafond, il faudrait qu'il comprenne, ce sont des gorges et des trous, et quand on éteint les bougies c'est le royaume des ombres, on ne sait plus les hauteurs. Parfois, on croit même que les parois sont molles, qu'aujourd'hui nous nous tenons debout mais que demain nous ramperons comme des cafards perdus dans un goulet, alors on se cache sous les couvertures et les édredons. Et puis je me suis demandé s'il n'était pas le fils des ténèbres, tu te rends compte ! Bon, comme je ne dormais toujours pas, j'ai pensé à la lettre que j'allais t'écrire ce matin. Et puis je me suis dit que tu n'avais peut-être pas besoin de marraine. Que tu étais trop vieux. Que tu avais autre chose à faire, comme entraîner l'escadrille, réfléchir à des plans, moustiquer du Boche. Que ça ne servait à rien, une marraine, quand on est déjà au ciel : il n'y a plus personne à recueillir, plus personne à sauver. Et ce n'est pas à toi que je ferais boire du lait si tu étais orphelin du jour au lendemain ! Tu ne tiendrais pas dans mes bras ! Et que dirait ta mère au paradis des mères ? Elle serait jalouse, sûrement, ou même m'enverrait des éclairs, ne me laisserait pas faire !

Et ton père au paradis des pères qui font des officiers ! Tu imagines sa réaction devant ton grand corps de grand fou posé sur mes genoux, ton regard dans le mien, tout à mon attention, ma main sur le biberon emmêlée dans les tiennes, l'autre à te caresser les cheveux ! Ça va vite quand même, les pensées, la nuit. Et ça se termine toujours dans une marmite bouillonnante du pire. Alors tant pis, je t'écris quand même, car j'en ai fait le serment, tu te souviens ? Et puis, cela va m'occuper, donner un but à mes journées et me permettre d'explorer tout ce qui a changé depuis notre rencontre. Et quand je jetterai le bouchon au ciel de la marelle que j'ai tracée au sol pour les enfants, je t'imaginerai voler dans tes aéroplanes de papier avec ton écharpe pour ne pas avoir froid. Tu mets bien une écharpe, n'est-ce pas ? Sinon dis-le-moi simplement, et je t'en tricote une. « Tricotune » en un mot, c'est joli aussi, tu ne trouves pas ?

Je t'embrasse et j'ai hâte de te lire.

Marguerite.

P.-S. Si tu penses à moi, tu ne meurs pas.

33

Capitaine commandant

L'aube révèle ses buées et l'armée son horreur du vide : je suis convoqué par ma hiérarchie. L'ordonnance du colonel nous accueille et nous place sur des cercles tracés à la craie. Celui du centre est pour moi ; René et les autres camarades de l'escadrille, pilotes et observateurs arrivés dans le même cortège, seront derrière. Des officiers, des sous-officiers et des soldats sortent de l'orangeraie et s'alignent les uns après les autres. En place, nous attendons quelques minutes. Rien ne se passe, seul le soleil perce. Pour tuer le temps, je leur raconte l'histoire d'Ariste, pas trente ans, aviateur idéal inconnu, et de Victor, dix-huit ans, petit téléphoniste engagé volontaire sur le front de l'Est et qui, tous deux, en reviendront. Cette aventure me ravit toujours autant que mes camarades, aussi parce que je l'enjolive et la triture à chaque fois : nous sourions comme les bambins écoutant une leçon d'histoire donnée par Marguerite.

Si je changeais ma voix, serais-je Marguerite ? Dès la première tentative, je suis tout à fait ridicule.

Le colonel apparaît et vient enfin se placer devant moi dans son grand uniforme brillant de neuf. Il m'interrompt d'un geste et glisse ses bésicles dans une poche secrète. Immense et carré, il a des battoirs à la place des mains et une cinquantaine qui flamboie en jetant poivre et sel sur sa belle assurance, mais avec l'air de celui qui accomplit un devoir contrariant.

Nous sommes au garde-à-vous : nos talons ont claqué sur le pavé. Un vent léger tournoie dans la cour. Il commence :

— Le général Pétain, commandant de la 2e armée, cite à l'ordre de l'armée le capitaine Vivant Henry, pilote de l'escadrille MF 20.

Le colonel chausse ses lunettes et poursuit en parlant fort sans jamais me regarder :

— Le 11 octobre, a attaqué un avion hostile et l'a abattu.

» Le 13 octobre, a combattu pendant une demi-heure deux avions de chasse ennemis et n'a abandonné le combat que lorsque l'état de son moteur et l'hélice, fendus et transpercés en plusieurs endroits, ne lui a plus permis de rester en l'air.

» Le 18 octobre, n'a pas hésité, malgré le brouillard, à survoler les lignes ennemies à faible hauteur pour fournir des renseignements sur leur organisation défensive.

» Le 13 novembre, malgré une canonnade violente et précise, a survolé longuement la région qu'il avait à reconnaître. Est rentré avec un avion dont une aile et un mât étaient sérieusement endommagés par des éclats d'obus, rapportant d'importantes informations.

» Le 1er décembre, a eu les pieds gelés au cours d'une reconnaissance poussée jusqu'à l'extrême limite de ses forces.

» Pilote breveté militaire, officier très intelligent et très érudit, caractère droit et courageux, pilote de grande valeur faisant preuve d'une audace, d'une habileté, d'un mépris du danger au-dessus de tout éloge, d'un dévouement à toute épreuve, toujours volontaire pour les missions les plus périlleuses. Au feu, en somme, toujours une belle attitude.

» A contribué ainsi pour une grande part au succès du corps d'armée.

Je lis dans son expression un certain désagrément à devoir poursuivre sa lecture.

— Lieutenant, cette citation me confère l'honneur de vous nommer capitaine et de vous décorer de la croix de guerre.

Alors qu'il se penche sur moi pour l'accolade, je lui chuchote :

— Pardonnez-moi, mon colonel, mais les croix de guerre ne flattent que l'orgueil des soldats et le deuil des veuves et des mères. Or je n'ai aucun orgueil, je ne suis pas marié, et ma mère m'a toujours dit que je lui survivrai.

— Voyez-vous ça, aucun orgueil ? Alors que vous parlez comme si vous étiez déjà mort. Soyez fier de vos actes, si ce n'est de vous-même ou de vos relations avec le ministère de la Guerre, capitaine. La France a besoin de vous et une telle décoration ne se refuse pas.

Lelièvre me revient en mémoire ; ce n'est pas le moment de désobéir.

— Alors je la prends, oublions l'orgueil et, sur vos conseils, je déclare la fierté. Merci, mon colonel.

Il saisit la croix sur le coussin que lui tend son ordonnance, et je fais mine de ne rien sentir lorsqu'il pique l'aiguille jusque dans ma poitrine. Mon sang chaud tache ma chemise. Puis, évitant mon regard, il se reprend pour la fixer correctement. Il dit alors avec une méchanceté à présent manifeste :

— Félicitations, capitaine. J'ajoute que vous exécuterez

mes ordres et ceux du général Hirschauer à tout endroit qu'exigeraient les besoins de la France : vous commanderez désormais l'escadrille MF 20 en lieu et place de votre cousin, le capitaine Edmond Henry, mort au combat comme tant d'autres héros de votre famille.

— C'est un honneur. Merci, mon colonel.

— Rompez.

Nous rompons.

Avant qu'il s'en aille, je m'adresse à lui :

— Pardonnez-moi, mon colonel, mais je viens de voir qu'une livraison de champagne vous attend devant les écuries.

Avec tous ces hommes autour de lui, il ne peut qu'être aimable :

— Vous avez l'œil, capitaine.

— Avoir l'œil, c'est un peu mon métier, si vous me permettez, mon colonel. M'en offririez-vous deux caisses pour fêter mon bonheur et nos souvenirs d'Edmond avec mes camarades de l'escadrille ?

— Je ne peux pas vous refuser cela aujourd'hui, capitaine ; c'est entendu.

Puis, sarcastique, il ajoute :

— Mais une caisse seulement. Vous ne voudriez pas que, nous qui rampons pendant que vous volez, nous manquions de divertissement pour mieux préparer vos ordres de mission, n'est-ce pas... capitaine ?

À ces mots, le colonel me tourne le dos, monte le perron quatre à quatre et regagne le hall du château avec ses acolytes. Je m'adresse à René et aux autres :

— Vous ne voudriez pas que nos rampants à nous, pendant que ceux-là se planquent à l'arrière dans leur palais, n'aient pas droit eux aussi à fêter la double promotion de leur lieutenant ?

La malle arrière des voitures qui nous ont amenés jusque-là est vide : comme si de rien n'était, nous y chargeons dix caisses.

34

Nouvel ordre mondial

Je suis à moi seul le 14 juillet, pas un chef nouvellement gradé : je reviens avec soixante bouteilles de champagne alignées sur le bar du bahut. Nous buvons comme des trous et, quand deux ou trois parviennent à me tenir assis au milieu de l'estrade, il faut pas moins d'une bouteille complète pour me doucher : je me débats comme un lion, il y a du gâchis, mais je suis assez lucide pour déclarer le nouveau règlement de l'escadrille MF 20 :

— Messieurs, votre attention… je vous prie… Voilà, c'est officiel, désormais, nous changerons les règles… nous changerons les grades : plus de sous… de sous-chef, de sous-off'… ni de sous-unité… encore moins de sous-fifre ou de sous-bite, avec une exception pour le cuistot qui pourra continuer à nous faire sa sous-soupe… C'est noté, cuistot ?

— Oui, mon commandant !

— Capitaine !… Je suis capitaine ! Et pour les uniformes, on enlève l'épée… On a bien assez du couteau de survie pour éventrer l'ennemi… lui faire les poches… lui charcuter les dents… n'est-ce pas Dariguet ?

— Ah oui capi…

— Et puis, plus jamais de décora... de médaille, plus jamais de médaille... mais que des démédailles pour vos services rendus à l'escadrille. Et la première remise aura lieu demain... J'ai de noms ! J'ai des noms, j'vous dis !...

La courte nuit est une chape de plomb, un trait sans aucun rêve, même pas le passage fugace du visage de mon père. L'aube me réveille de sa lumière vive qui me plisse les yeux. Je suis raisonnablement pâteux. Ils le sont beaucoup plus : je dois répéter le coup de clairon dans les chambrées. Mais, sous le drapeau encore lourd de givre, le garde-à-vous me plaît : ils m'ont bien entendu, pas une épée pendue à l'anneau des ceintures. Démédaille à ce soldat à la peau de silice inutile à raser pour avoir ajouté un piment formidable dans la paella de la veille, l'autre à ce rampant dont le nom m'échappe mais qui a pris un soin particulier à tenir le sol propre en nettoyant les vomissures pour éviter les glissades, et c'était un sacré travail. Une encore à la bande des mécanos qui s'est appliquée à pisser les grandes eaux de Versailles en cercle autour d'un seau les yeux rivés au ciel. Neptune sur son rocher ne fait-il pas de même en regardant la mer ? Et une dernière à Laperruche, qui est enfin parvenu à imiter le cri de l'oiseau dont il porte le nom.

Le lendemain, je décide d'abandonner le quartier des officiers. J'ordonne à trois rampants de me creuser un nouveau lit :

— Une fosse au pied du cèdre aux abords de la piste, sous son panache bleu, ratissez les épines pour faire un bon matelas, apportez là mon édredon et laissez les pommes de pin, j'en mangerai les pignons. Et trouvez-moi aussi une petite boîte, du fil de fer et des appâts pour chasser le mulot.

Mes nuits changent de rythme. Dès que je la regarde, la Lune lumeraie. Les nuages boivent sur elle comme Joseph sur moi. J'escalade l'arbre pour offrir mon rongeur quotidien à la chouette et lis dans ses yeux qu'elle m'aime bien. Puis, à l'aube, je pars sur les collines à la recherche du meilleur point de vue pour le lever du soleil. Durant tout le périple et devant tant de beauté, je sens ma nudité tout à fait naturelle.

35

De Marguerite

Si cher filleul,

Je ne pense plus qu'à toi. C'est un problème... Du coup, je fais n'importe quoi. Hier, une flopée d'hommes est arrivée avec des blessures incompréhensibles. Je leur ai fait fumer cigarette sur cigarette et boire du champagne à l'entonnoir, parce qu'ils y ont droit quand même, et parce que de toute manière, c'est le seul médicament que l'on a ici en abondance. Plus tard, l'un d'eux m'a pris la main : je voyais bien qu'il voulait me dire quelque chose, ses restes de lèvres ont bougé quand je me suis penchée sur son visage. Ses yeux fouillaient les miens comme on creuse un tunnel et il s'est mis à pleurer une larme minuscule. Mais il creusait toujours, il n'arrêtait pas de creuser dans mes yeux. Je me suis demandé s'il se croyait encore dans son boyau ou s'il cherchait une sortie de la cave, si ses jours à lui ne seraient plus jamais que des peines sans fin, si ça lui suffirait, à lui, cette vie, et je n'ai rien trouvé à dire sinon parler de toi, de tes avions, de tes exploits. J'ai inventé longtemps, tu sais, jusqu'à ce qu'on m'appelle pour les pommes de terre. Je n'en peux plus des pommes de terre ! J'en fais des cauchemars ! Cette nuit, je me voyais dormir les yeux ouverts à chercher ton avion dans le ciel de ma cave. Tout d'un coup, une brèche s'est formée et une avalanche de pommes de terre s'est abattue sur moi dans un nuage de poussière et un bruit infernal. Alors que je me débattais, un géant est arrivé pour m'arracher du tas, il ressemblait à un tronc sans tête avec d'énormes mains : dans l'une il me tenait, dans l'autre il brandissait son économe. Mais juste avant qu'il ne me pèle, tu es venu me sauver dans ton aéroplane. C'est toi qui m'arrachais à lui quand je me suis réveillée. J'ai eu tellement peur... Pourtant, je sais bien que je suis invincible, c'est ma tante Mady qui me l'a dit : je suis sa fleur immarcescible. J'ai regardé dans le dictionnaire, et je crois que c'est vrai : je ne peux pas flétrir. Mais ce qu'elle ne sait pas, c'est que c'est peut-être grâce à toi ?

Bon, je reprends cette lettre pour te dire que cet après-midi, c'était plus gai : avec mes petits élèves, nous avons fait de l'orthographe et de la poésie. J'ai retrouvé Pierre de Ronsard et sa Mignonne qui voudrait nous faire croire que le temps passe vite. Je voudrais bien le voir ici, tiens, l'ami Ronsard ! Je n'ai pas pu m'empêcher de dire aux enfants que, comme nous n'avons ni rose ni soleil, le poème ne tient pas debout. Eh, l'ami poète ! pas de vêprée, que des nuitées ! pas de jardin fleuri, que des bougies ! Et puis après, nous avons fait des opérations. Ici, nous avons mieux qu'un boulier pour nous entraîner : il suffit de compter les bouteilles ou bien au sol les cases de la marelle : 1, 2, 3... Après je ne sais plus trop ce dont on a parlé... enfin, si, d'histoire. J'aime bien celle d'autrefois, les seigneurs, les rois, les châteaux, les courtisanes, les chevaliers empêtrés dans leur armure rouillée et les princesses qui croient aux contes de fées, ou les pendus de François Villon, tiens, un autre phénomène celui-là. Mais lui au moins, il est crédible. Il vivait au temps de la guerre de Cent Ans. Cent ans, tu imagines ? En ce temps-là, les bougies étaient-elles de meilleure qualité ? Duraient-elles plus longtemps ? Les guerriers déjà aimaient-ils les roses ? Et dis-moi, toi, est-ce qu'un jour de guerre c'est moins long que cent ans ?

Je t'embrasse de toute ma force, de tout mon cœur, de chaque pétale, de toute ma fleur.

Marguerite

P.-S. Si tu penses à moi, tu ne meurs pas.

36

La sulfateuse

Là-haut sur ma colline, le lever du soleil est une douche abondante. Ce matin hélas, les nuages me l'ont prise.

De retour au bercail, démédailles des mauvais jours : à Laperruche qui peut dormir quinze heures d'un trait ; à Ruby qui ne se lasse pas de recharger les batteries avec ses dynamos ; à René qui préfère ses calculs à ma compagnie.

La circulaire de l'état-major déclare le ciel comme nouveau front, il n'est plus question d'épargner les pilotes ennemis. Mauvais jour, disais-je. La pitié n'est plus de mise : il faut tuer, et le plus possible. J'enrage : jusque dans mon ciel, après la main de Dieu ou celle du Malin, voici la main de l'Homme. Vraiment, me dis-je en jetant le courrier, ils ne comprennent rien : il ne s'agit pas de pitié mais d'un code d'honneur dont nous-même profitons. Sauver la vie est le privilège des passagers d'un ciel qui n'a pas de frontière. Erich von Rauffenstein et moi ne l'oublierons jamais, nous lui devons la nôtre. Mais non, mauvais jour, il ne faut plus seulement détruire les appareils mais éliminer les pilotes avec eux, et la quantité prendra le pas sur la tactique et l'art de la bataille. Le haut commandement nous envoie par ailleurs de nouvelles recrues qui effleurent leur âge : à peine dix-huit ans, funambules empêtrés dans leur innocence, à peine dix-neuf ans et mimes de l'adulte, à peine vingt ans, bouleversants de fougue et de nervosité. Des escouades qui, attirées par l'aimant du soleil, mélangent les planqués avec les volontaires, les fils de famille avec les paysans.

Je demande à René de les prendre en charge pour une formation accélérée. L'escadrille devient un patronage où les bleus ne sont pas maltraités ni même bizutés : j'ai banni ces pratiques. Les parents écrivent à leur petit que c'est original, qu'il a bien de la chance d'échapper aux rites initiatiques d'une communauté d'hommes. Mais bientôt, je cachette les enveloppes sans exercer ma censure ni même les lire : les « cher fils » répondant aux « cher Papa » me brisent le cœur. Mon cher papa-en-moi ne m'écrit pas ni même ne s'inquiète ; il a toujours manqué à l'appel du vaguemestre. René quant à lui est aussi droit qu'impitoyable et impose une discipline toute dominicaine. Il s'inspire aussi de l'abbé Fourny et met en pratique ses talents en souvenir d'Edmond. Il prend sa mission tant à cœur que sa nervosité le raidit : sa simple arrivée dans la classe éteint les conversations, et il ne faut pas faire d'erreur quand on vole avec lui pour s'entraîner à l'observation : René sait renvoyer les mauvais élèves aux corvées des rampants, et je ne m'oppose jamais à ses sanctions. Qu'ils ne viennent pas se plaindre auprès de moi, si blessés ou débraillés qu'ils soient, car pour moi René a toujours raison, c'est un principe.

Après quelques semaines d'apprentissage, c'est moi qui les affecte à leur escadrille aux quatre coins des fronts. La nouvelle s'est répandue dans les familles comme une traînée de poudre, et je suis assailli de lettres dans lesquelles les mères me demandent des affectations vers un lieu pas trop loin de chez elles. Elles me trouvent toujours de très belles qualités et des liens d'amitié ou bien de cousinage dont elles se réjouissent sur des pages entières. Rien n'est trop huileux pour graisser le piston : c'est vrai qu'en temps de guerre, il n'y a que de petits pouvoirs, et pour bien en profiter le dictionnaire de la flatterie prend des milliers d'entrées. Ce qu'elles ne savent pas, c'est que j'éparpille les bleus avec René en les jouant aux dés, c'est plus simple et plus divertissant, car j'ai toujours pensé que la vie ne serait pas différente si chacun de nos choix était fait au hasard. Au jeu des probabilités, René gagne souvent, alors je me plie aux demandes de ces dames et je reçois dans la foulée des colis remplis de vin, de victuailles, de quoi divertir le cuistot de son ordinaire. Dans la lettre qui les accompagne, je ne suis plus seulement un as paré d'un destin de cinq-étoiles, mais un roi que l'on aime, un empereur même.

De nouveaux avions nous sont livrés, mais de mon côté je préfère toujours les Farman. La concurrence fait rage entre les aviateurs-constructeurs et, dans ses commandes, le ministère de la Guerre ne néglige aucun de ces fous capables d'engloutir leur fortune personnelle dans leurs nouvelles usines.

Un jour, René installe à l'arrière d'un Morane-Saulnier à la casserole d'hélice vraiment spectaculaire un prototype de tourelle où il fixe une mitraillette. À cause de l'hélice, tirer vers l'avant est en effet impossible. Un caporal vigneron donne à l'engin le surnom de « sulfateuse » : montée sur une série d'engrenages, l'arme est particulièrement mobile et permet à l'observateur de tirer dans toutes les directions.

La détente dévore les munitions dans un vacarme d'enfer, c'est très impressionnant. Dans l'ivresse de sa toute-puissance, l'observateur ne doit pas oublier d'épargner le gouvernail au moment de passer d'un côté à l'autre du fuselage. Durant quelques secondes, il faut cesser de presser la gâchette. L'expérience vaut à René un retour affolé avec un observateur maladroit qui a déchiré ses ailerons : à l'atterrissage, il se retourne les pinceaux en percutant la piste avant de finir en pylône. L'imbécile a failli condamner mon cousin. Je l'ai flanqué au mitard et l'y ai oublié. Au bout d'une semaine, c'est mon ordonnance qui me rappelle un matin qu'il est peut-être temps de l'en extirper. Son visage décrépit au sortir de son trou m'a fendu le cœur, mais un bon shampoing au champagne lui a redonné goût à la vie.

René, toujours pédagogue, vient de monter une sulfateuse sur un support en bois afin que les observateurs puissent s'entraîner au sol. Je leur ordonne, ainsi qu'aux bleus, de dézinguer des cibles montées à dos de chèvres. S'ils ratent, la bête tuée se mange, à la différence d'un pilote ennemi. Un jour sur deux, le cuistot prépare un méchoui en prenant soin de conserver la tête : je la jetterai dans la nacelle d'un adversaire au prochain combat.

La prolifération de ces armes et de leurs munitions éclipse les missions au fusil, devenues des souvenirs ; la guerre n'a pas un an, mais nous sommes déjà des vétérans. Et l'efficacité de ces armes a sa contrepartie : la probabilité de mourir monte en flèche, plus haut que celle des chèvres. Les équipements hostiles sont aussi de plus en plus sophistiqués. Les observateurs passent plus de temps à mitrailler qu'à prendre des photographies, et il devient fréquent de rentrer à la base sans cliché mais avec à l'arrière un camarade tout barbouillé de sang. À terre, René me dit qu'il faut nous mettre en cheville avec des ambulances, hélas pas celles de la brigade de sa Cécile qui opère plus au sud. C'est vrai qu'il est fiancé à une sainte, je l'avais oublié.

René teste aussi un canon inséré dans l'axe creux de l'hélice. Mais ce système s'avère complexe et le rendement est catastrophique. Alors il verrouille une mitrailleuse placée sur l'aile supérieure d'un Nieuport, orientée vers l'avant et montée au-dessus du plan de rotation de l'hélice, afin de faciliter la visée. C'est le pilote qui tirera et non plus l'observateur, qui pourra ainsi refaire son métier. Un sacré pas en avant. Mais le système n'est pas au point. René décide alors de sacrifier une permission pour rejoindre le célèbre Roland Garros dans les Ardennes. C'est ma marraine Simone, sa mère, qui lui a parlé du héros découvert dans la presse et de sa traversée sans escale de la Méditerranée un an plus tôt. Cette performance l'a impressionnée et, depuis, elle ne cesse de guetter ses exploits et d'en abreuver René dans chacune de ses lettres. Il travaille désormais sur la synchronisation des tirs à travers l'hélice.

René et Garros sympathisent aussitôt : leur passion commune transcende le scepticisme de mon cousin. Au fond d'un hangar Bessonneau, ils tirent au revolver dans des ventilateurs. Ce n'est pas un jeu de fête foraine, et René m'écrit à quel point il le prend au sérieux ; il s'agit d'affiner les dimensions du blindage des pales afin de les protéger des balles qui pourraient les endommager. Le plus délicat est le montage et l'orientation de ces déflecteurs métalliques sur le bois des hélices : un éventuel ricochet ne doit pas se retourner contre l'équipage. Hormis cet inconvénient, le système fonctionne à merveille. René remplit plusieurs carnets de croquis et me raconte que Garros n'a pas tardé à revenir extasié d'une mission de test : le pilote du Fokker qu'il chassa fut habile et son observateur mania sa mitrailleuse Parabellum avec dextérité. Le combat durait depuis un moment lorsque, tout à coup, il vit son adversaire passer au-dessus de lui et piquer verticalement en étalant son ventre à trente mètres en avant de son capot. Il redressa alors son avion et appuya sur la détente : la rafale déchira l'habitacle comme on vide un poisson et toucha le pilote, qui perdit le contrôle ; son avion partit en vrille et s'écrasa sans qu'il ait eu le temps d'en réduire les gaz. À son retour, l'allégresse de l'escadrille fut sans égale. Garros marqua le flanc de son avion d'une croix, témoignage orgueilleux de ce premier succès.

René est de retour chez nous avec l'enthousiasme du jeune ingénieur qui vous apporte son premier brevet. Il m'embrasse même sur la bouche le plus naturellement du monde. Puis il sort de sa poche un flacon d'une forme étrange et des verres qu'il remplit à ras bord : cette fois, ce n'est pas du champagne mais une gnole sévère, un cadeau de Garros. René déplie ses plans avec excitation et me tend la liste des fournitures nécessaires pour équiper chacun de nos avions de cette redoutable invention :

— Mon bébé, la guerre est une farce, c'est toi qui me l'as dit, alors regarde un peu comme nous allons nous amuser avec ce nouveau jouet.

37

Cruel

Pour ceux qui la subissent, la guerre qui dure est une pression continue. Mais pour ceux qui la pratiquent et dont il faut prolonger l'espérance de vie, elle s'organise et alterne les temps de travail et les vacances. Aujourd'hui, glisser la clef dans la serrure de l'appartement de la Thuyone est un geste émouvant. Mais cette surprise-là je ne l'ai pas choisie et, la porte à peine ouverte, je comprends qu'il est déjà trop tard. Dans leurs vases de terre cuite, les oliviers ont le vert du feuillage sens dessus dessous. Je franchis l'entrée, déserte, le salon, rien, le couloir, éteint, monte l'escalier, de même, et parviens à la chambre. Elle est tendue de soie noire et à peine éclairée par quelques candélabres. Des tapis que je ne connais pas étouffent le parquet. Il y a là toute une veillée d'ombres. J'avance et m'appuie sur les carrures des hommes pour les mettre à genoux. Et la voilà, couchée dans un cercueil. Sans zibeline au cou, la Thuyone me paraît d'une effroyable maigreur. Le satin plissé plaque sur son visage un teint mat et artificiel. Sa poitrine n'est qu'un souvenir étalé sur son ventre et sous ses bras croisés. Ses doigts sont dépliés sur ses épaules nues : ses anneaux de diamants lui tombent des phalanges. Autour d'elle, on a coupé des roses sous la fleur, aussi blanches que son fourreau de soie. Mais elles ne sentent rien : l'odeur d'absinthe brûlant sur la cheminée sature les narines et irrite la gorge.

Ce vide me pénètre, je ne sais quoi penser, je ne veux pas y croire. Sur les fourrures posées sur les chaises alentour, mes caresses lèvent de la poussière. J'entends la sécheresse des hommes qui respirent. À touche-touche pourtant, ils refroidissent la chambre. Avant, passer son seuil suffisait à vous galvaniser, à réveiller la pulsion de votre adolescence. Avant, lorsque vous vous déshabilliez sur ces peaux exotiques, vous feigniez d'ignorer la puissance érotique du baldaquin où, lorsque vous vous glissiez comme un tigre rampant, les passementeries vous chatouillaient la peau. Avant, la Thuyone y brillait et abreuvait son monde, devenait le mentor fidèle de vos jeunes maladresses tout en conversations, suscitait un concert d'émotions, de rires et de pleurs partagés. Vous n'imaginiez pas à quel point vous étiez affamé de la vie : elle vous le révélait.

Mille souvenirs flottent dans l'air, les miens comme ceux de mes presque-semblables, et tous se mélangent. Même face au passé perdu, la Thuyone fédère. Je reste bras ballants, immobile et debout. Ses hommes ne bougent pas non plus. Fixé sur elle, je la dévisage. Ses yeux ont disparu. Les miens se noient dans ses cheveux. La blancheur de ses lèvres est une trahison, cruel le foulard qui lui tient le menton. Dans ma poche, l'enveloppe bleuciel tambourine sur mon cœur. Je perds pied, je deviens fou peut-être, j'ai si mal à mes souvenirs, j'ai si mal à la complicité, à mon amitié morte, à ma virginité que, magicienne, elle avait répétée. Le couvercle du cercueil est posé droit contre le mur. Je me précipite, m'en saisis et le cloue à grands coups de marteau.

38

Vivante !

— Je suis Sarah Bernhardt ! hurle-t-elle en me jetant le couvercle au visage.

Le choc me fait saigner du nez puis le bois en tombant me fracasse les pieds. Je reste coi. Elle se relève dans un nuage de poudre, rit aux éclats comme les hommes autour d'elle et me dit :

— Toute cette mise en scène pour que tu ne pleures pas... Mais à qui donc, traître, as-tu donné ton cœur ?

L'un d'eux descend l'étoffe qui obstrue les fenêtres. Le jour se précipite sur un seul but : éclairer son visage. Un autre souffle les bougies, un troisième le talc de ses joues.

— Bon anniversaire !

Un quatrième l'aide à sortir de la boîte à morte ; de sa robe s'envolent les pétales de fleurs. Elle s'essuie la bouche qui rougit de nouveau. Fière de sa surprise, elle exhibe sa peau de porcelaine que je connais si bien. Puis, souriant toujours et rivetant ses yeux à jamais dans les miens, vient pourlécher le sang qui me tache les lèvres.

— Goûte à la mort, mon beau, tant que tu es vivant !

39

D'Albin

Mon vieux fillot, mon cher petit-neveu,

J'ai vu ta mère hier place de l'Opéra Garnier. J'étais heureux, car je la vois si rarement, même lors de ses séjours à Paris : jamais elle ne fait signe, jamais elle ne m'écrit. Mais je lui pardonne tout, tu le sais bien, et je suis certain qu'avec toi, elle correspond. Je lui avais donné rendez-vous au Café de la Paix car j'aime cet endroit où je me donne parfois l'air d'être à la guerre : étourdis de plaisirs, soldats et officiers y déboutonnent leur uniforme, y oublient les ordres et leur garnison alors que les femmes s'y régalent de l'abondance des hommes. Tu vois, tout ce beau monde s'abreuve avec des yeux pleins de papillons. Sur la terrasse, on est tellement serré qu'il ne faut pas grand-chose pour confondre les coudes ou croiser sous la table les jambes d'un voisin. Tous et toutes partagent la même superstition, persuadés que la Paix écrite sur l'enseigne va couler dans leur verre. Tu comprendras aisément comme tout cela me plaît… d'autant qu'avec mon costume gris, je m'amuse aussi d'être pour les messieurs ce tire-au-flanc suscitant la question, et pour les dames une extase possible. Si elles savaient!

J'avais donné à Charlotte rendez-vous à l'intérieur: il y a moins de monde, on y trouve des banquettes où l'on peut tenir une conversation, les garçons y sont très attentionnés et je ne risque pas d'y tacher ma flanelle. Nous avons commencé par échanger des nouvelles des uns et des autres, énuméré nos blessés et nos morts et même plaisanté de la contribution de notre famille aux cierges de l'Église: « À Lyon, m'a-t-elle dit, les troncs de Saint-Martin d'Ainay débordent de nos pièces. » Ma Charlotte a même envié le sort de ces couvents de nonnes qui vivent de la cire! Tu vois qu'elle a tous les réflexes des chefs d'entreprise! Inutile de t'écrire que nous avons aussi parlé de tes exploits; ta mère ne se lasse pas de lire ton nom dans la presse. Mais elle voudrait plus de photographies: sois gentil, dis-le aux journalistes.

Mais il faut que je t'avoue: j'étais aussi en mission. Voilà l'histoire: au ministère de la Guerre, une réunion du Comité de l'armement patinait au sujet de la fourniture de baïonnettes. Il a fallu qu'un collègue en retard passât devant la porte du bureau d'à côté, c'est-à-dire le mien, pour se rappeler les activités des Établissements Hyfrer dont nous avions parlé autour d'un café et me demandât de l'accompagner. J'expliquai à ces très grands cerveaux que l'expertise des paratonnerres pouvait certainement se décliner sur ces accessoires. Je proposai même, bonne poire, de m'en occuper en approchant ma sœur, ce qu'ils acceptèrent aussitôt. Tu vois, les problèmes au ministère sont comme les fusils mal ajustés de nos velus: il faut compter sur les rebonds pour atteindre la cible...

Je dois te dire mon vieux que ta mère a eu une

réaction brutale et a failli s'évanouir : l'idée que sa production devienne une arme de guerre l'a fermée comme une huître, et j'ai bien cru qu'elle allait me gifler. Comment moi, son petit beau-frère chéri, avais-je l'audace de conspirer pour une idée pareille ? Qu'étais-je donc devenu ? Où était l'héroïsme du fonctionnaire quand toi, son fils unique, et René et tant d'autres risquaient chaque jour leur vie avec un courage étourdissant ? Et même plusieurs fois par jour alors que je brassais des papiers sur un siège en velours et finissais mes nuits dans des cabarets louches ? (Je n'osai pas lui dire où je posais ma bouche, elle ne m'aurait pas cru.)

Mais elle a fini par m'écouter. Pour bien me faire comprendre, j'avais apporté un échantillon en acier poli de plus de 50 centimètres fixé au canon d'un Lebel. Je lui ai bien montré que cette lame cruciforme ne coupe pas et lui ai appris que les experts l'appellent « soie » et des chanteurs « Rosalie », tout un monde de poésie. Cette pièce comporte aussi un appendice permettant de réunir les fusils en faisceaux, leur pointe en l'air pouvant ainsi faire office... de paratonnerre : oui, là, je te le concède, j'ai un peu exagéré pour l'amadouer ! J'ajoutai que son poids d'une livre en faisait par ailleurs un instrument tout à fait malcommode pour le corps-à-corps, tant sa charge était décuplée par sa position en bout de canon. De plus, j'avais eu la bonne idée de faire comprendre à ma hiérarchie que nous ne pourrions convaincre ma sœur qu'avec le modèle pourvu d'un adaptateur coupe-barbelés. Je ne sais pas si tu connais cette variante, toi qui te préoccupes plutôt des nuages que des fils de terre : il porte à la base un croc permettant d'accrocher le fil. Celui-ci, bloqué, est coupé par le tir d'une balle. Je lui indiquai enfin que seuls les Établissements Hyfrer pourraient doter l'armée de modèles incassables pour cette noble tâche. En bref, je l'ai convaincue que la baïonnette était plutôt un instrument de libération qu'un couteau à viande.

Elle a accepté, et devrait livrer ses premières pièces dans trois semaines. Tu vois comme je ne m'ennuie pas et comme je me préoccupe de tes ouvriers, qui ont ainsi un nouveau sursis d'appel et ne partiront donc pas de sitôt titiller la foudre au front.

Écris-moi vite. Je te baise l'anneau comme le pâle et poussiéreux fonctionnaire que je suis, mais qui fait de son mieux pour servir la France, la famille,

Et ta fortune.

Albin

40

Noter les marmites

Les boyaux ennemis n'arrêtent pas d'avancer, les nôtres de puer. J'ordonne une mission de reconnaissance au-dessus des forts de Tavannes, Souville, Vaux et Douaumont, afin de mettre à jour les cartes d'état-major. Le ciel est large et beau, et malgré un vent d'ouest irrégulier nous décollons sans encombre : deux avions de couverture et un de renseignement. Il nous faut une vingtaine de minutes seulement pour être sur site. Les rafales, bien prises dans les ailes, poussent les appareils par à-coups. Hier, nous avons repéré les nouveaux nids de l'artillerie hostile. Ruby s'est pris une belle salve sur le flanc droit, une guirlande de Noël le long du fuselage, mais qui, par chance, n'a pas fait de dégâts, tirée de trop loin pour toucher les organes vitaux. Nous descendons à 500 mètres : plus un arbre, plus une herbe. Juste une terre noire semée de troncs brûlés et percée d'un océan de trous d'obus, marmites serrées les unes contre les autres, rondes, longues ou espacées, profondes à fond de pluie, entonnoirs submergés par les effondrements avec, sur leurs lèvres, des uniformes vides. Parfois, leurs eaux nous éblouissent en renvoyant les angles d'un soleil brisé comme un verre de miroir. De part et d'autre, les galeries se font face, disposées en épis poilus de barbelées. De l'Est, ça tire toujours sur nous.

Je file tout droit et lève la main au moment où Dariguet doit commencer sa série de clichés. Je lui ai demandé de les espacer avec une régularité de métronome. Puis j'opère un demi-tour afin de couvrir la même zone sur une plus grande largeur. Nous devons remonter quand les coups de feu deviennent trop précis : une balle rebondit sur l'hélice, siffle à mon oreille et transperce la toile à quelques centimètres de Dariguet.

De retour à l'aérodrome, je demande le développement immédiat des clichés. Dariguet s'enferme dans sa chambre noire et s'exécute aussitôt.

Le lendemain, le temps est pluvieux. Chacun vaque à sa paresse. Dans un coin du mess, un grand drap blanc recouvre une forme : c'est le cadeau que Lelièvre m'a envoyé pour ma promotion, grâce à l'intervention d'un de ses oncles général. « Une dépense somptuaire pour mon héros », m'a-t-il écrit en insistant sur la somme.

— On ne touche pas ma surprise, leur dis-je à tous.

On libère la grande table, et j'aligne les photos côte à côte. Je recrée le paysage et jette sur la table une poignée de punaises. Je leur demande de fixer le tableau d'ensemble. Je note au feutre bleu le nom des villages et des forts.

— Qu'en penses-tu ? me demande René.

— Une vraie piste.

— Une piste ? Qu'est-ce que tu racontes ?

Sans répondre, je retire le drap d'un coup et ouvre la caisse avec un pied-de-biche.

— Un orgue de Barbarie ! s'exclame Laperruche.

— Non, un orgue de Bocherie ! enfin, c'est du pareil au même !

Ils admirent l'instrument : ses tuyaux de bois blond sont alignés sur l'avant. Quatre rangées de jeux à anches forment des pyramides à pans courbés : un « violon » au dernier rang, puis une « trompette », un « basson-clarinette » et la « régale » enfin, censée imiter la voix humaine. Les côtés sont peints de motifs bohèmes où des couples se promènent dans des rondes d'oiseaux ou bien s'aiment assis au bord d'un étang sous des arbres en fleur. Au fronton ciselé, on peut lire en lettres rouges : *Réservé aux éternels enfants*, et au pied des tuyaux : *50 centimes la course*. Le vernis, par endroits, se craquelle.

René reste hébété. Je luis dis :

— Prends plutôt l'autre caisse, là derrière toi, contre le mur, tu vas comprendre.

Il en décloue le couvercle avec l'aide de Ruby. À l'intérieur, des piles de feuilles de carton brun d'une vingtaine de centimètres de large pliées en accordéon.

— Ce sont des cartes pour l'orgue, c'est ça ? demande-t-il.

— Oui... Messieurs, aujourd'hui vous resterez ici à boire de l'eau et à gober des œufs, et vous allez percer. Voici les marteaux et poinçons nécessaires. Tous à section carrée ou rectangulaire, vous voyez leurs différentes dimensions.

— Percer ? répète René.

— Oui, vous allez noter, comme on dit dans le jargon des orgues, c'est-à-dire créer les notes : vous allez reproduire les trous d'obus des photos sur ces cartons, le moindre d'entre eux, en décalquant leur taille, leur longueur et leur cadence exactes, et à l'échelle, s'il vous plaît. J'ai bien dit décalquer, c'est-à-dire que je ne supporterai aucun oubli ni aucune erreur de mesure. Voici des compas, des équerres et des règles pour vous aider. Vous voyez les boyaux latéraux de part et d'autre des photos ? Elles délimiteront la partition. C'est clair ?

Le ton de la question les pousse à répondre d'une seule voix :

— Oui, mon capitaine !

Je déplace une table vide sur laquelle je déplie le carton devant l'étendue de photos.

— Voilà, je vous montre le procédé.

Je frappe un poinçon dans l'alignement fidèle des cratères visibles sur les premières images puis les invite à se mettre au travail.

Ils y passent la journée, se relayant au marteau et à l'évacuation des confettis de carton qui, bientôt, remplissent trois casques ennemis. Je les surveille et recompte les trous, mesure les longueurs entre eux avant de retourner à mon fauteuil.

La lassitude gagne ; je les sors de leur mélancolie :

— Allons, mes amis, c'est fini pour aujourd'hui.

Je me lève, replie le carton avec soin et le dépose à la bouche de l'orgue.

J'ordonne à Dariguet d'aller chercher les mécanos, les cuistots, tout le monde ! Ce soir, le mess sera grand ouvert. Avec l'aide de René, je roule l'instrument au centre de la pièce et demande aux autres de repousser la table des photos entre les deux fenêtres. Sur les clichés, les marmites notées sont entourées ou barrées de croix au feutre rouge et donnent à l'ensemble des airs d'interminables parties de morpion. Puis je sers un bon verre à chacun.

— Nous voilà réunis dans ce bel odéon pour une grande première : un concert de cratères ! René, à toi l'honneur.

Je brûle de savoir ce qu'il y a dans le ventre de cette symphonie. Allez messieurs, cul sec !

Ils descendent leur verre comme un seul homme avant de le claquer sur le zinc du bar. Le brouhaha s'éteint : ils sont en rond autour de l'instrument, curieux comme des gamins-sucettes au chapiteau d'un cirque. René s'avance et introduit le début du carton perforé sur le chemin de défilement. Il caresse la roue, sa courroie, empoigne la manivelle et se met à la tourner, de plus en plus certain du rythme à adopter : le soufflet de peau monte en pression puis expire, et la musique enfin jaillit de l'orgue.

Je commente à haute voix :

— Écoutez, on sent l'hésitation initiale, pianissisimo, comme si l'ajustement entre les terres épargnées et les marmites faisait partie de l'œuvre... ou serait-ce l'âme des mortiers qui prépare son entrée ? Puis l'introduction, piano ma non troppo, qui annonce une attaque par temps clair, économe et précise... Allez, René ! Puis cette montée en vigueur, forte, violente, fortissimo à présent, un déluge de notes toujours renouvelées, ni tout à fait le même et ni tout à fait un autre... Quelle merveille... Et là, écoutez les oppositions entre les graves de leurs canons de 150 et nos aigus de 75... Et les entendez-vous, ces rafales de triangle, de vrais 8 millimètres à l'accent si cuivré, scherzo ma non troppo, si légères et si douces ? Ah quel travail du matériau thématique ! Quelle harmonie d'ensemble ! Allez René, chauffe, chauffe !... Et maintenant, cette partie centrale du mouvement, mezzo piano, presque lyrique, où l'on croit percevoir la nuit qui tombe et maintient sa mitraille comme si ces secousses en empêchaient la trêve.

René laisse la manivelle à Dariguet, puis à Ruby ; elle

tourne plus ou moins vite selon leur état d'âme. L'instrument déploie son orchestre qui habite la pièce.

— On dirait que le temps se dilate... Diable-Dieu, comme les musiciens s'amusent ! Ah ces incessants violons ! Ces cors descendants qui bousculent les corps ! Et, en retrait, ces quelques baïonnettes tintant comme des traversières ! Douces perforations des grenades à mèche tout au long du carton ! Pourra-t-on revenir en arrière, au silence inquiétant prémices à la déflagration ? Pas encore, non... on dirait que ce nouveau passage est un peu maladroit... Nous mènera-t-il à un final inattendu, fusée pétillante d'esprit et pleine de surprises ? Oui, voilà, les pulsations du sol résonnent comme les vôtres, c'est la même tension... Et la voilà qui reprend, cette fragmentation de timbres... délicieuse ! Avalanche de bombes, avalanche de notes ! Sommes-nous dans la folie ? Sommes-nous dans la gaieté ? Sommes-nous dans l'artifice ? Entendez la régale qui ne fait que râler. Est-ce un hymne à la joie ? ou le chant de l'effroi ? Elle monte en puissance ! Serait-ce la menace annoncée d'une bombe à ailettes ? ou va-t-elle s'estomper, enfin, dans une paix silencieuse ?

Essoufflé, je m'arrête.

— Voyez comme la guerre compose sous nos yeux, messieurs !... et nous aurions voulu ne pas l'entendre !

Ils se taisent. Les tours de manivelle sont le seul mouvement dans la pénombre du mess. Ils retiennent leurs larmes, ont le corps figé, mais je vois dans leurs yeux que chacun se projette le film imaginaire dicté par la musique. Et, quand le carton est entièrement joué, je ne fais pas durer le silence et le replace sur la bouche de l'orgue, puis fais signe à un mécano de tourner. Quand l'orphéon reprend, je crie :

— Verdun n'est plus en France, elle est à la musique ! Et

voilà ta piste, René, sa vallée est une piste de danse !

Je lui prends la main et lui passe le bras autour du torse.

— À vous messieurs, allez, dansons la partition qui, sans nous ce soir, aurait été perdue. Voulez-vous que nos fantassins et nos artilleurs meurent sous de tels feux sans laisser de cadeau ? Voulez-vous que Victor, dix-huit ans, petit téléphoniste engagé volontaire sur le front de l'Est, oui, voulez-vous qu'il n'en revienne pas vivant comme nous, Ariste que nous sommes ?

Alors ils valsent, boivent, chantent, tournent la manivelle.

Et puis ils se dispersent.

Moi, moi je regagne ma fosse. Avec ma chouette, je grimpe de branche en branche, m'enivre de résine et, tout en haut de l'arbre, je les aime un à un sortis dans la nuit noire, titubant comme les abeilles d'une ruche enfumée. Ils sont perdus dans les échos de leurs amis, leurs cousins et leurs frères, de leurs morts et de leurs blessés qui ce soir ont joué à l'unisson comme de grands musiciens. Plutôt que de tomber, lèveront-ils les yeux vers le secours du ciel ? Verront-ils la partition filante des âmes étoilées ?

41

De la Thuyone

Mon tout petit Copeau,

Je ne t'écris que parce qu'il me reste un soupçon d'esprit patriotique et que l'on me dit que cette année 1915 traîne un peu en longueur avec ces va-et-vient des fronts : tant de fureur déployée pour quelques centimètres ! Et aussi pour que tu saches que j'ai réalisé le tour de force d'organiser un dîner sans toi avec des invités encore plus hétéroclites que d'habitude. Figure-toi que j'ai convoqué une troupe orientale qui a monté une tente dans mon salon. La beauté des patchworks, crois-moi, n'avait d'égale que la qualité des parfums. Leurs coussins étaient comme des bras adipeux où je tombais en toute apesanteur. Et je ne te parlerai pas de la musique, de la danse bruyante, des cimeterres enflammés, des flûtes qui charmaient les cobras, des pincements répétés sur les cordes des ouds, des tintements de cuivres accrochés aux ceintures, ni des encens piquants qui troublaient un peu l'esprit et dilataient les yeux. Il a fallu du temps pour finir les tajines et dégorger le miel de chaque pâtisserie. Tu n'imagines pas l'ampleur des délices, tout cloîtré que tu es dans ton ciel d'orgueil. Puis, à la nuit tombée, quand il ne restait que la lueur des braseros pour éclairer la tente, de vieux Turcs à barbe de prophète nous ont présenté des almées très voilées mais sans aucun dessous, ainsi que des nomades entièrement rasés, habitués au travail de force et qui ne portaient rien par crainte d'avoir chaud. Crois-moi, nous n'avons pas eu besoin de nous parler pour très bien nous comprendre. Et ne me demande pas ce que j'ai bu, je ne saurais te dire ; les alcools qu'ils ont apportés avaient des noms qu'il m'est impossible de répéter, et mes papilles ont été incapables d'en identifier le moindre ingrédient. Je n'ai qu'un indice qui saura te déplaire : lorsque mes Parisiens m'ont enfin laissée seule et qu'il ne restait plus que la Lune bleuissant les fumées, tous ces gens du voyage ont décoré ma chambre et parfumé mon lit. Ah non ! ce n'est pas toi qui m'auras fait connaître ce contraste insolite ! Tu ne verras jamais leur bronze étrenner la blancheur de ma peau ! Et tu ne sauras rien des glaçons glissés entre nous : voilà la délicieuse fonte, voilà les quelques centimètres dont il est opportun de se préoccuper !

Ah ! Mon brave Vivant, où es-tu ? Que n'as-tu préféré ton ciel solitaire aux plaisirs exotiques !

N'écris pas, ne prends pas cette peine, sois fidèle à ta guerre toute de mort vêtue et qui vole avec toi sans jamais être nue... Non, vraiment, tu ne me mérites plus.

La Thuyone

42

De Marguerite

Cher oiseau, petit filleul,

Ce que tu me demandes, c'est vraiment difficile. Tu voudrais que je détruise tes lettres puisqu'elles ne font que décrire un passé qui ne doit pas peser et que, lorsqu'on les relit, « Diable-Dieu » comme tu dis, on a évolué et ce n'est plus pareil. Et quand on est éloigné l'un de l'autre comme c'est notre cas, les relire est une tentation à laquelle on ne peut résister, alors qu'en réalité on a perdu le souffle originel de l'ouverture, le frémissement des doigts qui déchirent l'enveloppe, la frénésie de la découverte du texte, les parfums que l'on cherche comme s'ils étaient cachés entre l'encre et le papier. Oui, à simplement manipuler l'enveloppe, à juste relire l'adresse que l'on a déjà vue et que l'on connaît par cœur, on sait qu'on n'a rien oublié des mots qui sont écrits dedans, on se souvient parfaitement quand l'auteur a changé de paragraphe, quand il a fait de l'humour, quand il a été grave, quand il a voulu nous ménager en oubliant une partie de l'histoire, et c'est comme si on entendait les vœux qu'il prononça à la toute fin de la toute dernière ligne. Mais il faut bien s'occuper et on se laisse aller… alors on appose des pensées nouvelles sur des émotions anciennes, on les transforme en miroirs à faux espoirs, et ça ce n'est pas bien. On grandit, nos expériences changent nos perceptions, que ce soit dans le ciel ou sous la terre. On vieillit comme à cloche-pied sur la marelle, même d'un jour à l'autre, on attribue aux phrases des sens déformés, même une ponctuation peut nous ragaillardir ou nous anéantir. On rit jaune, on est ému, on a les larmes aux yeux, on plonge dans la nostalgie de ce temps qui n'est plus. Et on se dit que cette phrase, tiens ! était prémonitoire, ou qu'on était naïf quand on la lisait pour la première fois, ou encore que l'on avait tort et qu'on ne savait rien des choses de la vie… or qu'aujourd'hui, que savons-nous de plus ? Tu sais, je n'arrive pas à m'y faire, à les jeter au feu, à les voir brûler sous les yeux effarés des autres qui conservent les leurs dans des boîtes précieuses. Pour elles comme pour moi, tu comprends, c'est une compagnie. Avec les lettres, bien sûr les jours passent, les nuits pleurent et pleure le temps, mais elles l'épuisent à les lire, les relire, à les classer en piles, à vérifier l'ordre chronologique, à sentir leurs odeurs, à les caresser, à les enrubanner de soie de toutes les couleurs : verts de printemps, roses d'été, bruns d'automne et noir d'hiver… le cycle des saisons passées à se languir… en refusant de compter les blessés et les morts égrenés dans chacune. Alors pardonne-moi, mais jusque-là je n'ai pu que déchirer les tiennes en quatre morceaux bien distincts. Comme ça, je me dis que je pourrai toujours les reconstituer si je veux les relire. Quand les femmes m'ont vu faire, elles m'ont dit que j'étais rouge folle.

De Marguerite

Adieu l'oiseau, réponds-moi, envoie-m'en des nouvelles avant que nous nous retrouvions et que nous mettions fin à cette déchirure.

Marguerite

P.-S. Si je pense à toi, je ne meurs pas.

43

Dernier du nom

Une balle m'a traversé la cuisse, mais je suis rétabli. Je dois mon salut à l'angle favorable, quelques degrés qui ont évité l'artère fémorale. Je me demande si mon père aurait salué ma chance ou si je la lui dois comme une nouvelle dette. René est assis à la table du bahut. Je parcours en boitant encore un peu les cartes accrochées aux murs : les noms de Bezonvaux, Douaumont, Fleury, Souville, Vaux, Louvemont, Thiaumont sont illisibles mais clairs dans ma mémoire, mâchouillés par les punaises en forme de petits drapeaux mille fois déplacées. Il est tard ; je me rappelle qu'un colis est arrivé aujourd'hui pour René :

— Tiens, encore un paquet de Cécile. C'est épais... on dirait un livre. C'est ça, elle t'écrit des livres entiers maintenant ? Quel amour de fiancée !

— Non, elle ne m'écrit jamais, et moi non plus d'ailleurs.

— Ah tiens, pas de lettres entre vous... C'est parce que c'est vulgaire – trop commun pour môssieur, je veux dire, c'est ça ?

— Disons que nous avons passé un pacte...

— ... non écrit j'imagine ?

— Oui. Nous savions tous les deux que la guerre serait longue ; nous ne sommes pas devins, c'est toujours la même chose. Elle ne se voyait pas décrire sa vie ordinaire sous le seul prétexte de passer un moment avec moi, elle à son écriture puis moi à sa lecture. Au début, disait-elle, ce serait bien facile, je serais enthousiaste pour tout te raconter par le menu. Mais avec le temps, comment garderais-je la flamme pour te parler de ma mère à la cuisine, de la peine qu'il faut pour trouver des légumes, des vêtements reprisés, des voisines qui pleurent et qu'il faut consoler, de la douleur des hommes couchés dans mon ambulance ou de ceux qui s'y éteignent, des avancées de l'ennemi comme de ses reculades ? Tout cela, disait-elle, tu le sais déjà par ton entourage, et moi aussi par le mien. Inutile de se le raconter pour se serrer le cœur à des kilomètres de distance l'un de l'autre. Inutile aussi de s'écrire des questions, ce serait comme dicter les réponses que l'on connaît aussi. Inutile de se forcer à chercher de l'espoir pour conclure les lettres avec des mots d'amour : peu à peu, ils ne diraient plus rien, plus rien d'original et plus rien de nouveau. Donc nous avons décidé de ne pas nous écrire.

— Mon Dieu, triste philosophie ! Et Cécile pense-t-elle que ton quotidien est aussi répétitif que le sien ?

— Disons que je suis d'accord avec elle. Alors nous préférons nous envoyer des objets, des livres comme celui-ci, des dessins, des cartes postales ou des photographies. C'est bien plus stimulant pour l'imagination : pour chacun, il faut s'interroger sur les raisons de ce choix et chercher le sens qui nous rapproche. Nous n'y inscrivons que notre prénom et la date, pour bien nous souvenir.

— Comme si votre prénom risquait d'être oublié ! C'est le comble !

— Tu ne comprends rien...

— Ah si au contraire ! Je comprends très bien : tu voudrais me faire croire que tes avions ne la font pas rêver, elle serait la seule au monde...

— C'est ça, bravo, elle est ma seule au monde ! Et toi, aujourd'hui, tu as reçu une lettre de Marguerite ?

— Non, pas aujourd'hui.

— Ah, quelle belle occasion... Essaie d'imaginer grâce à elle plutôt. Tu m'en reparleras !

— Mais je suis sans objet...

On frappe. René se lève pour ouvrir, laisse un homme entrer et quitte la pièce. C'est un soldat de troisième classe, droit, plutôt bien mis, au bas mot dix ans de plus que moi. Il ne s'offusque pas de ma tenue ni du pansement sur ma jambe. Sa moustache finit en double pointe, une élégance qui contraste avec le flou de son pantalon. Sous sa veste, froissée sur toute la partie basse, il porte autour du cou un foulard de tartan vert dont le pli dépasse d'un demi-centimètre et, pendu à son cou, un appareil photo à soufflet replié. Il referme la porte derrière lui, s'approche et attend sans rien dire, mimant un garde-à-vous d'un geste mou. Sa peau ride ses traits. Dans ses yeux cependant, une once de tourment.

— Qui êtes-vous ?

— Je suis médecin, mon capitaine.

— Est-ce un nom ça, « médecin » ?

— Euh, je veux dire... Pardon mon capitaine, je suis à votre service, et à celui de l'escadrille. Envoyé par l'état-major et arrivé tantôt.

— J'ai déjà une ordonnance, et ils m'envoient un médecin ! soupirai-je en baissant la tête. C'est toujours comme ça dans l'armée, à chaque fois il manque un maillon de la chaîne.

— Il vous manque un maillon, mon capitaine ?

— Eh oui… il manque le pharmacien ; pour traiter l'ordonnance du médecin, il faut le pharmacien, vous devez le savoir mieux que personne. À moins que vous ne le soyez aussi, pharmacien ?

— Exactement, mon capitaine !

— Quelle perfection que voilà, un toubib pharmacien ! Et photographe, en plus ! Vous sentez-vous aussi l'âme d'un photographe ? Et je ne connais toujours pas votre nom, d'ailleurs…

— Oui, mon capitaine.

— Oui ? C'est un nom ça, « oui » ?

— Non, mon capitaine…

— « Non » comme nom ? Ah quel nom, camarade !

— Pardon, mon capitaine… Je veux dire que je me sens tout à fait l'âme d'un photographe.

D'une traite il poursuit :

— Et je me permets d'ajouter que mon nom est Darmezin.

— Mais d'où cela peut-il bien venir, ça, Darmezin ?

— De Suisse, mon capitaine. Darmezin, avec un *z*.

— Ah je comprends mieux le foulard montagnard… La lettre *z*, si rare et exotique… et la Suisse, cette neutre inconnue…

— Pardon… mais je tiens à mon nom, mon capitaine.

— Vous tenez à votre nom ? Mais c'est que vous êtes un original, Darmezin-avec-un-*z* !

Le soldat réussit à poursuivre :

— Non… je veux dire…

— Mais que voulez-vous dire ?

— C'est que je suis le dernier.

— Le dernier ?

— Oui, le dernier du nom.

— Mais non ?

— C'est que mon père et moi sommes des fils uniques.

— Vous êtes bien tombés, c'est très bien vu dans cette escadrille. Et donc vous êtes le dernier mâle de la lignée ?

— C'est ça, mon capitaine !

— Bien, je vous vois encore beau garçon, soyez brave et je tâcherai de prolonger vos permissions pour que vous ayez le temps de courir.

— De courir ?

— Oui, les filles, de courir les filles ! C'est en courant les filles que vous ne serez pas le dernier, vous comprenez ?

— Ah mais mon capitaine, c'est que...

— Taisez-vous, docteur ! Ça suffit ! J'en sais assez pour aujourd'hui. Et massez là, juste au pied de mon cou, par-delà l'omoplate, ma colonne me fait mal. Oui, là, c'est ça, plus fort, appuyez... encore... allez... n'ayez pas peur, Darmezin-avec-un-*z* !

44

La salle de bains

— Messieurs, ce matin, passage en revue et visite médicale par notre nouveau toubib. Allez, tous dehors alignés.

— Dehors ? C'est qu'il fait un peu froid, capitaine, se permet Pinauto, pilote pince-sans-rire élancé comme un I qui m'a été envoyé ce matin par l'état-major, et qui a déjà supporté un premier surnom en cadeau de bienvenue : Sexavion.

— Oui dehors, allez, inutile de vous habiller, tous à poil, on gagnera du temps ! Et que ça saute !

Malgré la température et la brume qui balaie la piste, ils s'alignent. Dariguet s'adresse à Pinauto, qui traîne :

— Ça vaut aussi pour toi, Zobwagen...

— En rang, et sur une ligne, et plus vite que ça ! Garde-à-vous !

Ils obtempèrent. Je me tiens au milieu d'eux avec le médecin qui pose sa valise. Derrière nous, les rampants et les mécaniciens sortent par grappes de leurs baraques, mastiquent leur bouffarde et se moquent en contemplant la scène.

— Voilà, messieurs, l'état-major nous fait les grâces d'un

docteur, ce si joli rappel des risques du métier. Il s'appelle Darmezin, Darmezin-avec-un-*z*, dernier du nom. À lui vous décrirez vos bobos, mais pas vos états d'âme. Il est déjà médecin, pharmacien, et aussi photographe à ses heures, le voilà bien assez occupé. Nous n'allons pas encore le charger avec vos traits d'esprit, je les garde pour moi. Mais d'abord, vous le saluez comme il faut.

Toujours dressés et la main droite sur la tempe, ils crient d'une seule voix :

— Bonjour, docteur !

— C'est bien. Prêts pour la revue ?

— Prêts, mon capitaine !

— Voilà, Darmezin-avec-un-*z*, je vous laisse m'évaluer ces têtes de cochon, la santé de leur cœur, l'ampleur de leurs poumons et le gras superflu, la propreté des cous, des aines et des aisselles, sans oublier la taille des ongles. Mais, pour celle des sexes, nous serons indulgents et accepterons toutes les différences, car vous voyez déjà que, parmi tous ces artistes, nous avons autant de Michel-Ange que de David. En revanche, nous enverrons au bagne ceux qui refusent d'obtempérer.

Quant à moi, je suis déjà torse nu, je n'ai que le bas de mon pyjama à ôter. Darmezin est à l'aise et prend son temps : il remonte la colonne, observe, ausculte, palpe, tournant son œil perçant comme un phare de haute mer. Du bout de ma cravache, je leur ordonne d'ouvrir la bouche pour lui montrer les mâchoires.

— À cheval donné, on ne regarde pas les dents, risque Darmezin.

— Aucun d'eux n'est donné, Darmezin-avec-un-*z*, chacun de ces spécimens vaut très cher, croyez-moi. Ce sont des as ! Ils sont les joyaux de la France, ils sont notre trésor, et le vôtre à présent. Vous en prendrez grand soin, merci.

Son tour fini, Darmezin s'approche de sa valise.

— Et maintenant, Darmezin-avec-un-*z*, n'avez-vous pas une surprise pour ces messieurs ?

— C'est ça, mon capitaine, mais c'est pour leur plus grand bien.

— Naturellement, pour le bien des pilotes et des observateurs, mais pas seulement...

Je me tourne et fais signe aux rampants et aux mécaniciens de venir s'aligner avec nous. En place, ils n'en mènent pas large.

— Allez allez, défroquez-vous vous aussi, et penchez-vous tous devant vous, allez, mieux que ça, vos doigts doivent toucher vos orteils ! Un peu de gymnastique, ça va vous décrasser ! Vous avez de la chance, Darmezin-avec-un-*z* nous fait un cadeau, il est arrivé les bras chargés de vaccins antityphoïdiques rien que pour vous... N'est-il pas un miracle, ce médecin-photographe ? Réjouissez-vous ! Allez, Darmezin-avec-un-*z*, au travail !

Darmezin commence à se dévêtir pour montrer que, déjà, il fait partie du groupe et qu'il ne s'épargnera pas sa propre piqûre. Il a une gestuelle qui réveille en moi un souvenir perdu.

C'est à La Lumeraie au milieu de l'été, j'ai une dizaine d'années, René me court après, je me précipite dans la salle de bains pour aller m'y cacher et oublie de frapper. Mon père est là, au milieu de la pièce, en train de se déshabiller. Ou de s'habiller, je ne sais pas. Il est dans cet entre-deux où, un pied levé, il s'apprête à mettre son caleçon ou bien à l'enlever, en équilibre.

Je ne peux pas qualifier le regard qu'il m'envoie : c'est un trou qui m'aspire. Je claque la porte et suis tétanisé : le premier corps adulte que je vois nu est celui de mon père. Si différent du mien. Mais qu'ai-je vu ? Comment va-t-il me gronder ? Tout défile devant moi : ses cris, ses gifles à venir, mes hurlements, mon incompréhension, la nouvelle punition qu'il m'inventera sans doute. Joseph sera à la hauteur d'une telle gravité. Moi pas, une nouvelle fois. Charlotte ne dira rien.

Pourtant, il ne sort pas de la salle de bains. Je finis par m'enfuir sur la pointe des pieds, comme pour me faire croire que tout cela n'a jamais existé : le parquet ne craque pas, René a disparu, c'est lui qui aura rêvé ! C'est peut-être ce qui est arrivé : jamais Joseph ne m'en parlera. Mais il faudra longtemps pour que j'ose à nouveau croiser son regard.

Je croyais avoir oublié cet instant interdit, mais il ressurgit là, sur cet aérodrome si loin de La Lumeraie, au beau milieu d'une escadrille qui gèle dans le plus simple appareil. Pourtant, mon corps est le seul que je vois. Je me rends compte d'à quel point il est identique à celui de mon père : ma carnation, mes veines sous la peau, ma pilosité en haut de la poitrine, les courbes de mes bras, de mes cuisses, mes mains copies des siennes que je voyais ridées lorsque j'étais enfant, mon corps capable comme le sien de courir, de tomber, de vivre, faire l'amour et peut-être même avoir un enfant.

Il n'y a que moi qui regarde mon corps. Les autres se connaissent, ils ne s'étonnent plus, ils sont habitués à la proximité, alignés, tous pliés en deux dans cette position ridicule. Quand Darmezin s'appuie sur moi pour passer son caleçon par-dessus sa cheville, il m'arrache à ma torpeur. Puis, au champ des paires de fesses, il vaccine à la chaîne. À côté de René, je présente les miennes.

45

De la Thuyone

Mon Copeau miniature,

Oui, donner des nouvelles, écrire des lettres, ce sont des conventions auquel le sieur Copeau ne se compromet pas. Car il est persuadé qu'il est imprudent de laisser derrière soi des rognures interdites. J'ai compris, tu sais, tu es si prévisible. Tu fais partie de ces plaisirs que la guerre m'arrache, ces graines de chapelet qui voudraient m'approcher de la tombe. Pourtant j'écoute encore Albin quand il parle de toi. Il me dit que tu pilotes en djellaba, que tu dors dans une tanière et que tu as dressé une chouette. Que tu fais rire ton escadrille et moins nos ennemis, que tu inventes une pirouette pour chaque mission et que tes hommes te vouent un véritable culte. Aurais-tu inventé le commandement par amitié ? Je n'en crois pas un mot… Tu espères peut-être que cela suffira pour ton cœur, qu'ils seront toujours là à te tenir la main, à te faire gagner lors des parties de cartes, à t'applaudir au retour des missions, à suivre ton exemple. Tu penses que le rôle d'un homme est celui d'être un chef, et tu n'imagines pas comme ce statut seul transforme ton entourage en une cour obséquieuse ! Tu refuses de reconnaître à quel point cette guerre programme ton destin : non, ses blessures ne se soignent pas, non, la mort n'est pas drôle et tu auras la tienne, et en l'attendant tu t'endurcis et tu ne mesures pas les ravages du pouvoir. C'est simple : tu ne viens plus me voir, c'est plus qu'un aveu. Car moi je te connais, et je sais que ces lettres que tu ne m'écris pas comme ces visites que tu ne me fais pas hurlent plus fort que tout. Tu es un livre ouvert et moi je sais te lire. Tu as trouvé une femme, c'est certain, une belle que tu dois régaler de mes apprentissages. Et te voilà jugulé dans l'armée qui te promeut, qui te coule dans son moule alors que tu crois la dompter juste parce qu'elle tolère tes excès. Mais c'est tout simplement qu'elle n'a pas le temps de s'en préoccuper. Elle a bien d'autres choses à faire ! Comme tu es naïf... oui, c'est cela, tu as trahi la candeur pour la naïveté... Toi qui m'avais appris à aimer l'illusion, toi qui la pratiquais pour moi, me voilà bien déçue : plutôt que rester vrai, te voilà si réel.

N'ose rien, reste dans ton monde d'hommes avec en guise de divertissement d'écrire à ta jolie, c'est la meilleure des planques.

La Thuyone

46

À cinq sur un Caudron

Au ministère, tonton Albin ne cesse de varier ses exploits : il s'est acoquiné avec le service cinématographique de l'armée. Le ministre en effet ne supporte plus que les actualités montrées dans les salles de cinéma de la capitale soient gangrenées par les images offertes par l'ennemi, plus avancé que nous sur ce sujet : c'est nous qui répandons sa propagande, un comble ! Alors le service veut un récit fier et français. Mais tout cela est bien difficile à produire : les caméras sont si lourdes et si peu maniables sur leur trépied, et les films ne montrent que d'innombrables tirs d'artillerie et des explosions d'obus, hélas toujours filmés de trop loin. C'est un spectacle monotone. Aussi, pour diffuser de nouveaux récits sans choquer les familles des mobilisés avec des scènes trop crues, le service organise de fausses batailles où des figurants tirés au sort simulent leurs assauts à grand renfort de morts feintes, de pétards et de fumigènes. Mais c'est l'image aérienne qui changerait véritablement le point de vue.

Albin propose mon escadrille pour recevoir une caméra double bobine à manivelle, en même temps qu'il a trouvé au ministère le bon étage, le bon couloir, la bonne porte et les bons arguments pour me faire livrer un nouvel avion modèle Caudron R.4. Ce biplan à deux habitacles séparés est impressionnant : poste de pilotage à l'arrière, tourelle de mitraillette à l'avant, une envergure de plus de 20 mètres, 70 m² de surface alaire, deux énormes moteurs latéraux de 130 chevaux et un gros nez en pointe. La caméra, véritable bête d'acier de plus de 40 kilos, arrive sans encombre comme un accessoire complémentaire au monstre. Dariguet et Darmezin n'en croient pas leurs yeux. Je n'ai rien à leur dire pour qu'ils bricolent son attache au centre de l'aile parasol du Caudron. Je demande à René de fixer deux appareils photo sur l'échappement des moteurs : ainsi, nous aurons l'avion de reconnaissance le plus sophistiqué du corps d'armée, prêt à filmer et photographier en même temps.

Un ordre de mission opportun nous permet d'étrenner l'animal. Nous partons à cinq : Darmezin, assis sur l'aile supérieure, la caméra entre les jambes, Ruby et René debout sur chacune des ailes inférieures se tenant aux haubans par une main et ajustant les appareils photo de l'autre, Laperruche à la sulfateuse et moi au pilotage. Le vol sera long : je demande trois poulets cuits et découpés comme il faut ainsi que 2 kilos de pommes, des bouteilles de vin et mon flacon d'éther.

Au décollage, le poids du Caudron me stupéfie : il faut au bas mot quatre fois la distance d'un Farman pour décoller ses 2 tonnes. Et, avec son nez en l'air et l'observateur devant moi, je suis aveugle. Je n'ai pour avancer qu'une vision latérale, le niveau de mes compteurs et l'enveloppe bleuciel qui cogne sur mon cœur. Nous quittons enfin la piste, l'aile gauche effleure mon cèdre et l'oiseau obèse soudain ne pèse plus. Je tire le manche, il prend de l'altitude, René et Ruby toujours debout s'accrochent et Darmezin juste au-dessus de moi joue les anges gardiens et règle sa caméra.

Notre trajet nous porte assez vite près des lignes ennemies. Le ciel bleu sage se révèle vite occupé : trois vieux Aviatik pointent par le sud. Heureusement, nous avons une escorte : un Nieuport piloté par un Pinauto au sommet de sa forme.

Décidé à comprendre ce que ce Caudron a dans le ventre avec le ronflement impressionnant de ses deux moteurs, je fonce sur mes adversaires. Darmezin se penche sur moi, cheveux au vent et sourire carnassier : il enclenche sa bobine et fait un geste de victoire, autre mime de Joseph qu'il me jette au visage. Serais-je reparti dans un nouveau passé ? La pipette d'huile de Laperruche me ramène au présent : elle gicle sur mes lunettes dès qu'il graisse les moyeux de son canon. René et Ruby dégainent leur pistolet. Il me faut sortir de l'émotion, nettoyer mon champ de vision avec un mouchoir qui m'échappe et se perd dans le ciel, encaisser leurs déplacements sur les ailes pour garder l'équilibre. Éviter les virages trop raides, éviter les à-coups, éviter qu'ils ne tombent. Qu'est-ce qui m'a pris de me lancer dans une mission pareille ? Ce sont les ennemis qui me remettent dans l'action, ils tournent autour de moi, je ne vois pas Pinauto, il doit être sous moi, je pique de nouveau sur eux. Les détonations de la mitraillette de Laperruche résonnent dans ma cabine tout comme dans ma chair, ajoutent leur claquement au bruit infernal des deux moteurs, les douilles qui sautent ricochent sur mon casque et je respire les résidus de poudre. René et Ruby, arrimés tant bien que mal, résistent au souffle des hélices. La folie de ces hommes qui s'amusent en ne tenant qu'un fil au bord de la mort et la jubilation de Darmezin m'éblouissent et m'enivrent. L'appareil incliné me renvoie le soleil en face, il cogne, il vrille et me force à relever la tête : là-haut sur son perchoir, Darmezin filme les ravages de Laperruche et les exploits de Pinauto qui tire sur les ailes courtes des Aviatik. À chaque passage, je lis la peur des pilotes hostiles tandis que sèchent mes larmes : ils sont désemparés par la dimension de notre colosse et par le moustique qui lui sert de chien de garde. Leurs choix tactiques reflètent leur panique, c'est comme si chacun d'eux volait en solitaire. Nous rentrons indemnes à la base, étonnés d'avoir bouffé probablement autant de moucherons qu'on en voit d'écrasés sur la carlingue.

L'énorme caméra est aussi capable de projeter les films qu'elle a pris : le soir même, je réunis toute l'escadrille au mess, y compris mécanos et rampants. La plupart d'entre eux ne sont jamais allés au cinéma. Ils ont voilé les fenêtres de rideaux noirs, l'obscurité est totale. Les images de Darmezin, projetées sur un drap suspendu, même muettes et tremblantes, sont époustouflantes. Le ciel envahit l'écran de sa masse uniforme et blanchie, puis le sol apparaît, étale ses vallons à perte de vue, ses forêts, puis ses montagnes de cendres et ses boyaux camouflés face à face comme des nids de bestioles. Les seuls points de repère à l'horizon sont des villages exhibant leur clocher en ruine.

Pour les spectateurs, c'est du jamais-vu : dans le seul bruit de la bobine, ils me voient tenir d'une main le manche et de l'autre jeter des morceaux de poulet et des pommes à mes camarades trop heureux de déjeuner en vol. Ils voient un Aviatik hostile émerger de nulle part, puis un deuxième, et un troisième encore se ruer sur nous avec le ridicule de leurs formes anciennes, puis disparaître dans d'improbables virages. Ils voient le Nieuport de Pinauto traverser l'écran, une fois par la droite, une fois par la gauche, comme des fulgurances dans ses chasses effrénées, une fois faire un looping, une fois la feuille morte. Ils voient Laperruche dérouler le ruban de sa sulfateuse dans une fureur hilare vers une cible invisible, ses douilles disparaître dans la pâleur du ciel comme un feu d'artifice. Ils voient les pistolets émerger des ailes au bout des bras de René et de Pierre-Amans. La scène déborde d'actions mais il n'y a aucun bruit. Ils voient les flammes surgir des canons ennemis, le moteur de l'un d'eux brutalement s'enflammer, la torche de son fuselage jeter ses débris face caméra comme une explosion de boue. Ils voient le panache de fumée aspiré par la vitesse qui masque et dévoile par à-coups le combat. Ils voient cet autre avion déchiré par une salve, la tête du pilote s'affaler vers l'avant et l'appareil plonger dans une piquée d'à peine une seconde. Puis ils voient le calme du vol retour, les routes révéler leurs sinueux parcours et les bois leurs pins sombres. Ils voient le toit de notre hangar, et ceux de leurs baraquements, et, enfin, la ligne de la piste où ils s'étonnent de ces tout petits hommes qui sautent de joie et lèvent leurs mains au ciel : eux-mêmes.

Ils sont hypnotisés : pas un ne parle, ne bouge, ne respire.

Alors que moi, je me demande si ce n'est pas mon père qui filme en permanence au-dessus de ma tête.

Je comprends l'obsession, tu n'es pas ma boussole, papa-sur-moi partout en surplomb de ma vie, projetant ta présence au centre de l'écran, sur mes images nettes, sur leurs contours flous, dans les taches qui gênent, dans les fils noirs qui lacèrent les actions dont je ne suis pas digne. Je suis ta pellicule où ma vie se rétracte, je m'enflamme et je fonds sous ta lampe trop chaude. Faut-il que je m'éloigne ? Faut-il que je t'éteigne ?

47

De Marguerite

Petit oiseau blessé,

Comme tu vois, je t'écris cette lettre du petit matin sur une belle feuille d'avant-guerre, et pas sur un papier minuscule. C'est un soldat dont le père est papetier qui s'en est fait livrer. Mais je suis très inquiète. Aujourd'hui les journaux sont arrivés avec les pommes de terre. Nous ne les avions pas reçus depuis au moins deux semaines. Comme maintenant je lis tout de A à Z, j'ai trouvé dans L'Éclair un article qui parlait de toi et des aventures de ton escadrille. Est-ce vrai que tu n'as pas eu mal en capotant ? As-tu encore toute ta tête ? Car dans ton métier, c'est quand même ce qui craint le plus, à peine protégée par un casque de cuir ! Mais les journaux sont souvent mal renseignés… Je ne sais pas quoi penser, et je me rassure en me rappelant que je t'ai baptisé, tu te souviens, n'est-ce pas ? Et au champagne, c'est autre chose que les eaux du Jourdain ! Grâce à moi te voilà protégé ! Tu ne pouvais pas mourir ! Mais tu m'as fait si peur ! Bon, j'ai raconté l'aventure à Paul en allant me coucher. Voilà ce que je lui ai dit : « Mon Vivant a cassé son aéroplane de la façon la plus sotte soit. Il prenait le départ pour Mailly, ce n'est pas loin d'ici, le lendemain d'un joyeux bombardement. Son moteur avait des ratés de carburateur, et comme il avait très bien tourné au point fixe cinq minutes avant, il ne s'en est pas inquiété, de sorte qu'il a perdu une centaine de mètres à régler l'air en roulant. Il a réussi à éviter le cèdre où il a sa tanière et est donc arrivé à toute allure dans le champ au bout du terrain d'aviation avant d'avoir pu décoller… et il a tout cassé. Maintenant il attend de savoir quand il pourra avoir un nouvel appareil. » Voilà, c'est comme ça que j'ai raconté à Paul ton histoire comme si c'était la mienne, comme si nous n'étions qu'un. Et avec tous ces détails techniques pour être plus crédible. J'en tremblais à la fois d'inquiétude et de joie. Paul a adoré : il a jeté sur moi ses gros yeux globuleux et puis s'est endormi d'un sommeil régulier. Et moi j'ai repensé à cette soirée durant laquelle j'ai eu le cœur et la robe en feu. Oui, ton aventure me l'a remis bien haut, le cœur, car il faut que je t'aide et que mon espoir te soutienne un peu.

À Dieu mon cher petit, je t'embrasse de tout mon cœur.

J'aime bien t'appeler « mon cher petit », comme mes tantes écrivent à leurs fils sur les lettres que j'ai vues quelquefois. Même si je suis plus jeune que toi, c'est un peu comme si j'étais une maman, pas la tienne bien sûr, mais une maman quand même.

Donne-moi vite de tes nouvelles, et soigne-toi bien, l'oiseau.

Marguerite

P.-S. Tu as pensé à moi, tu n'es pas mort, c'est bien. Continue!

P.-S. encore : je n'ai plus le temps aujourd'hui, mais demain c'est promis je te prépare un colis. Est-ce que tu pourras m'écrire s'il y a de la queue dans les boîtes de singe que j'y mettrai, comme la queue de bœuf qu'on mange, ici, quand on a de la chance ? Et puis tu trouveras aussi des biscuits, je les ai faits moi-même. C'est une recette qui me vient de ma mère, une sorte de sablé qui a des airs de Bretagne. J'y ai mis tout mon amour pour mon petit filleul ! Et j'ai pris ma dîme, ne t'inquiète pas ! À toi je peux bien le confesser, un filleul, ça peut comprendre sa marraine. C'est que ma mère disait toujours : « Soit on vole, soit on fait ; et quand on fait, on prend sa dîme. » Depuis, j'ai gardé l'habitude. Alors un pour dix, c'est pour moi. Ce n'est pas trop, dis, tu es d'accord, un pour dix ? J'en ai croqué cette nuit, mais Paul n'a pas bronché : même l'odeur des sablés ne l'a pas fait bouger. Parfois, j'ai honte de mes pensées : en le voyant dans mon demi-sommeil, je crois que c'est ton ombre qui dort juste à côté de moi et j'ai le corps qui tremble. Tu me pardonnes ?

Écris beaucoup, écris souvent petit filleul, je t'embrasse de tout mon cœur,

Marguerite

48

Flash

— Apportez les bancs, je vous prie. Allez, en place ! Les grands derrières et les petits devant... il faut le préciser ?

— Ici, il n'y a que des grands ! dit une voix dans le fond.

— C'est ça, et surtout de grands cons, des songe-creux et des bas de la gueule. Allez allez, en place !

Assis, debout, ils plaisantent sur leur taille respective avec ou sans talons, se disputent les bancs, les escaladent, s'appuient au dernier rang sur la pointe des pieds, les épaules appuyées sur le mur du bâti, se tiennent par le cou, se tirent les oreilles : de vrais gamins dans la cour de l'école. René joue avec le masque de Cyrano qu'il a reçu le matin même de Cécile et sur le front duquel j'ai écrit « Re Nez ». Il réussit à ne pas se le faire voler. Devant nous, Darmezin manipule son matériel photographique avec des gestes pleins de respect pour le bois de la caisse, l'acier de l'objectif et le verre des lentilles. Il installe son trépied, visse l'appareil et déplie le soufflet qui me semble d'une longueur infinie. Caché sous son drap noir, il ajuste ses mollettes du bout des doigts avec la même application. Nous étirons nos moustaches, les mécanos et les rampants agitent leur béret pour s'aérer le front, les pilotes leur képi et s'inventent sous la visière des regards d'acteurs.

Puis le silence, l'attente concentrée de la pause.

— Darmezin-avec-un-*z*! dis-je. À présent, c'est vous le patron, nous sommes à vos ordres. Mais pour cet instant seulement, comprenons-nous bien...

Darmezin ne se fait pas prier et déclare :

— Cette photographie n'est pas une plaisanterie. Vous prendrez un air grave.

— Grave ? interroge René. Mais pourquoi donc ? Ne sommes-nous pas si bien, là, tous ensemble assemblés autour de notre cher capitaine, ventre plein sous le ciel du matin ?

— Ce que le cher capitaine ne vous a pas dit, c'est que cette photo-là est une commande de la presse. Le journaliste m'a dit : « Ils ne riront pas, c'est compris ? »

— Mais pourquoi donc ?

— J'ai posé la même question... Il m'a répondu : « Ils sont l'espoir de la France, ils sont des as ! Mon travail c'est que le front comme l'arrière épousent leur rêve pour tenir debout. » Alors vous serez graves.

Plus personne ne bronche. Nous sommes graves. Même moi, toujours en pyjama, je suis grave.

Enfin, en levant la lumière de son flash, Darmezin ajoute :

— On ne bouge plus... Un... on pense à son papa... Deux... c'est ça... votre cœur ne bat plus... Trois... feu !

Il presse le bouton.

Plus tard, en revoyant l'image, je comprends l'absurdité de la photographie. René est sans son masque, nous avons tous des visages d'enterrement, alors que je me souviens parfaitement de la bonne humeur de la troupe et de notre envie de plaisanter. Devant moi, le Suisse faisait des manières irrésistibles avec son appareil, sortait de son linceul pour calculer sa lumière comme un polichinelle jailli de son tiroir, imitait avec ses mains le petit oiseau surgi de l'objectif. Il se prenait pour ce grand maître qui figerait le temps, alors que juste après, pendant qu'il repliait son matériel, une dispute hilarante se déchaîna, suivie d'une bataille d'eau mémorable. Un jour peut-être, la force du cliché oxydera ma mémoire, prendra le pas sur elle. J'aurai oublié Darmezin-avec-un-*z*. Et que pourrais-je dire à ces familles qui la regarderont sans avoir été de la scène ? Un jour peut-être, elle sera cette menteuse qui voudra nous faire croire que la tristesse seule devait être montrée. Les historiens s'en gargariseront sans rien savoir jamais des souvenirs heureux. Et tant pis pour la joie.

49

En tenaille

L'enfer céleste, c'est René qui l'invente avec ses machines, c'est moi qui le déchaîne. C'est que j'en suis capable. Comment est-ce possible ? On me l'a demandé, je ne fais qu'obéir. Comment je me résigne ?

Tout ne se déroule pas comme prévu au-dessus de la route où s'avance une colonne ennemie : les coups d'un artilleur plus précis que les autres atteignent Ruby par trois fois : moteur, épaule, thorax. Grand seigneur, Pierre-Amans rit de sa douleur, nous salue et réussit à ralentir sa chute. Son fuselage prend feu, la fumée qu'il dégage tapisse les troupes au sol. Il perd de l'altitude ; maintenant, ils sont dix au moins à lui tirer dessus. Son châssis d'atterrissage est arraché par le toit d'une voiture. Il tombe sur la route où son hélice, poussée pleins gaz, déchiquette à l'envi avant de se briser en fauchant trois officiers. Enfin, il s'écrase sur un chariot de munitions. La déflagration est assourdissante, même depuis notre ciel encombré par le bruit des engins. Les ennemis courent dans tous les sens par-dessus les débris et les cadavres en étoiles, tombent dans les fossés, escaladent les talus, se couchent dans les champs pour échapper aux rafales de mes camarades.

C'est fini. Nous avons bien rempli le gouffre de l'histoire.

Demi-tour.

C'est fini. Non, déjà la vengeance élabore ses plans, elle m'affame le ventre comme un ver vorace. Mais d'abord, ce sera l'heure des comptes. L'aviateur coûte cher en argent. Le prix de son avion équivaut-il à celui de sa légende ? Le fantassin, lui, n'en aura pas, et son équipement est souvent recyclé. Pas celui du pilote.

C'est fini. À moins qu'une autre escadrille n'ait été mandatée pour achever le travail, flinguer les survivants relevés de leur fosse, rapporter une victoire au plus haut commandement ?

C'est fini. Nous rentrons à cinq aéroplanes, formation en triangle. Moi en tête. C'est que j'en suis capable. Pierre-Amans me laisse son sourire, rouge Ruby. Son corps ne pourra pas être récupéré. C'est que je me résigne. Est-ce ainsi qu'on garde en souvenir ? Aucune pierre tombale. Est-ce ainsi qu'on échappe à l'oubli ?

50

De la Thuyone

Mon minuscule Copeau,

Quand la guerre sera finie, tu seras honoré, tu passeras des carnets de bataille à la une des journaux. Ta mère sera contente, d'autant qu'on vantera aussi ses propres exploits et sa contribution à l'effort national : une belle histoire de famille au service de la patrie. Un père mort trop tôt, une mère héroïne et un fils pilote, un rêve de journaliste ! Alors tu seras ligoté et tu n'échapperas plus à l'injonction de ta classe... et même, j'en suis certaine, tu voudras encore obéir à ton papa alors qu'il n'est plus là, et tu te marieras avec cette femme dont j'ai déjà parlé ! Le comble sera que tu auras même honte d'avoir fréquenté mon salon. Alors que tu pourrais écrire des fables, des chansons, des poèmes, travailler ton piano, venir quand tu voudrais chez moi, te creuser la tête pour inventer de nouvelles surprises, vivre la vie d'artiste, être acteur de théâtre, chanter en public, parcourir le monde, t'incliner pour mieux boire tous ces applaudissements qui n'attendent que toi, nous mener en voyage, voir des expositions, et te laisser aller à mille tentations, t'explorer, te connaître, quoi ! Souviens-toi de l'émotion de ta première fois quand tu grimpas mon escalier sans pouvoir parler... Qu'attends-tu donc pour en retrouver de précieuses semblables ? Demande-toi s'il ne serait pas grand temps de détruire les murs de la prison où tu crois vivre libre ! Mais je suis pessimiste... Tu formeras un couple, cette idée si jolie mais tellement farfelue tant à l'abri du risque. On s'aime, on adore l'idée des plaisirs exclusifs... un homme et une femme, une histoire sacrée, une histoire de pureté, puis on se lasse, on se cache à côté l'un de l'autre, et on feint d'ignorer que l'adultère n'est que la cellule voisine de la chambre nuptiale.

La vie est si courte... et tu es incapable d'accroître le temps entre elle et la mort qui t'attend. Tu oublies même qu'elle gît dans ton prénom... Alors débrouille-toi. Après tout, je ne suis pas ta mère.

La Thuyone

51

Nanti

Étendu sous le cèdre, somnolence coupée par les cris de la chouette, indigo de la nuit qui endort à nouveau.

Je rêve.

Chambre immense à décor de stucs, murs percés d'une fenêtre ouverte, faisceau de lumière balayant le parquet, courant d'air frémissant au suspens des voilages. On dirait qu'il souffle les hectares du jardin mitoyen, enfle, épaissit, disparaît, patiente, réfléchit, revient. Il a chaud, il a froid. Rien pour l'arrêter, juste le vide et moi, moi pour le caresser sur un lit de ferraille, lin froissé des draps blancs sous le blanc de ma peau. Mains croisées sur la poitrine, le sommeil est si loin. Jetées par terre, *Les Fleurs du mal.* On dirait qu'elles s'effeuillent, rafraîchissent ma mémoire, récitent, respirent, rassurent, ravivent.

Ce sont elles que j'écoute ou elles qui m'écoutent, c'est du pareil au même.

De l'opposé de la pièce, une femme s'avance. Visage familier, vêtements flous, manières masculines, souvenirs d'escadrille.

Ni le pied dans la tombe, ni vieille, adulte, ni jeune, ni le pleur nouveau-né, sans âge.

Tête traversant la lumière. Relève la paume, arrête le vent, l'aspire, l'avale, les rideaux immobiles.

S'approche, vient s'asseoir sur le lit, y pose quelque chose, les *Fleurs* que dans sa marche lente elle aura ramassées ?

Vert et or de ses yeux dans l'or et vert des miens.

Reflet.

Qui parle le premier ?

— ... et toi, qu'est-ce qui t'a mené là ?

— Je ne sais pas, le hasard sans doute...

— Quoi, te voilà pilote et tu voudrais te plaindre ?

— Trop de paix ! Depuis que je suis enfant, je dégueule de paix. Je vais te rappeler mon histoire... avec tes propres aventures, depuis le temps, tu l'auras oubliée ! Mes grands-parents ? Cinq ou six décennies de mariage et tant d'enfants au compteur. Une famille pareille, c'est une avalanche d'amour, un manifeste public dont il est impossible de ne pas parler. Que de l'amour ! De la joie, des mariages, des photos de famille sur un grand escalier, des nuées de cousins aux vacances d'été, des fêtes de Noël qui croulent sous les cadeaux, le grand-paternel qui maîtrise le piano et fait chanter *Gloria in excelsis Deo*... en canon s'il vous plaît pour plus de profondeur. Car Dieu est de leur côté, tu comprends, toujours, il ne manque jamais, il suffit de l'appeler pour qu'il vienne leur tenir compagnie. Dans chaque pièce, il a son crucifix. Sur chaque cheminée, une statue de sa Mère éblouie.

Et mes parents ? Aucune dispute, une communion totale, des surnoms toujours dits avec des roses dans la voix, ma mère tutoyée seulement à l'oreille des baisers. Une entente pareille au réveil printanier sur les bords de la Saône après une nuit blottie l'un contre l'autre. À la belle étoile, évidemment !

Et leur salle de bains comme un havre de paix : mon père s'y mousse au lavabo de gauche, ma mère s'y maquille au lavabo de droite. Entre eux, une série de flacons de cristal pour parfumer le nouveau jour d'une partition de cliquetis. C'est que l'amour s'entretient soigneusement, ne le sais-tu donc pas ? Même celui que l'on croit gémellaire. Puis le travail pour lui, beaucoup, mais les bonnes relations, la vision, le succès, l'argent. Puis les soirées à l'Opéra, au théâtre, les dîners à venir où l'on choisit la meilleure toilette pour mieux faire des affaires. Ne jamais arriver les mains vides, on tiendra un bouquet, un grand champagne, une boîte du meilleur chocolat.

Et moi, tiens, moi ? Moi, fils unique : pas de frère à frapper, pas de sœur à qui jalouser l'amour paternel, pas de jouet à voler, pas de poupée à planquer, tout l'amour est pour moi, rien que pour moi, du début à la fin, rien que pour moi ! Moi, moi, moi ! Et après, quoi ? En vingt ans, deux claques pour des broutilles, et une troisième de mon père qui me traite d'incapable parce que je sors trop et que je ne veux pas reprendre son affaire. Moi, travailler comme lui ? Calculer ? Voyager ? Saluer dans la rue, tirer mon chapeau, me souvenir des noms, paraître intéressé ? Non merci... Alors voilà : trois claques, trois taquets... en vingt ans ! Tu parles d'une rébellion ! Bon, c'est vrai que le dernier me tape toujours sur le système, mais le reste du temps, la paix, l'amour, la paix encore, rien que l'amour et la paix. Et après, moi flottant dans Paris, vêtu d'un simple pantalon et le torse disponible pour ma première fois dans une chambre noire. Encore de l'amour, me diras-tu, et tu auras raison. Et puis, quelque part dans ma vie, mais quand ? un ami. Dès l'enfance sans doute. Un seul ami. Mais quel ami ! Puis d'autres ! Alors tu voudrais qu'après ça je me mette à faire la guerre ! Pour moi, je te le dis franchement, c'est contre-nature. Je ne sais pas faire, tout simplement.

Là, certain, c'est moi qui parle :

— Écoute, je vais démissionner... Albin me trouvera bien une planque au ministère. Allez, donne-moi ta dernière lettre, je la lui porterai.

Elle me tend une enveloppe bleuciel.

Que je ne peux pas prendre. Moi assis sur mon lit de sans-pyj'. Cette femme à mon côté. Si près. Chaleur crépitante sur nos peaux rapprochées. Peut-être la courbure du cou de René ? les cils de Charlotte ? le nez de Marguerite ? sa bouche, la hauteur de sa joue ? ou la douceur de ses doigts qui ferment mes paupières ?

Non !

Le réveil dans le rêve me réveille réellement. Elle se dissout, dissipe, m'échappe, je veux la retenir, la prendre et l'étreindre et je m'y évertue, mais le noir de la nuit avale l'indigo, visage cou nez joue, ses yeux, son calme et son sourire.

52

De Marguerite

Mon filleul, mon petit colibri,

Grande nouvelle aujourd'hui : on a annoncé que les bombardements allaient peut-être se calmer, que nos soldats ont été braves, là-bas sur le front. Et « braves », pour moi, c'est bon signe : ça veut dire qu'il en reste. Alors certains parmi nous vont pouvoir quitter les caves ! Mais j'ai un peu peur, car je connais la chanson. On espère et puis ça recommence, c'est comme la marelle : on croit enfin toucher le ciel et alors on trébuche et il faut revenir à la terre au fond de la crayère. L'idée de quitter la cave me fait du bien : il y aura moins d'altitude entre nous ! J'ai compris aussi qu'on avait un travail pour moi, dehors, dans une usine. Ce sera pour faire des choses « en série », on m'a dit : « Tu travailleras à la chaîne. » Je ne sais pas ce que ça veut dire. Sais-tu, toi ? J'aurai une blouse bleue et un fichu blanc. Une sorte d'uniforme de femme patriote mais qui n'a pas de rouge, parce que ce n'est pas dehors qu'elles saignent, elles. J'aurai des choses à tourner dans un atelier qui produit toute la journée. Il ne faudra jamais s'arrêter, on devra sortir chaque jour des milliers de pièces ; il y aura de la poudre et des fours plus brûlants que les entrailles de la Terre. C'est pour l'armée. Tu connais, toi, cet endroit ? En tout cas, ça accroît nos chances de retrouvailles. J'y crois.

Voilà qu'on m'appelle encore pour ma classe. J'y vais.

Je reprends ma lettre d'avant-hier qui n'a pas pu partir, pardon ! Ici, l'ennui des jours sans fin décuple la brutalité du moindre événement... Voilà, on est venu me chercher. J'ai quitté la crayère et suis de retour sur terre. Quand je m'apprêtais à grimper l'escalier avec mon baluchon, Paul s'est approché. Il va rester au fond, lui, car il n'a nulle part où aller. Dans son regard, sans mentir, j'ai cru voir une lumière pour la première fois, une lueur, une accroche, alors j'ai souri. Mais c'était peut-être le reflet de la porte ouverte tout en haut qui tombait jusqu'à lui ? En tout cas, cette fois il a pleuré pour de vrai, une vraie marée haute. Je l'ai embrassé et ne me suis pas retournée, je ne voulais pas que le cœur me fende, mais arrivée dehors j'ai cru qu'il allait exploser, mon cœur ! J'ai retrouvé le ciel, ce ciel si grand qui m'avait tant manqué, et je suis tombée à genoux soufflée par sa beauté ! Tout à coup j'ai compris à quel point notre rencontre m'a arrachée de la terre... Avant, je consumais ma vie les yeux baissés sur elle et toi tu me les as relevés, tu m'as précipitée dans la conscience. À présent, je ne vis plus, mais je sens que je vis, et ça n'a rien à voir ! À présent, dès que je lève le pied, le moindre orteil, dès que je fais un pas, je suis dans ton élan, c'est plein ciel ! Je ferais volontiers une chute ascensionnelle pour mieux te retrouver, là, tout de suite ! Et le soleil, quelle affaire quand même !

J'ai compris sur ma peau combien il m'attendait et ô combien, moi aussi, je l'avais attendu ! Alors je me suis arrêtée et l'ai regardé bien en face : il envoyait tes mille avions crépiter sur ma peau et gonflait mon désir de te voir autant que de te sentir...

Bon, je suis maintenant installée chez ma tante Mady et mon oncle Léon. C'est un appartement au premier étage dans un quartier pas trop bombardé. J'ai ma chambre pour moi toute seule, c'est celle d'Adrien, il paraît qu'il faut que je le considère comme mon frère. Même s'il n'a que dix-sept ans, il s'est engagé il y a une semaine, au grand dam de ma tante. Oncle Léon m'a dit qu'il a été surpris par le courage de son fils comme par sa volonté, mais n'est-ce pas la même chose ? Et aussi qu'il est si fier de lui. Mais le lui a-t-il dit ? ou l'a-t-il laissé partir en silence avec une simple poignée de main ? Tu te rends compte, dix-sept ans... Adrien, tu le verrais sur la photo du buffet, on jurerait qu'il tète encore sa mère ! Et maintenant, hop ! dans un boyau ! Oncle Léon ajoute que je devrais moi aussi avoir du courage dans mon travail à l'usine, « le courage de la constance », tellement c'est important ce que nous avons à faire à l'arrière, nous les femmes. Tu vois, je n'ai plus de papa mais un père la morale. Ma tante me répète qu'à chaque jour suffit sa peine et qu'Adrien reviendra avec Léon. Qu'ils seront de retour ensemble un soir avec toute leur tête, leurs deux jambes, leurs deux bras et une fleur à la bouche, tiens ! Une marguerite, elle dit ! Moi je sais bien que ce n'est pas possible. Car j'en ai entendu des histoires au fond de ma crayère... Et puis, sur deux hommes, au moins un ne reviendra pas, c'est certain, c'est la statistique optimiste que j'ai lue dans la presse. Alors ici, qui pour la vie ? L'oncle Léon ou Adrien ? D'autant que je ne suis pas sûre que la guerre s'arrête du jour au lendemain. Tu le sais, toi, avec ta hauteur d'avance ? Que vois-tu chez l'ennemi, tu me dis ? Est-ce qu'ils meurent eux aussi dans les mêmes proportions ? Est-ce que ça va finir ? Bientôt ?

Cher, je termine ma lettre à la hâte pour pouvoir te l'envoyer certainement cette fois. J'espère que ma tricotune est bien chaude et t'embrasse de tout mon cœur en t'assurant de mes prières… sur la terre comme au ciel !

Écris-moi chez Léon et Mady Berthaud, rue du Cardinal de Lorraine, n° 2, Reims.

Marguerite

P.-S. Tu vois, moi non plus, je ne meurs pas : je survis, c'est autre chose que vivre !

53

Une cinquantaine de têtes

Pour dormir, j'ai éclusé presque un flacon d'éther. Ce matin, je tente comme le soleil de percer le brouillard visqueux. L'escadrille est en place devant le hangar. Je m'éclaircis la voix :

— Messieurs, voici les détails de la mission du jour, départ 16 heures précises.

Je force un ton allègre :

— Que diriez-vous d'aller taquiner les amis de Ruby, d'Ariste, pas trente ans, aviateur idéal inconnu, et de Victor, dix-huit ans, petit téléphoniste engagé volontaire sur le front de l'Est et qui, eux, en reviendront ? Alors voici : nous partirons à trois, René avec Dariguet, Pinauto, et Darmezin-avec-un-*z* vous viendrez avec moi et me masserez le dos, j'en ai bien besoin. Avec René, nous avons repéré la cible hier au-delà de la Meuse et de Douaumont : un drôle de bataillon d'infanterie équipé dirait-on d'un nouvel uniforme, en station pour se refaire le gras, je dirais environ une cinquantaine de têtes. Et croyez-moi, c'est un miracle d'avoir un tel objectif à découvert : il n'y a qu'une baraque de fortune où tout ça doit se regrouper pour boire des coups et passer la nuit.

René affiche un regard étonné ; il semble ne pas se souvenir d'autant de détails. Je poursuis :

— Trois avions donc, formation en triangle, moi au centre, René et Pinauto plus haut à la couverture. Nous nous concentrerons sur trois temps : un, nouveau repérage de la cible au cas où elle se soit déplacée ; deux, contournement par l'arrière pour effrayer ce beau monde et le mettre en mouvement en direction de Douaumont ; trois, l'acculer dans les boyaux par plusieurs rotations de nous trois avec tirs nourris à doses saccadées. Le tout en évitant les réponses ennemies au cas où René et Pinauto seraient débordés par une escadrille.

— L'acculer dans les boyaux ? s'étonne Pinauto. Veux-tu nous dire que nous devrons nous en approcher, mon capitaine ?

— C'est exactement ça, lieutenant. Près des galeries, tout près, par l'arrière, par le côté sans barbelés, tu vois. Le plus près possible...

— Mais surtout à quelle altitude ? demande René à son tour, il veut noter cette dernière sur son croquis.

— Basse, très basse. À portée de tirs ! En rase-mottes ! N'aimez-vous pas le rase-mottes, les amis, celui où les troncs calcinés vous tatouent la carlingue et vous collent la peur au ventre ? Mais nous aurons un bouclier... je n'envoie jamais personne à l'abattoir.

Je regarde mes camarades. Ils s'interrogent : faut-il rire ou rester sérieux ?

— Et à la clef ? interroge Pinauto.

— À la clef du champagne, lieutenant, comme toujours, du champagne... L'ivresse du vainqueur, le viatique du vaincu ! À moins que tu n'aimes plus le champagne ?

— Non, pardon mon capitaine…

— Mon Dieu, en voilà un qui n'aime plus le champagne… Que voulez-vous que je fasse avec de tels bestiaux ?

Pinauto cherche à se rattraper :

— Mon capitaine, je voulais juste en savoir un peu plus sur la cible à la clef, sur ce bataillon, ce nouvel uniforme.

— Ah, la vache ! tu veux vraiment tout savoir…

— À ce stade, serait-ce confidentiel ? insiste-t-il pour se sentir un peu moins ridicule.

— Pas du tout.

— … donc, mon capitaine ?

— Donc ce sont des pies rouges.

— Des oiseaux ?!

— Non des Fleckvieh…

— Des… wass ? insiste René avec l'accent allemand qu'il imite si bien.

— Des vaches, camarades ! Ce sont de bonnes grosses bavaroises, voyez-vous, rousses, et toutes avec un nouvel uniforme : une culotte de peau ! Je vous l'ai déjà dit, mais vous n'écoutez pas !

— Des vaches !…

Pinauto ne sait plus sur quel pied danser.

— Oui, des vaches, et des belles, la campane au collier et la merde au cul. Un troupeau entier, une cinquantaine de têtes, ça aussi je vous l'ai déjà dit !

Enfin, ils se détendent. René se tourne vers moi pour me dire d'un regard et d'un haussement d'épaules qu'il n'a rien repéré la veille.

— Dans la surprise, c'est sur elles que les ennemis se mettront à tirer. Mais croyez-moi, le bétail avec un avion aux fesses, ça devrait courir vite, et s'il y a un trou devant ça devrait y tomber, ça ne saute pas comme un cheval, et alors ce sera très en colère ! Qu'en pensez-vous, camarades ?

— Formidable ! s'exclame Pinauto.

— Excellent pour venger Pierre-Amans ! ajoute Dariguet.

— Une véritable boucherie ! se réjouit Pinauto.

— Ça nous changera ! De l'obus à corne, mieux que la baïonnette ! Et vous savez, la baïonnette, ça me connaît ! De la viande d'élevage sur des ennemis mal élevés, ça leur apprendra à mieux se tenir. Entre vaches et Teutons, ce sera la guerre civile ! Difficile de dire qui sera le plus cloche... Et c'est gratuit, pas de budget munitions, il n'y a qu'à se servir. Ah quelle modernité, messieurs, nous ferons la fierté de notre état-major ! Démédaille au troupeau et citation à l'ordre de l'armée de chacun de nous pour fait de gloire. Bombarder un abattoir, ils vont adorer ! Je les entends déjà : « *Le général commandant de la 2*e armée cite à l'ordre de l'armée l'escadrille MF 20 qui a, par son coup d'œil, son mépris du danger, son sang-froid, survolé les lignes ennemies à faible hauteur pour détruire un important ravitaillement et fait subir dans le même temps des pertes considérables à l'ennemi. »

Puis j'ajoute, poing levé :

— Sabotage aux sabots, carnage bovin dans bides alboches ! Sus aux boyaux, vive la bidoche !

54

Meuh

Le ciel nous attend, il est là. Encore ! Cette folie ne me lasse jamais : l'appareil s'arrache de la terre, les ailes prennent le relais, l'hélice disparaît, le paysage rapetisse, la Terre entière est à moi. Je reste concentré, vérifie mes compteurs tandis que le vent liberté gonfle ma djellaba. Les mains de Darmezin me travaillent le cou, les épaules et le dos. Son huile m'enivre et son parfum me brûle. En tête dans mes cieux qui révèlent le monde, je ne suis ni Vivant ni commandant, je suis le diapason.

Pendant les vingt minutes de voyage, j'ai le temps de lire quelques *Fleurs* à haute voix. Darmezin me crie qu'il n'entend rien. Le paysage laisse derrière nous ses collines verdoyantes et la zone du front se profile à l'horizon tel un océan calme dont les creux s'atténuent ; nous le dépassons, essuyons quelques tirs, puis parvenons au survol de grands champs et, enfin, au fameux pâturage. Le ciel, parsemé de nuages, dessine à contrejour un bataillon de moutons gris au-dessus de celui des vaches. Que Diable choisir… tonte ou traite ?

Aucun Fokker ne pointe à l'horizon. De toute façon,

je suis tranquille avec René et Pinauto à la vigie. Alors je prends une bouffée d'éther et pique sur les bêtes affolées, quittant brutalement mes 800 mètres ; les autres me suivent alors que je hurle : « Tonte et traite à la fois ! » D'une main, Darmezin continue à me frictionner le dos, et de l'autre il actionne la mitrailleuse en passant par-dessus mon épaule. Les vaches se mettent à courir dans la direction prévue. Les ennemis ripostent : nous sommes à moins de 20 mètres d'altitude, René et Pinauto à 100 mètres à peine. C'est une joie épique : ils ne visent pas nos avions, mais bien les vaches. Quelques-unes s'écroulent sous les balles, mais sans freiner le baroud. Nous nous relayons en figures de parade : René et Pinauto concentrent le troupeau, à eux le demi-tour symétrique et à moi le looping. Ou comment montrer à l'ennemi le panache à la française. Darmezin se gargarise : « Tonte et traite à la fois ! » « Et poulet de plein air », dis-je en jetant des carcasses et des têtes par-dessus bord. Au retour, je n'oublierai pas : démédaille au rampant qui a eu la bonne idée de ne pas nettoyer mon avion.

À chaque virage, je vois le troupeau se confondre à la troupe, et ne distingue plus les hommes des bestiaux, les vareuses des pelages, les sacs des mamelles, les baïonnettes des cornes. Dans les trous, les ennemis n'ont pas pu s'écarter : les bêtes avancent, piétinent, empalent. Les pointes des casques et les couteaux projettent les tripes à l'air, revanche dérisoire sous les tonnes de viande. Nous nous payons le luxe d'un deuxième passage dans l'axe du boyau, tous les trois à la queue leu leu, afin de tourmenter les bestiaux qui se coincent dans les goulots ou bouchent des gourbis. Quand nous reprenons de l'altitude, la galerie n'est plus qu'une veine écarlate, une corrida coincée sans habit de lumière dans des murs de boue. Au moins, les survivants auront des oreilles et des queues, de la barbaque à l'œil pour quelque temps, un peu de lait tourné et, au bout de quarante-huit heures, un sacré travail d'équarrissage dans les odeurs d'entrailles et les nuées de mouches. Et s'ils s'y prennent bien, de grandes peaux à coudre pour des gibecières ou des manteaux.

De retour au bahut, à la clef, du champagne ; je tiens ma promesse. Mais les cris de ma meute étouffent les coups de sabre au col des bouteilles : « Meuh, meuh, meuh ! »

55

D'Albin

Mon vieux fillot,

Tu oublies ton parrain, j'en ai bien peur... Charlotte m'a appris que tu viens en permission à Paris dans quelques jours. À moi, bien sûr, tu ne dis rien. Après tout ce que j'ai fait pour toi, tu mériterais que je te tranche la tête avec un sécateur pour que tu souffres bien. Viens donc déjeuner dimanche en quinze à midi pour te faire pardonner, et, en récompense de ton effort, je te présenterai une jeune fille :

– Quatre cent mille francs de dot,

– Six cent mille qualités,

– Soit en tout un million bon poids.

Sans pouvoir se comparer à la Vénus de Milo, elle ne manque pas de charmes.

Par la même occasion tu nous diras des nouvelles ; tes films et tes photographies prises depuis ton attelage sur le Caudron R.4 ont fait forte impression au ministre. Alors il en veut toujours plus et, désormais, pour conserver ma cote, je dois nourrir Monsieur avec des anecdotes premier choix qu'il ne trouve pas dans la presse. Il faut bien qu'il se fasse mousser à son tour auprès du président du Conseil...

Ta mère je crois ne se plaint pas de ses affaires. La diversification que je lui avais suggérée finalement la ravit. Elle m'a même dit qu'au fond elle était certaine que ton père aurait agi de même. D'ailleurs c'est troublant de voir à quel point elle lui ressemble de plus en plus : elle porte le cheveu court et le chapeau d'homme, fume le cigare et la pipe, fait régner la rigueur et la sévérité, et le comble, il faut me croire, est que sa voix s'aggrave. Dans nos bureaux au ministère, quand elle vient négocier ses futures commandes, elle ne s'offusque pas qu'on l'appelle « Madame Joseph. » Mais rassure-toi : elle adore plus que tout qu'on lui parle de toi. Avec mes collègues, nous nous partageons ses cadeaux et trinquons à la sincère et vivace admiration que nous vouons, nous aussi, à nos glorieux pilotes, et moi particulièrement au fils de ta mère... enfin, de ton père, c'est du pareil au même. À ce sujet, je t'envoie un numéro de La Baïonnette, journal des plus satiriques que j'affectionne absolument, car il n'y a aucune raison que ta mère-père soit la seule à s'amuser avec cet instrument. Tu me diras ce que tu en penses, mais tu peux d'ores et déjà compter sur moi pour t'envoyer les suivants.

De mon côté, je me laisse aller à la compagnie de la Thuyone, et plus seulement chez elle : elle m'invite à me promener avec elle le dimanche, au Bois. Émerveillée par le rythme des saisons qui anime les arbres, elle évoque l'idée de projets en commun sans vraiment me convaincre, même si les bavardages des élégantes que nous y rencontrons ne font qu'en renforcer, dit-elle, l'impérieuse nécessité. Tu n'es pas jaloux n'est-ce pas ? Sois rassuré, tout cela se déroule en tout bien tout honneur : nous n'empruntons aucun autre chemin que le Sentier de la Vertu sur le côté ouest du Bois, mais, au moins, tu seras prévenu.

Tuus semper ego,

Albin

56

De Marguerite

Vivant visage,

Juste un mot rapide. Hier, j'en ai cherché un, de mot, justement, dans le dictionnaire : « parent. ». C'est d'un indice sur les miens que j'avais besoin. Ce n'était pas une idée vraiment rationnelle, je te l'accorde, qu'aurais-je pu trouver... Mais, comme il n'y a pas de hasard, voilà que c'est sur toi que je suis tombée : « Paréidolie : divertissement portant à reconnaître une forme familière dans un nuage. »

Donc : dès que tu reçois cette lettre, tu partiras à la recherche de mon visage dans ton ciel quotidien, et je ferai de même. Et, si Dieu est avec nous, il se pourrait bien que, dans notre paradis de paréidolies, nous nous apercevions l'un l'autre au profil d'un même cumulus.

C'est exaltant, n'est-ce pas ?

Je t'embrasse.

Marguerite

P.-S. Si tu nuages avec moi, tu ne meurs pas.

57

Cygnes

Le colonel qui m'a décoré et promu ne m'a pas oublié. Il m'envoie une recette de carottes râpées « ces racines idéales pour l'acuité visuelle, et dont vous pourrez décupler les effets par un jus de citron. » En page deux, son ordre de mission s'achève par ce post-scriptum écrit de sa main : « Si vous réussissez, je vous promets dix caisses de champagne. » Alcool, action et carotène : me serais-je trompé sur les qualités de cet homme ou se serait-il ouvert au cocktail explosif des pilotes émérites ?

Je fais démonter les moteurs des huit Nieuport qui viennent de nous être livrés afin de nous assurer que tout est en ordre. Nous n'avons pu faire que quelques vols depuis leur arrivée et les mécaniciens aussi doivent les prendre en main.

— Affichez votre talent, messieurs, et demandez aux rampants de vous apporter huit bombes à ailettes, pas une de plus, une seule par appareil, car il faudra rester léger en cas de contre-attaque. Le bâtiment à détruire se trouve assez loin derrière les lignes ennemies.

Le lendemain, le ciel est chargé de ce gris moutonneux

qui grignote les crêtes et descend des collines des langues vaporeuses. Même le vert de la piste a noirci. Les rampants sortent les avions. L'huile neuve coule son or fondu dans les moteurs. Nous sommes parés. René est excité comme une puce : il vient de passer trois jours avec des Anglais à comparer leurs techniques avec les nôtres.

— No worries, me dit-il alors que mon ordonnance finit de repasser ma djellaba, nothing to learn from them.

— Good to know, je réponds, soit à peu près les seuls mots de mon British vocabulaire.

Puis, quand nous arrivons sur la piste, il me saisit le menton et me tourne la tête en direction des rares cumulus :

— Regarde ce ciel de traîne. Juste quelques happy clouds pour nous tenir compagnie. Tout ira bien, encore, ne t'inquiète pas !

Voilà qui est nouveau : René me materne. Puis ajoute :

— Comme si j'avais besoin des English pour me donner des leçons de mécanique !

Et plus nouveau encore : son premier péché d'orgueil.

Darmezin s'approche avec son appareil photo pour nous prendre chacun devant notre biplan. Il s'étonne de ma tenue. Ce jour-là je veux retrouver mon cabaret d'antan et porte de grandes bottes à lacets jaunes jusques en haut des cuisses et une vareuse longue à bouton dorés, mon casque en cuir, une paire de lunettes neuves, et dans la poche de pantalon une baïonnette miniature qui peut faire office de coupe-papier, un curieux objet promotionnel que Charlotte m'a envoyé en guise de porte-bonheur. A-t-elle oublié l'enveloppe bleu-ciel qui ne me quitte pas ? Le Nieuport monoplace derrière moi est d'une beauté époustouflante : son aile base, bien plus petite que son aile parasol, est dépourvue de câbles. Seuls deux supports en V sont fixés pour les retenir l'une à l'autre à un tiers de leur envergure et ils lui donnent une allure solide. Le moteur en étoile est couvert par un capot brillant, clouté par des œillets. L'hélice, une fois et demie plus haute que moi, oblige un départ à deux mécaniciens. Pour prendre la pause, j'imagine les feux de la rampe, croise les mains derrière le dos et gonfle un peu le torse. Me voilà comme à la table n° 2, fin prêt pour le spectacle et dans la même ivresse.

De la bruine s'installe, de celles dont le voile sournois brouille le paysage. Goutte après goutte, elle trace sur les fuselages des cartes imaginaires ruisselant de frontières mouvantes.

Au décollage, la pluie s'épaissit, ou peut-être est-ce la concentration de l'eau sur les lunettes. Elle glisse sur ma peau et imprègne mon col. Je prends de l'altitude, tire sur le manche sans savoir si je suis bien suivi par mes camarades. Me voient-ils au moins ? Si nous sommes encore dans la même mélasse dans cinq minutes, je redescends. Je prends le chronomètre et presse le bouton. Mais la pluie cesse vite, et une lumière éblouissante me surprend : l'air éclate d'azur, perclus d'un soleil qui déjà me sèche la fourrure et me brûle le dos. Quelques mètres sous le fuselage, les nuages assemblés dessinent une mer nouvelle où les creux sont des gouffres d'averses. Mes camarades en émergent un par un. Sur ma gauche, des cygnes volent en triangle à cent mètres de nous. Moi, j'ai le vrombissement du moteur, les ailes immobiles et la trotteuse en main. Eux, le battement synchrone, le cou tendu et les pattes invisibles. Moi, rien de la blancheur. Eux, les plumes et les nuages. Entre brouillard et ciel, je ne les quitte pas des yeux, à mon tour guidé par l'instinct migratoire : moi aussi, découvrirai-je cette terre inconnue où mes parents, un jour, firent connaissance ?

Mais les oiseaux déjà s'enfoncent dans le coton quand une flotte d'Albatros hostiles surgit. Je remonte pour connaître leur nombre, lorsque, tout à coup, un Zeppelin, gonflé à bloc, se dresse devant nous. Plus question seulement de hangar à détruire. Il me semble que l'escorte ennemie a un temps de retard sur notre approche. Nous fonçons pleins gaz sur la saucisse, passons au-dessus d'elle et, à mon signal, nous larguons nos bombes. Certaines traversent sa toile de part en part puis se perdent, mais l'une touche la structure. Le Zeppelin explose derrière moi et je ne peux m'empêcher de virer pour le voir : le bouillonnement des flammes le réduit comme peau de chagrin en quelques secondes. Un cygne percute mon hélice, m'éclabousse et macule mon aile : je n'avais pas imaginé le souffle qui emporte aussi trois de mes camarades et deux Albatros dans des vrilles incontrôlées. Nous ne virons plus en formation, chacun s'attelle à survivre alors que les débris de l'engin disparaissent dans la mer de nuages.

Le combat est acharné ; nous sommes pourchassés par des ennemis plus enragés que jamais, même si nos mitraillettes avalent leurs rubans de balles. J'ai l'impression que mon casque fond sa peau sur la mienne, je transpire sous ma vareuse et les lacets de mes bottes deviennent des entraves. L'idée de l'uniforme, décidément, est toujours une erreur. Nous ne maîtrisons plus l'ampleur des virages. Nous jouons à tour de rôle avec le décor immaculé, nous y cachant avant d'en rejaillir pour mieux surprendre. Nous volons trop près les uns des autres, nos voltiges nous menacent nous-mêmes autant que l'ennemi. Finalement, je cesse de tirer de peur d'atteindre un camarade. Je ne distingue plus les silhouettes qui s'approchent ou s'éloignent de moi, même au bruit de leur moteur. Je ne sais plus qui chasse qui et, lorsque deux appareils entrent en collision, je n'arrive pas à compter les vivants et les morts.

58

Prune

Une odeur de poudre me fait tourner la tête : l'arrière de mon Nieuport est déchiqueté. Je pique sous la mer de nuages et parviens à atterrir dans un champ, le nez trop en avant. En touchant le sol, l'hélice éclate et perfore le moteur, l'avion prend feu aussitôt et dégage une épaisse fumée. J'ai juste le temps de sauter. J'arrache mon casque pour me libérer la tête, crache les plumes du cygne et le sang de ma bouche. J'enrage d'être tombé et je hurle à la vie qui m'a conservé, à Joseph qui a choisi mon prénom, à Charlotte à qui je survivrai, à Marguerite dont le lien me retient sur la terre comme l'encre de ses lettres, à Dieu, à Diable, aux cygnes et à tous à la fois. Mais je n'ai pas une seconde à perdre : la bataille m'a égaré très loin en territoire ennemi. La route qui m'attend sera longue avant de retrouver les lignes françaises.

Alors que la nuit tombe, camouflé dans la mousse, je repère une ferme. Je la rejoins, me glisse dans l'étable, vole deux œufs au ventre d'une poule, m'aménage un lit de paille à côté d'une vache. Je m'endors épuisé la main sur la crosse de mon pistolet, l'autre sur ma poitrine.

Le lendemain, le soleil est haut quand une dizaine d'enfants se précipitent sur moi. La maturité du plus grand, quinze ans à peine, me trouble. Il me regarde bizarrement sous sa blondeur lisse où émerge une mèche de cheveux très blancs. Vêtu d'une veste militaire, il a l'air d'un général pas sorti de l'enfance. Sur sa poche, un petit écusson : « EvR ». Serait-il parent de l'officier seigneur de mon premier combat ?

Il me tend une gamelle de purée que je dévore en quelques minutes.

— Tu ressembles... un peu..., articule-t-il avec un fort accent.

Je râle d'être à court de langage : même mes quelques mots d'anglais ne me servent à rien. Des oies derrière lui cacardent autour des gamins qu'il a fait fuir : ils se battent à présent dans la cour avec des fourches et des serpes. Le général s'assied enfin pour traire la vache qui a réchauffé ma nuit. À quatre pattes, les autres l'approchent pour boire à la louche. Entre les coulées de mousse blanche, ils me montrent leurs dents de hyène. Dehors, le ciel orageux gronde.

À la nuit tombée, alors que je me prépare à partir, le général me tire le bras, je le suis. Nous passons le portail où une chouette hulule : l'entendre me rassure, et j'ai quelques secondes la vision de la mienne au sommet de mon cèdre. Nous marchons longtemps, trois heures peut-être, toujours sans se parler. La Lune boit, blanchit les herbes hautes, avale la lumière violette des chardons. Arrivé au sommet, il se retourne enfin. Je reste immobile, mes yeux droits dans les siens. Il m'indique d'un geste les vallons calcinés et, au fond, une succession de gorges, ou peut-être le delta d'un fleuve sombre se perdant dans les terres. Ce paysage, je l'ai tant survolé, je croyais le connaître. Mais cette vue me renvoie en pleine face les ravages des fronts.

Je me tourne vers lui ; il prononce avec peine :

— Tu ressembles… tu ressembles à mon père…

Avant que je réponde, il a disparu.

J'attends, couché dans l'herbe, m'interdis de dormir, lutte contre le sommeil et la rosée de l'aube. Je passe la journée aux aguets, à repérer le terrain, écouter les rumeurs et les mouvements de troupes. Je ne lâche pas la baïonnette ridicule de Charlotte comme s'il s'agissait de l'arme ultime. Je pense à Marguerite.

La nuit qui suit me perce, sombre et froide. Dans l'herbe humide, je parviens à me faufiler du côté français en sautant dans un gouffre. Je rampe sur cette terre dure qui a mangé mon ciel puis me fige au milieu d'un vol de lucioles peut-être sanguinaires : elles crépitent de rouge. Enfin, mes yeux s'habituent : ce sont les braises de cigares que fument des camarades. Des amis peut-être ? ou bien quelques cousins ? Je reste étendu et comme eux ne dis rien. Pas un mot ne me vient. L'odeur béante des corps entassés pèse comme un couvercle. J'entends pour la première fois les bruits du ras du sol : le décollement spongieux des pas, les tissus imbibés dans la proximité, les estomacs distordus par la faim, les râles. Les murs sont tapissés de regards coupants.

Le téléphoniste qui repère ma tenue de pilote doit avoir dix-huit ans. Il m'aide à me lever et à me décrasser. C'est un engagé volontaire qui s'appelle Victor. Je me demande si Ariste va apparaître à son tour. Victor me parle comme si nous étions de la même famille, me mène à travers les dédales et réveille le lieutenant afin qu'il informe son corps d'armée de ma présence. Il faudra indiquer ma position et qu'on vienne me récupérer ; je dois regagner mon escadrille au plus vite. Victor s'étonne qu'il me soit nécessaire de donner de telles instructions, évidentes pour lui : il a déjà rédigé le message qu'il s'apprête à transmettre.

Je peux me reposer et dormir dans un coin.

Le lendemain, le ciel est dégagé, René n'a aucune peine à atterrir et camoufler son avion sous la ramure d'un saule à huit cents mètres du boyau où je l'attends. Il marche entre deux haies d'espaliers de sacs de sable de bâches de tôles de piles de casques de soldats ; au-dessus d'eux, des piquets de bois déploient l'entremêlement des lignes téléphoniques. Victor mène René jusqu'à moi en plaisantant sur la lettre qu'il vient de recevoir de sa mère :

— Elle me demande de m'arrêter prier dans les églises ! Elle ne se figure pas qu'il n'y en a plus une debout depuis belle lurette, et encore moins qu'ici, le seul qu'on prie, c'est pas Jésus, ça, non ! c'est mon lieutenant... pour qu'il oublie les assauts ! Je devrais lui écrire que Dieu a dû rester coincé à l'arrière avec elle, mais je ne veux pas lui faire de la peine. Si elle m'imaginait ici sans Lui, c'est là que je serais foutu !

Le rideau qui ferme l'entrée du gourbi est cousu de vestes ennemies. À l'intérieur, la terre battue paraît sèche et des piliers soutiennent les poutres du plafond. Un falot éclaire d'un halo. La table au centre est couverte de cartes et de compas, de crayons de couleur, de numéros, d'annotations, de ratures. Chaque position, décidément, dispose de son cabinet de stratégie militaire. Une frise de cartes postales dessinées décore le haut du mur : des soldats à vareuse bleuie y enlacent des fiancées rosies à chevelures blondies. Sous leurs sourires béats, des messages troquent l'horreur de la bataille et les corps démembrés pour l'amour qui tenaille et les cœurs possédés. C'est ici si naïf, mais c'est ici si beau.

René descend quelques marches pour nous rejoindre. Je vois l'œil jaloux du lieutenant devant nos retrouvailles : tout en nous dégage un autre monde, celui du privilège, l'aura des escadrilles qui claque dans la presse, nos missions intermittentes qui tapent sur la permanence de la sienne. Des avions, lui n'en connaît que le ventre, les cocardes tricolores dessinées sous les ailes, le raffut des moteurs qui descendent trop bas et leur ombre qui passe avant de disparaître. Mais il admire aussi l'attirail si léger de René : son casque mou, ses lunettes couvrantes sans cartouche anti-gaz, le cuir lisse de son blouson, son col de mouton grège, ses moustaches soignées.

— Mon chéri, tu nous as fait si peur, me dit René sans desserrer l'étreinte.

— Mais c'est bien mon rôle, vieux frère, de vous tenir en vie !

René offre ses cadeaux : à Victor une cartouche de tabac et au lieutenant une bouteille de gnôle. Le dernier colis que lui a envoyé Simone ne pouvait pas mieux tomber. Et il me tend quatre verres à liqueur minuscules en cristal violacé. Il me glisse à l'oreille :

— Cet envoi de Cécile est arrivé juste après celui de ma mère. Magnifique coïncidence, non ?

Les verres sont bien gravés de son prénom et de la date. Le lieutenant nous fait asseoir autour du poêle et la débouche aussitôt. Il est hors de question de partir sans trinquer.

Il nous parle des Albatros ennemis qu'il a vus, quelques jours auparavant, s'abattre devant lui, de cet orage de débris et de bombes venues de nulle part au sortir des nuages sans qu'il vît de combat, et de la pluie miraculeuse de cygnes qui leur firent trois festins. « Moins bon que l'oie, moins gras, la chair plus ferme, mais bon quand même. » Nous lui racontons l'épisode du Zeppelin et quelques duels aériens. Je voudrais qu'il oublie le ciel si bas qui ronge le moral. Sur la bouteille, le mot « Prune » est marqué en belles lettres anglaises. C'est l'écriture de grand-mère Jeanne : La Lumeraie se réveille aussitôt. Avec René, nous excavons notre litanie préférée :

— Tu te souviens du portail s'ouvrant sur les vacances...

— Tu te souviens des fins d'après-midi d'été passées à ramasser les fruits...

— Tu te souviens de la confiture de Mme Bellet...

— Et toi de l'alambic de M. Reygros que Pierri ne savait plus manipuler ?

Quand l'un de nous se tait, le cœur pince, toujours du même côté ; on serre les dents, on ne pleure pas. Le lieutenant écoute et ne dit rien. Victor est toujours là, il sort de l'ombre. Il est si jeune, mais son regard déborde de *tu te souviens*. Il sert les quatre verres appropriés. Au nez, l'effluve m'embarque vers l'herbe coupée où, à genoux, je fourrais les mains pour y trouver les fruits grâce au vol des abeilles. À l'œil, le liquide a la transparence d'un ruisseau de montagne, sur nos lèvres c'est une étoile perdue dans l'obscurité de l'endroit, en bouche, il ouvre la mémoire comme une boîte de Pandore, dans la gorge il réchauffe. René et moi fuyons une colère de mon père. Nous nous réfugions dans le cuvage. M. Reygros nous invite à téter les perles de liqueur au bout du serpentin. Encore tout essoufflés, nous nous couchons sous lui. « Chut ! Cachez-vous là et ne dites rien, vous êtes des clandestins ! » Clandestins, hier comme aujourd'hui. Hier comme aujourd'hui, l'alcool décuple sa brûlure : eau-de-vie, eau-de-temps. Qu'on boit. Qui passe.

Nous saluons le lieutenant et Victor, puis partons. Je dis à René qu'il a oublié ses verres à liqueur.

— Aucune importance, vois le bonheur que Cécile nous a déjà donné ! Le lieutenant m'a dit qu'il se réjouit de les offrir à sa mère : elle a le même prénom. Tu vois, l'amour sans mot est une lettre sans fin.

Juste avant de monter dans l'aéroplane, il me demande d'un air mélancolique :

— Mais se pourrait-il que nous venions de boire, ici, dans ce trou à mille lieues de La Lumeraie, avec ce lieutenant fatigué, ce Victor franc et toi, mon Vivant, mon cousin... mon frère... les prunes que nous avions ramassées et distillées nous-mêmes douze ans auparavant ?

— Et se pourrait-il que, d'ici une heure, tu les pisses en quelques secondes seulement ?

59

De Marguerite

Cher meilleur des oiseaux,

Je pense à nous tout le temps, parfois, je ne sais plus écrire ; je nous vois tous deux l'un contre l'autre, et cette image m'apaise. J'ai commencé mon travail à l'usine comme toutes les munitionnettes du quartier. Le bâtiment est gigantesque et la lumière très forte, ça me change de la crayère. Dans ma tête, tu as ouvert la porte, et, comme Jésus finalement, j'ai quitté mon tombeau, au sens propre comme au sens figuré ! Que dirais-tu d'avertir le pape ? Tu imagines ! « En plein cœur de Reims, ville martyre, une femme ressuscite ! » Une femme ! qui ressuscite ! De quoi faire trembler les murs du Vatican et convoquer un nouveau concile ! Enfin, on peut dire que c'est vrai que la guerre fait aussi des miracles... C'est ce que disait ma mère : « Même dans les pires circonstances, il y a toujours un miracle qui se tient à l'affût ; tu dois te préparer pour le saisir dès qu'il survient. » Tu verrais ça, le matin à l'usine, toutes ces femmes qui se libèrent du sommeil aux lavabos, et le soir se lavent du jour passé, serrées les unes contre les autres dans leurs blouses pareilles, le visage découpé en morceaux dans les petits miroirs. Quand je passe derrière elles, c'est une mosaïque d'interrogations ; est-ce qu'elles cherchent leur miracle ? Dans l'usine, le bruit est assourdissant et la chaleur d'enfer, celle des grands fours suspendus sur leurs travées de fer. Des hommes vérifient la puissance de la flamme. Ils portent des gants qui leur couvrent les bras et un tablier qui a l'air de peser des tonnes. Un entonnoir verse de la poudre au-dessus des foyers. Les hommes sont noircis, on ne voit que le blanc de leurs yeux et celui de leurs dents quand ils me font la grimace. Certains ont des bras qui manquent, ou des mains, même des nez et des oreilles. Les fours crachent des boules de feu qui coulent dans des moules avant qu'ils ne leur donnent leur forme : un cylindre, toujours le même, répété des centaines et des centaines de fois, toute la journée, toute la nuit, sans fin. Des milliers de pièces par jour, c'est vraiment vrai ! Après, ils les posent sur des tables où ils fument et refroidissent. Alors ils changent de couleur et perdent peu à peu le rouge de la fusion. Tu verrais comme c'est beau, cette accumulation de dégradé d'oranges et la nuée de femmes qui les déplacent dans les fumées : on dirait que chacune manipule son soleil couchant. Mon travail à moi, c'est de les emballer dans des caisses en bois. Au bout de la chaîne, chaque jour l'entrepôt se remplit autant qu'il se vide. Crois-moi, j'aime mieux fabriquer ces bocaux que des douilles. Ça me fait du bien de penser à toute cette nourriture qui sera transportée jusqu'aux boyaux, avant de finir dans des casseroles sur des réchauds de fortune. Après, je rentre à la maison avec des images plein la tête de garnisons repues, et surtout de mon officier aviateur, sourire libre et ventre plein, le regard tourné vers le ciel tout occupé avec ses paréidolies ! Et moi, face à lui, je suis ce vase de désir qui ne refroidit pas, et dont la vie entière ne peut que mener là… vers ces nouvelles palpitations qui ne se contentent pas de surgir de mon cœur…

Rêver de toi ne me suffit plus, et je ne comprends pas très bien ce qui m'arrive.

Marguerite.

P.-S. Si tu penses comme je brûle, nous feu !

60

Z

À cent mètres au-dessus du feu de camp troublé par nos chansons, en ligne, boucle plate, virage symétrique, trois Fokker survolent notre base. Au cœur de la nuit, malgré le clair de lune, personne ne les a vus venir, le vent contraire éteint leur bruit. Le bombardement est soudain et précis. Le hangar qu'ils visent en premier par chance a été vidé : démédaille aux mécanos qui se sont affairés hier pour visiter sa structure portante. Les Farman et les Nieuport ont exceptionnellement dormi dehors tout autour de mon cèdre. Le Caudron quant à lui a été affecté à une autre escadrille. Le bâtiment s'enflamme et illumine l'avion du capitaine ennemi : je lis huit croix au bord de sa nacelle. Ils s'abattent sur nous, mitraillent et larguent leurs obus : baraques, portes et fenêtres, planchers, lits, chaises, tables… tout se volatilise en un clin d'œil. Puis un shrapnel tombe sur l'ambulance, éjectant Darmezin par-dessus le capot. Je me précipite sur lui : il a perdu un bras, mais sa main valide me remonte le dos et s'accroche à mon cou. Je le tire en arrière, l'explosion du véhicule éclaire son visage. Je m'agenouille et le rapproche du brasier, qu'au moins il n'ait pas froid. Ses yeux me percent. Voudrait-il me faire croire à la vie éternelle ?

Z

— Mais comment vas-tu faire, camarade, hein, comment vas-tu faire pour te soigner toi-même ? Je ne suis pas toubib, moi ! As-tu les instruments pour te coudre le bras et t'opérer le ventre ? Hein, et où est ta valise d'ailleurs ?

Dans l'odeur de brûlé et le fracas des tirs, il me répond par un sourire. Ses pupilles reflètent une pluie d'étincelles.

L'ambulance bouillonne sous le feu, sa peinture noircit, la fumée des pneus et l'odeur de caoutchouc me prennent à la gorge. Je ne réagis même pas quand j'entends le hangar s'effondrer derrière nous. Darmezin dans mes bras a le corps en lambeaux avec sur le veston sa seule croix de médecin. Sa tête se renverse, il pèse de plus en plus lourd et m'écrase les cuisses. Je lâche prise, il roule sur mes genoux, tombe dans l'herbe, les avions ne passent plus, il n'y a que les cris, le désordre et la sidération. Et moi, moi qui pleure mon ami, ma charge et ma fatigue tout en vomissant la chance d'être toujours vivant. Je ne le tiens plus, je pense à Marguerite et relève la tête. L'incendie dévore tout, ronfle et jette sur la base ses bouffées de chaleur, sa beauté de désastre et ses lumières jaunes, orange, bleues, rouges. Même mon cèdre joue les pourpres ardents. Ses braises tournoient dans le ciel de la nuit.

Tu te souviens pourtant : « Darmezin, médecin-major troisième classe » en lettres peintes sur la toile de ta malle, puis la complicité de nos conversations, de tes mains sur mon cou. C'est toi qui nous connais, toi qui sais prendre soin, extraire les éclats et recoudre nos corps, toi qui fixes nos âges sur tes photographies. Laisse-moi un dernier souffle au plus près de ma bouche, laisse-moi te respirer, sois léger s'il te plaît comme la pesanteur du biplan qui décolle, vole en paix dans l'ampleur du vide que laisse sur le monde ta lignée qui prend fin, dors en paix, dernier des Darmezin.

61

Le jour d'après

Le feu ennemi ne s'éteint pas, il agonise et meurt seul. C'est ma volonté et mon ordre à mes hommes. Nous avons passé le reste de la nuit à évacuer nos blessés et à nous avachir dans des tentes montées à la hâte.

— Debout !

Je les tire des sacs sans ménagement. Une brutalité que je ne me connais pas.

— Allez on se dépêche, fini la grasse matinée, le ciel se dégage, la lumière est parfaite pour reconstruire ce qui peut l'être. Allez allez, debout !

Le campement est méconnaissable, un champ de ruines d'où émergent quelques aéroplanes comme des rêves intacts.

Les gars sont vifs, ils sont braves : ils se précipitent sans broncher.

Mais d'abord, un cliché.

J'ai déjà installé l'appareil photo et des bancs au milieu des restes de nos bâtiments. Une odeur de poudre et de poussière flotte encore sur la piste. Ils comprennent et s'installent en silence. J'indique à chacun sa place par des signes autoritaires, veillant à changer les positions par rapport à la dernière prise. Je colle les ordonnances à leur officier :

— Ce n'est pas le moment de séparer la plante de son tuteur.

Au bout de quelques minutes, ils sont enfin immobiles, remontent leur bandage, le visage marqué des échos de l'attaque, s'efforçant de bomber le torse. J'en vois s'autoriser une main sur l'épaule d'un voisin. Les mécanos serrent les poings. Je m'assieds au milieu d'eux. L'œil brillant du soleil contraste avec celui de la lentille, noir. Depuis un arbre, une ritournelle ; un merle, sans doute. Quelques bourdonnements, parfois, dans le creux d'une oreille. Ou un soupir pour éloigner la mouche posée sur une bouche. La nature n'attend pas pour reprendre ses droits.

— Messieurs, conformément au souhait du journaliste qui n'a pas commandé cette photo, vous serez gais !

Ils peinent à sourire. Et tout à coup, je crie :

— Darmezin-avec-un-*z* !

Un frisson parcourt le groupe.

— Darmezin-avec-un-*z* !

Mon appel se perd dans le ciel déjà bien éclairé : l'ombre du trépied s'étire vers nos souliers.

— Darmezin-avec-un-*z* ! Qu'est-ce que tu fous ? Nous t'attendons pour la photo ! Allez, active-toi !

D'autres minutes encore. Je me lève et les prends à partie :

— Dites, les joyeux drilles, quelqu'un a-t-il vu Darmezin ce matin ?

Ils font corps et répondent d'une seule voix :

— Non, mon capitaine !

J'imite les pitreries de Darmezin et me dirige à pas de clown vers l'appareil photo, passe la tête sous le drap noir, la ressort avec les yeux fermés, ajuste l'appareil en faisant mine de ne rien y comprendre, prends un temps infini pour sa mise au point. Le flash levé dans la main, je leur dis :

— Allez allez, on sourit, on est gai. On ne bouge plus... un... on pense à Darmezin, lequel d'entre nous n'a-t-il pas sauvé ?... deux... c'est ça... votre cœur s'esclaffe... trois... fou rire !

Je me relève et admire leur sourire forcé. Ma place est restée vide, aucun ne l'a comblée.

— Darmezin... Diable-Dieu ! Tu n'es jamais sur tes photos !

62

De la Thuyone

Mon microscopique Copeau,

Que te souhaiter pour cette année nouvelle ? De nouveaux honneurs ? De trouver une plume, du papier et de l'encre ? C'est cela, continue de rester silencieux. Et aussi de croire que tu m'as oubliée ! De mon côté, je reviens te narguer. Car je sais bien que, même si tu reconnais mon écriture sur l'enveloppe, tu ne pourras pas résister au plaisir de me lire. Ne rougis pas, étale-toi plutôt devant le talent féminin qui te tient par la main et t'emmène où il veut ! Depuis toujours, ton petit cœur pantin gambade entre mes seins... tu le sais bien. Aurais-tu oublié qu'un seul de mes regards en sait plus sur toi que les mille yeux turquoise du paon qui se pavane ? Alors voici de mes nouvelles. Me voilà en vacances sur la côte de la Manche, à Bruneval, où je suis descendue à l'hôtel du Beau Minet. L'établissement est neuf et de taille modeste, et le titulaire est charmant : il aime qu'on l'appelle « Cœur » tant il est vrai que, dans les stations balnéaires, on est toujours coquet. Albin, ton César de parrain, a la douce habitude de m'y emmener désormais. Il est si délicat... il me réserve la chambre « aux oiseaux » dont le plafond représente un ciel plus vaste que le tien. Vraiment, l'endroit est délicieux, et surtout beaucoup moins fréquenté que l'auberge de la Belle Ernestine à Saint-Jouin, où je ne veux plus perdre mon temps à rencontrer tout Paris. Je suis bien lasse de parler théâtre et littérature toute la semaine, alors, quand je suis en vacances, laissez-moi me reposer ! Au Beau Minet, c'est simple, je ne m'occupe que de moi, je paresse et je lis. Mon Dieu, si tu savais comme je paresse sans être dérangée, si tu savais comme je lis pendant que toi tu t'époumones à donner des ordres malgré ton tout jeune âge... Et l'on me dit par la presse que tu reviens sans cesse après chaque blessure, aimanté que tu es au ciel des fronts de l'Est... Vois-tu, tu as choisi le soleil levant, moi, je préfère le couchant. Sa lumière est plus chaude et ses couleurs charnelles. Et c'est celui qu'on regarde partir en prenant bien son temps et en philosophant. Le soleil du matin, lui, n'inspire jamais rien : il est froid, ou bien se lever pour le voir est un effort trop grand. Je préfère aussi la marée à fort coefficient qu'avoir des nouvelles de ton front stupide qui décime plutôt que d'avancer. Ici, je quitte mon lit au bon vouloir de ma fatigue. Je fignole ma toilette avec la pensée délicieuse d'Albin qui m'attend à une heure inconnue, ce si beau rendez-vous qu'ensemble nous avons inventé. Il choisit la bonne ombrelle, me prend le bras et nous descendons à pied vers la mer par la saignée entre les deux à-pics. Là, nous dépassons le Castel des Kroumirs et devons prendre la décision de la journée, la seule : nous promener au sud sur les galets et chercher des trésors dans la laisse de mer, ou faire l'ascension du grand pré, au nord, qui mène à Étretat par le cap d'Antifer. Tu vois, Bruneval est comme la vie et t'invite à choisir la plage ou le sentier. Avec elle, les vagues sans arrêt érodant les rochers, les odeurs aquatiques et ces falaises gigantesques dont la beauté subjugue autant qu'elle menace; avec lui, la vue époustouflante qui les surplombe, le vent qui te taraude, les bruyères accrochées au moindre trou de terre, l'horizon si lointain et les oiseaux marins qui s'amusent de te voir tenté par le vertige.

Allez, au fond, je t'aime toujours bien, garde au moins pour moi un soupçon de reconnaissance et rends-moi un service au nom du temps qui passe : il me faut un mari. Alors tâche de convaincre Albin qu'il ne peut pas rester infiniment célibataire. Quand on manque tant d'hommes comme c'est notre cas aujourd'hui, c'est un métier bien trop dangereux. À moi il plaît vraiment... Parle-lui, je te prie, et de cela au moins me tiendrais-tu au courant ?

La Thuyone

63

Clac !

Dans sa vrille, l'aéroplane se déforma. Je vis le bord d'attaque des ailes se déchiqueter, leur armature s'arquer avant de se briser. L'avion tomba, le poids démultiplié par un portant réduit. Les haubans ne supportèrent plus la tension et sautèrent les uns après les autres, lacérant la carlingue. Le dernier à droite de la cabine ne tint pas à lui seul la somme des torsions : il rompit d'un coup et son retour violent décapita René. L'avion piqua à la verticale. La tête de René, dérisoire et légère, remonta le fuselage et tapa le gouvernail de profondeur, laissant échapper un sang de traîne comme une étoile filant dans un ciel de plein jour. René, petit corps minuscule détaché du visage, voyage vertical achevé dans la rivière d'Edmond au sud de la piste, dernières éclaboussures avant de disparaître.

Ce fut comme loin de moi. Comme un film projeté sur le drap blanc du mess. Les camarades bientôt applaudiraient, nous tirerions les tissus noirs fixés sur les fenêtres et la lumière reviendrait inonder le bar. Le champagne coulerait de coupe en coupe du haut de la pyramide, nous n'aurions qu'à le boire. Je pensai : Oui, c'est cela, René a disparu hors-champ, le soleil n'a pas vu cette vie qui se sauve, ne reste que le ciel, le ciel et le champagne pétillant au palais avant d'aller dormir. Car non, je n'allais pas m'appesantir sur la mort de mon cousin que j'aimais comme un frère.

J'étais toujours en vol, seul et sans ennemi, mais mitraillais le vide. Je trouvai le courage de tenir le manche, de rentrer. D'atterrir. De déraper mon Nieuport aux limites des arbres. Et de ne pas freiner à l'ultime virage. De descendre. D'ignorer le souvenir du cèdre mais de saisir le clin d'œil de ma chouette. De laisser les mécanos pousser l'appareil au hangar sans même les regarder ni leur adresser la parole.

Non, vraiment, je n'allais pas m'appesantir. Et la pesanteur, ça me connaît. René est mort un certain jour : pas tout à fait son anniversaire mais tout à fait le mien. Sa mort ainsi aura mon âge, vieillira avec moi. Une fois par an au moins, je veillerai sur elle en soufflant ses bougies sur un très bon gâteau qu'on m'aura apporté. Comme elle, je prendrai des rides et perdrai la mémoire mais je vivrai encore, je tiendrai ma folie. Il y aura des chansons, je serai le bouffon, et René sera là, petit ange voletant au-dessus du piano sur lequel je jouerai. Je m'y serai remis, il sera ébloui.

64

Une bibliothèque de cadavres

Épines et cendres sous le corps et ma chevêche en chasse, à mes pieds ses pelotes débordant de squelettes, moisissures de la terre et froidure de la nuit.

Je suis seul.

Je m'endors et je rêve.

Non non non, pas d'un cimetière militaire où les vies se résument en chiffres rapprochés au centre d'une croix. Mais de la vie de René qui ne sera pas la seule à être racontée dans les pages d'un livre. Velus d'au-dessus qui j'ai volé, peut-être mes amis, peut-être mes cousins, que se dressent vos cadavres les uns contre les autres comme les livres d'une bibliothèque grande ouverte au public, loin de vos garnisons, débordant des rayons ! Ici, dans la lumière tamisée par la verte opaline et propice au silence, vous voilà comme tant d'hommes à couvertures bleues. Vous gardez votre nom de naissance, votre surnom de guerre ou un pseudonyme inventé, car ici il n'y a pas de soldat inconnu : les manuscrits sont tous retenus.

À présent me voilà comme un lecteur avide qui a le goût du temps long. Je glisse sur vos jaquettes ma caresse timide. Oui, soudain, la chance vous sourit, c'est votre histoire que je choisis, votre cadavre de soldat à qui j'ai dû faire signe du haut de mon biplan. J'appuie le doigt sur votre épaule pour vous sortir du rang. Vous, livre ouvert au creux de mes genoux, venez dans le confort du fauteuil près de la cheminée. J'entre en vous, ma lecture s'insinue dans l'abondance de vos souvenirs et des lettres écrites par vos mères, vos pères, vos tantes et vos cousines, par votre épouse aussi. Elles sont numérotées pour n'en rater aucune. Dedans, je trouve le passé, l'optimisme des parfums, des boucles de cheveux serrées de satin rose, des dessins et un porte-bonheur : un fanion bleu, cœur sacré de Jésus blanc, espoir et salut de la France rouge.

Je suis le lecteur ébahi de votre vie et retiens des images : folle jeunesse fauchée par les ultimatums, votre au revoir à ce bébé qui ne sait pas parler, la Patrie qui vous offre uniforme et combats, la vie dans les boyaux, les pertes accumulées mais l'amitié sincère, un rire d'amour niché dans votre oreille ou une joie virile, une sortie héroïque sous une pluie de bombes ou une course paisible un matin plein soleil, une conquête acharnée ou une trêve coquine, une avancée sanglante ou une retraite heureuse.

Près de moi, la cheminée exhale sa braise finissante. Je souris, je suis ému, le sommeil me menace et voudrait m'emporter au fil d'une longueur, car votre vie parfois eut aussi ses longueurs. Mais j'aurais honte de vous abandonner, alors je remets un peu de bois, attise le foyer, médite sur la part du livre déjà lue, imagine la suite. Puis je poursuis et tourne d'autres pages. Et arrive au mot « Fin », mais je ne veux pas vous quitter. Je feuillette en arrière et recherche un passage pour résumer votre aventure. Mais résumer, concentrer une vie sur quelques faits marquants, sacrifier les détails, estomper les images comme les personnages, n'est-ce pas le début de l'oubli ? Non non non, je m'en défends. Que vais-je faire de votre mémoire ? de celle de René ? Que reste-t-il en moi de celle d'Edmond, de Darmezin, de Ruby ? Alors j'apprends par cœur l'une de vos réflexions comme une citation magique qui changerait le monde, que je pourrais chanter à des petits enfants qui croiseraient ma route. Je conserve l'ouvrage sur ma table de nuit et laisse sa place vide entre d'autres carcasses sur le rayonnage de la bibliothèque grande ouverte au public.

J'espère vous relire, bientôt, ou me jeter demain sur un autre cadavre.

Je troquerai encore une mort pour un songe.

J'y crois et en fais le serment.

Mais je trahis.

Vous êtes si nombreux.

Faits marquants. Détails. Images et personnages.

Si nombreux.

J'éteins la liseuse, garde les yeux ouverts dans les odeurs du livre.

Le feu crépite comme les lettres au chœur de chaque mot.

Je répète votre citation, je la chuchote.

Mais l'amnésie vicieuse habite la mémoire, sélectionne et préfère : demain, je relirai René.

65

D'Albin

Mon bon vieux filleul,

J'ai perdu un neveu, tu as perdu ton cousin, ton frère. Alors fais attention : dans la brûlure de l'instant, c'est le désir de vengeance qui va pousser en toi telle une liane tenace. Ne l'évite pas, tu ne peux pas. Simplement, ne l'arrose pas et garde ton chagrin pour les souvenirs partagés avec René. Tu dois en avoir tant ! C'est de là que viendront de nouvelles promesses, des vies qui sans lui seront inattendues, toutes les vies qu'avec lui tu n'aurais pas vécues.

Je change de sujet : tu trouveras ci-joint la note à la suite des achats que tu m'as demandés pour lui, et auxquels j'ai ajouté les décorations à la demande du ministre :

1 vareuse Whipcord 180
1 culotte idem 90
1 culotte épinglée garance 75
1 croix de guerre mise sur 1 ruban 6 palmes et 1 étoile

vermeil 6,20

1 Légion d'honneur dernières normes et rosette 10,50

2 Barettes métal 1,50

Soit 363,20

Timbres 0,20 % 0,80

Total 364 francs

Oui, pour la Légion, le ministre m'a reçu et n'a pas rechigné à sauter tout de go du grade de chevalier à celui d'officier, compte tenu des circonstances que tu m'as décrites et de la précédente disparition d'Edmond ; tu vois, même mort, la renommée de Jésus sert encore la famille. Et la tienne est superbe, sois rassuré de même : le ministre ne tarit pas d'éloges sur tes talents de voltigeur comme de capitaine, éloges qu'il termine toujours par un clin d'œil complice à propos de votre goût commun pour le champagne.

Et je t'ai trouvé du gros-grain bleu ciel pour ces médailles ; je te l'offre bien volontiers. Je vais les démonter du rouge et pourrai donc te les livrer comme tu voulais.

Pour le reste, tu me régleras quand tu peux, il n'y a pas le feu.

Je t'adresse une vigoureuse poignée de main.

Passe me voir dès que tu viens à Paris, c'est compris ? La Thuyone t'embrasse. Sais-tu qu'elle a déserté son appartement pour installer avec moi son nouveau paradis ?

Albin

66

Retrouver Marguerite

Sur l'horizon troublé par mon hélice, le ciel déploie la lumière orangée d'un immense brasier, peut-être un bourg entier. La fumée s'éclaircit peu à peu, le vent d'Est en essaime les cendres sur les ruines de Reims. Le soleil concurrent résiste encore un peu avant de s'estomper dans le soir qui tombe. J'atterris sur ma piste en plein cœur de la ville où il n'y a pas âme qui vive.

Je vais retrouver Marguerite.

À mi-chemin entre le boulevard de la Paix et la rue du Cardinal-de-Lorraine, il ne reste pas grand-chose du couvent des Cordeliers où je lui ai donné rendez-vous. La voûte de la chapelle s'est affaissée sous les bombardements, les statues ont été pillées, mais les dernières colonnes du péristyle inspirent le romantisme des gravures anciennes. Je ne sais pas si l'odeur de poudre est réelle ou le fruit de mon imagination. La nature déborde du cloître et peu à peu reprend ses droits : le lierre grimpe et le trèfle y prolifère de mille capitules comme un jardin moqueur au milieu du déclin. Je marche seul, je suis très en avance. Il y a quelques promeneurs, des soldats qui se saluent au bras de leur fiancée, le regard tiraillé par les séjours fugaces. Des canonnades sourdent mais, en prêtant bien l'oreille, j'entends de la musique. Trois officiers me demandent où ils pourraient rejoindre ce concert improvisé qui tromperait leur nostalgie des cabarets-champagne. J'improvise et leur indique la place Royale, à l'Ouest, comme si j'en revenais. Ils me proposent de les accompagner, mais moi je reste là.

Je vais retrouver Marguerite.

Elle m'a dit de ne pas apporter de bouteille, qu'elle est bien assez saoule à l'idée de me voir. Je lui ai dit de ne pas m'apporter de bocaux, j'ai tout ce qu'il me faut. Sans signe distinctif, comment nous reconnaîtrons-nous ? Je crains que mes souvenirs me trompent... La distance déforme, le temps écrase les images avec d'autres images, alors que dire de l'altitude ! Et René n'est pas là pour bien me la décrire. Devrons-nous lever les yeux au ciel pour mieux nous retrouver ? La ressemblance que nous nous sommes inventée avec les nuages pourra-t-elle nous aider ? Ou est-ce une illusion apparue dix fois, cent fois, dans les traits du hasard ? Pourrons-nous, au bon moment, reprendre possession de nos corps comme de nos esprits, incarner nos lettres apprises par cœur, mettre la chair à vif sur nos mots de papier ?

Je suis seul, ma réflexion s'emmêle, la nuit voudrait tout recouvrir, mais l'air rougeoyant projette ses fantômes et le vent a cessé de siffler entre les pierres. Suis-je de nouveau dans la pénombre de la crayère ? Y était-elle si belle ou bien une chimère, créature idéale que je me serais inventée ? N'étais-je pas sonné quand je l'ai rencontrée en bas de l'escalier ? Je n'étais pas moi-même, je venais du ciel me perdre au ventre de la terre pour échapper à l'ennemi... Et n'étais-je pas ivre ensuite quand je l'ai regardée tournoyant sur son fût et la robe enflammée ? Oui, il me fallait une correspondance comme un conte à lire et à écrire chaque jour que Dieu fait. C'est cela, d'elle est né ce rêve pour que la guerre seule n'accapare pas mes nuits.

Le crépuscule avance, je vais retrouver Marguerite, je marche dans les ruines, escalade des morceaux de colonnes et de chapiteaux. Et son âge, ai-je le droit d'aimer une fille de son âge ? De son côté, ne risque-t-elle pas de confondre l'affection d'une marraine avec l'amour d'un homme ? Et qu'en dirait Charlotte si je la lui présentais ? Que je projette sur elle la petite sœur chérie que je n'ai jamais eue ? Et Albin ? Ne répéterait-il pas que l'uniforme hypnotise de tout son décorum, qu'il masque les travers de celui qui le porte comme un envoûtement ?

Plus un bruit, il n'y a plus personne, ni poussière levée ni odeur de poudre ; devant moi, les clefs de voûte fracassées au sol tracent un sentier en pointillé sur lequel je voudrais à la fois retrouver Marguerite, tout sentir, tout voir et tout entendre. Il est l'heure à présent mais je ne la vois pas, se serait-elle cachée ? Ne serait-ce pas plutôt à moi de la surprendre ?

Ma main traîne sur les murs et les chiffres romains, chemin de Croix bardé de graffitis, de prénoms et d'impacts, de cœurs entrelacés. Ou c'est moi qui suis déjà vieux de dix vies et dix résurrections, traînant mon enfance tuée net par la mort de mon père, ma jeunesse occupée à vendre des paratonnerres et à prendre des trains, mes études à Saint-Cyr et puis l'aventure, le pilotage, l'empire du ciel qui me prit deux cousins, le même qui m'habitue à la liberté, au monde autrement, à l'escadrille, aux amitiés naissant des équipages, à la folie excitée par le commandement... C'est cela, je suis un vétéran et elle est une enfant ! Mais non... c'est elle qui était la maîtresse des bambins, leur apprenait à lire et à compter, les abreuvait d'histoire, de poésie et de littérature, et combien de fois m'a-t-elle subjugué par sa maturité quand je ne suis qu'un cancre qui collectionne les bêtises par amour du jeu ? Au fond, elle est une jeune sage et moi un vieux bébé.

— Vivant ?

Cette voix... Est-ce elle qui m'appelle ?

— Vivant ?

— Marguerite ?

Je la cherche partout, vais, viens, cours entre les colonnes, saute par-dessus les pierres, trébuche dans le lierre.

— Marguerite ?... Où es-tu ?

— Je suis là !

La voix s'est éloignée.

Soudain elle apparaît, immobile... là-bas... ou serait-ce quelqu'un d'autre qui lui vole son rôle ? Je me suis arrêté pour reprendre mon souffle, les mains tombées sur mes genoux mais la tête levée pour ne pas la quitter des yeux. Je me reprends et marche dans sa direction, heureux de ne plus être seul. Je sens tout, l'humidité nocturne et mes poils hérissés, je vois tout, sa silhouette éclairée par un halo blanchi, j'entends tout, même le chant des grillons qui remporte la mise sur le bruit des canons. Mais elle s'enfuit et se cache à nouveau en éclatant de rire.

Oui, c'est elle !

Un rire. Un rire seulement qui rebâtit l'endroit et renvoie l'impatience dans le clan des défauts : que n'ai-je aimé les heures qui préparent ce bonheur !

J'arrive où elle se tenait et je trouve un fil de laine ficelé à un pavé. À son tour de jouer... je n'ai qu'à le suivre pour la retrouver. La voilà de nouveau, solaire, les bras croisés et les yeux qui me narguent, l'épaule nonchalante appuyée sur un mur. Je m'approche à pas lents. Nouvelle disparition. Chevelure surprise, bras, jambe, bouts de robe aperçus derrière une colonne, course, rouge laine étiré, rouge laine croisé partout dans le couvent, jeu de piste comique qui multiplie les nœuds, les impasses et les échos de rires.

— Tu ne me trouveras pas pas pas...

— Tu ne m'échapperas pas pas pas...

Nouvelle apparition, elle est un peu plus près, tout sourire, la pelote à la main. Dans notre essoufflement, c'est la mienne que je tends, je n'en crois pas mes yeux, elle la prend, du bout des doigts la voilà bien réelle, je n'ose pas, je crains trop le mariage de l'espace et du temps. La main de l'un dans l'autre, c'est là que tout se sent. Visages rapprochés, une histoire de larmes. Si près, une goutte qui perle au coin de l'œil, la mienne me réchauffe, la tienne je la vois hésiter à rouler sur le haut de ta joue, ralentir sa course sur la fleur de ta peau, trace tiède érotique au souffle de ma bouche.

Mais les mots nous rattrapent. Nous nous sommes tant écrit, où en étions-nous déjà, oui c'est à ton tour de parler ! D'abord marcher côte à côte, main tenant cette main. D'abord, purger l'avant, l'imaginaire jailli de nos correspondances, les idées qui nous hantent, la peur :

— Tu n'es pas blessé, te voilà tout entier, n'est-ce pas ? Quels sont les derniers exploits de ton escadrille ? Et parle-moi aussi de tes aéroplanes, sont-ils toujours plus grands, sont-ils toujours plus beaux ?

— Donne-moi des nouvelles de ton oncle Léon, de cousin Adrien. Sont-ils revenus ensemble comme ils l'avaient promis, marguerite à la main?

Sans réponse, aimer la chaleur de ton corps, tes doigts petites touches effleurant mon visage, une histoire de caresses qui diffère de celle de mon père.

Mais les mots nous bousculent. D'abord, retrouver l'origine, la fête improvisée:

— Tu courais, tu courais comme un fou derrière les enfants qui volaient tes lunettes! À un certain moment, nous nous sommes perdus, je ne te trouvais plus...

— Tu dansais, tu riais, tu tournais, tu tournais, et ta robe a pris feu!

Dans ce premier baiser, toutes les douleurs s'enfuient avec les mille semaines séparées l'un de l'autre. Ce sont deux vies réduites à la beauté du geste. Et dans mes yeux fermés renaissent tous les rêves que je croyais perdus.

Mais les mots nous empêchent. D'abord, insister sur la joie:

— Nous buvions au goulot des bouteilles sabrées sans nous couper la langue!

— Même six pieds sous terre, nous étions invincibles.

Mais les mots nous dépassent. D'abord être victimes et vouloir transformer l'amour spontané en amour médité:

— Nous pourrions nous fiancer...

— Nous pourrions nous marier...

D'abord...

D'abord aimer se taire. Comprendre que, dans la beauté du geste, il y a l'éternité. L'éternité qui n'a que faire de mots, l'éternité qui se fout d'être aidée.

D'abord...

D'abord rien du tout je me précipite tu te précipites je te prends la bouche et tu prends la mienne tu es bien réelle ta moustache me chatouille si tu veux je la coupe je te suce la langue ta tête dans mes paumes tu me mords l'oreille mes doigts dans tes cheveux si longs si tu veux je les coupe descendant sur ton dos appuyé sur une colonne froide tes doigts glissés si tendres au-dessous de ma veste et ta peau sur ma peau éveil du frisson je caresse tes seins dont je n'imaginais pas la douceur et la forme nos tailles rapprochées et nos sexes gonflés gênés par les tissus oui je suis bien réelle et tu m'embrasses nos folies s'acquittant des colonnes bouillantes tes bottes arrachées tout comme tes sandales ni un seul vêtement ni lit de pierres mais lit de lierre où rouler nus et se tenir serrés Non non non, ni peur ni rien ni vent ni poudre ni ruine ni nuit ni même poussière d'étoiles ou chanson de grillons juste autre sens donné à la correspondance c'est-à-dire correspondre l'un à l'autre juste toi hésitante et mon corps hésitant sourire aux lèvres à tes lèvres soudées salive du stylo qui ne sait pas écrire et désir trop de temps contenu débordant de nos lettres afflué jusques en haut des cuisses battements saccadés plus forts qu'à nos tempes une histoire de caresses une histoire de larmes tu riras de plus belle que tu n'es déjà beau à la fois tout sentir tout goûter à la fois tout toucher et ne voir plus rien et ne plus rien entendre et puis planer ensemble sur ce ciel liquide

si neuf
et inouï

67

Quitter Marguerite

J'ai laissé Marguerite au perron de sa tante et passé la nuit devant le mess à écouter le vent polir la plaine. Ma chouette par trois fois a détourné la tête de mon cèdre émondé. Non, ma guerre n'est pas finie et le ciel est si clair. Je marche un moment sur la piste, pieds nus dans la rosée et les herbes coupantes. Mon ordonnance finit de préparer mes affaires. Le plus long est d'enfiler ma fourrure; je le sais, dans cet air lavé, la température sera glaciale. Mais dessous je suis nu: si le froid me prend, je veux sentir à vif quand il mordra ma peau.

Maric s'apprête à entraîner l'hélice sans rien me demander; elle a dans les restes de nuit des reflets d'acajou. Je m'installe seul sur le siège à glissière, sans mon observateur pour se plaquer contre mon dos. Je lance le moteur, pousse les gaz, roule sur le pré que j'ai foulé plus tôt et monte à 1 000 mètres en tenant ma ligne; le vent à cette altitude sent le pôle et la congère. Je trace un long virage dont l'ampleur découvre devant moi les lumières du soleil à naître: un océan de roses et de turquoises. Je suis par-dessus toi, laisse-moi un peu d'orgueil avant de m'insulter de ton immensité! Le froid me taillade la tête avec précision, pique sous les joints des lunettes et traverse mes paires de gants, de cuir dessus, de soie dessous.

Je me demande : comment définir une telle transparence ? Comment décrire cet air nettoyé, l'absence de tout voile qui redonne aux choses et toute leur beauté et toutes leurs limites à l'exception du ciel qui jamais ne s'arrête, à mon aéroplane la force sidérante des inventions humaines, aux arbres la réalité des feuilles et du moindre bourgeon, aux oiseaux l'évidence de l'envol, aux collines les pastels dégradés de leurs plans successifs, aux étoiles la lumière d'un passé volatil ?

J'arrache mon casque, étends le bras hors de la nacelle. J'oublie la trotteuse et l'enveloppe sur mon cœur qui fuit par-dessus bord. Je comprends que Joseph n'est pas une boussole, un compas qui pique et qui dirige, et contemple la magie de ce non-lieu où les non-points cardinaux libèrent mon histoire : le non-Nord et son rire de banquise, la candeur de son blanc qui m'aspire le regard, or et vert à la fois ; le non-Sud où La Lumeraie fredonne ses *tu te souviens* comme une guitare autour d'un feu de camp ; le non-Est avachi sur la terre ennemie que je devrais combattre ; le non-Ouest qui finira couché dans mon âme comme un dernier rayon.

Il n'y a plus de ciel ni même de transparence, mais juste une pensée bien plus grande que moi, et qui ne fera rien.

Rien d'autre que penser pour que je puisse penser.

Rien d'autre que laisser s'ébattre l'univers.

Avec qui, peut-être, je pourrais converser.

68

De la Thuyone

Cher Vivant, mon Copeau,

Serais-tu magicien ? Qu'as-tu dit à Albin ? Tous les deux nous ne cessons de nous rapprocher, et nos séjours à Bruneval sont tout à fait réguliers : j'y comprends la puissance des rituels qui ont cette vertu d'amplifier l'éphémère et d'éteindre l'ennui. L'immensité du ciel mêlée à celle de la mer invite à la question, et je n'imaginais pas les falaises aussi propices aux confidences. Albin m'a fait comprendre que, fière comme elles, j'ai cru pouvoir tout arrêter, les orages de la guerre et la vague têtue du désir qui cogne. Mais parfois des morceaux entiers s'effondrent brutalement. Je comprends à quel point je n'ai rien fait que soulager les hommes, les divertir, les faire rire avant qu'ils ne repartent avec un pan de moi, me laissant seule et nue, perdue dans cet appartement dont le parquet taché est jonché de bouteilles, de pétales fanés, de lionceaux affamés dont je ne sais que faire. J'ai donné du plaisir, et Dieu que j'en ai pris ! Avec toi, avec d'autres ! J'ai jeté la jeunesse dans la lubricité, adoré la tendresse et la félicité ! Je pourrais reprendre à mon compte les fables de ton grand-père, tiens : « J'ai tant vécu sur l'avenir, dépensé, gaspillé... pendant que toi, tu as réalisé ton rêve : devenir un oiseau, s'éloigner de la Terre. » Ou les mots si tristes de ce poète russe que j'ai croisé deux fois, et chez moi, figure-toi : « J'ai fait de douloureux et de joyeux voyages avant de m'apercevoir du mensonge et de l'âge, j'ai souffert de l'amour à vingt et à trente ans, j'ai vécu comme une folle et j'ai perdu mon temps. » Mais non ! C'est toi qui m'as appris la valeur de l'instant et de toutes ces vies qui nous attendent là, à portée de nos mains. Alors, avant que je m'écroule sous la craie des falaises et qu'Albin soit parti sans sauver la mienne, je veux la donner, la vie, oui je veux des enfants ! Et ne crois pas que je me range ou devienne classique : même marié, Albin aura des surprises, et je ne serai pas seule à soigner nos bébés ! Ne t'étonne pas, lieutenant, ce sera aussi mon tribut à l'effort de guerre, car quand vous aurez cessé de vous éviscérer, il faudra des âmes vaillantes pour tout reconstruire et en éviter d'autres. Voilà, tu sais à peu près tout mon ami, je n'ai plus qu'une ultime requête : pour être le témoin de notre mariage, viens donc en djellaba.

Je t'embrasse,

Albertine Moinets, c'est mon nom, n'est-il pas grand temps que tu le saches ?

Avec ce « s » étrange qui ne se prononce pas, ne suis-je pas un pluriel tout à fait élégant ?

69

Si Vivant meurt

Je m'extrais du combat et tire sur le manche, encore, trop, l'avion s'élève, ma bouteille d'éther roule et disparaît au fond de la nacelle. L'ennemi sous moi éructe ses rafales, lacère ma carlingue. Je gagne cette altitude où l'air se raréfie, vole sur un axe oublieux de la terre, peut-être vertical, peut-être imaginaire, arc-en-ciel filant sans se laisser toucher, parviens à la hauteur où la Lune apparaît, me rappelle un à un le nom de ses cratères puis me prend dans sa main. L'ennemi sous moi renonce à me poursuivre et comme un fou je ris, je ris. Le soleil m'attire inexorablement, il voudrait me souder dans le feu de son trou. Faut-il narguer sa lèvre et y poser la mienne, téter l'incandescence ?

Tout à coup, l'ascension se rebelle aux cadrans des compteurs, l'altimètre explose, une question de pression sans doute, et le moteur a des ratés, il fume un panache gris-bleu mélange d'huile et de poivre qui me grille les poumons. L'hélice sursaute, je hoquette comme elle et l'essence gicle son rose pâle sur mes lunettes, son goût fossile sur ma bouche et son odeur chimique. Je crache, je ris, je crache. Arc-en-lune disparu, revenu comme moi de ses divagations, je coupe les gaz au manche abandonné, la machine s'essouffle, l'avion craque puis s'adonne au silence désireux de l'étoile, parcourt ses derniers mètres élans de sa lancée, l'extrémité est touchée, l'inflexion de l'engin semble venir de loin, l'hélice se fige brutalement, le biplan se retourne, emporté par le poids du moteur, et se met à planer puis la vrille le prend et ma tête avec elle. Poids de la pesanteur, vitesse de la chute entre soleil et Lune, les astres en parhélie relâchent leur tenaille, je tombe. Les balles ont traversé les pages des *Fleurs du mal* une par une mais je sais qu'elles se sont arrêtées au divan des *Bijoux* où dort Marguerite. Je ne ris plus du tout, la mélancolie coule dans le rouge déjà froid de mon sang qui me raye les paupières et les joues, le menton, le cou. Je me couche sur chacun des virages, peau drapeau déformée aux claques des bourrasques, et contemple l'enfer qui recouvre le sol. Il est là, toujours bien à sa place où Diable et ses complices se débrouillent sans peine à grouiller sur eux-mêmes et à se suicider dans un monceau de chairs et d'armes flambant neuves. J'arrache tuyaux et câbles. Tout s'apaise, ce n'est pas moi qui m'effondre et ce n'est pas l'avion, c'est la terre qui se lève, elle enfle et me rejoint. Ses boyaux se dilatent et me jettent au visage toutes les boucheries que j'y ai englouties, vomissure inversée qui me bouche la gorge, cyclone rouge qui m'aspire dans son œil alors qu'une mort blanche s'enroule autour de lui.

Le calme
La dernière seconde
Silence après l'impact paradis de la paix
Cou clavicule cassés et nuées d'osselets
Squelette disloqué dans tous ses aléas

Et sur lequel ma chair n'a jamais fait de gras
Petits bouts moi miroirs petits bouts de papa
Tu n'es pas là je te pardonne
Je vois mon cœur bleuciel découdre ses blessures
Et un portrait d'enfant surgir de l'enveloppe
Col marin l'œil vif un cerceau à la main
Lui ? Moi ?
Puis s'approcher Ariste pas trente ans aviateur idéal
Victor dix-huit ans petit téléphoniste
Marguerite épousée au sortir de sa lettre
Est là
Évanescente et drôle
Ou est-ce un souvenir
Comme j'ai pensé à elle et ne suis mort jamais
Serait-ce aujourd'hui même que je commencerai
Tout

Nous rions en nous embrassant à grands coups de langue imaginaires, nous partageons les bulles de champagne, l'éther volatil et l'or qui se mord. C'est une stupéfaction : le paradis ne sera plus cet heureux statu quo, sirop sucré dégoulinant du Jugement dernier. Même au-delà de la mort et des béatitudes, nous sommes cette pensée pour qui une folie est toujours possible. Il suffit d'inventer
Tout

Et la tempête en même temps
Qui délite
Ciel de veines écarlates
Nuages bouillonnants
Ailes hélice et carlingue
Carcasse déchiquetée dans tous ses aléas

Si Vivant meurt

Éclairs de mon père dans le rétroviseur
Agrégat de matières et de corps mélangés
Il est là
Souvenir incapable d'abandonner le vent
Ni ce portrait d'enfant
Ressemblant
Lui ? Moi ?
Qui tourne qui m'assaille
La dernière seconde
Silence après l'impact
Ni terre ni passage
Rien

70

Si Vivant vit

Marguerite et moi nous marions avec pour toute offrande nos débuts de dizaine : sa vingtaine, ma trentaine. Nous voilà transformés sans le savoir par les ruissellements de la guerre. Elle dans sa robe de craie et moi dans mon habit de nuit. Il y a là, en guise de témoin, petit parrain Albin et mes deux fantômes de cousins, René et Edmond. René d'abord, dont le spectre enfantin joue à cache-cache dans les jupes de sa mère, orpheline inversée qui peine à remonter sans boiter la nef de l'église. Son Jean-Pou d'époux encore a dû être empêché, mais ce qui manque cruellement est son fils qui ne me tient pas l'épaule, ne signe pas le registre et ne prononce pas pour moi de citation à l'ordre de l'amour :

« Une aurore, mon cousin a choisi de devenir mon frère sur un vélo d'enfant tout en chantant *tu te souviens*.

Un matin chafouin, a pris son envol et quitté la luxure pour être de cette aventure dont l'homme rêvait depuis les origines du monde.

Un midi, a survolé boyaux, plaines et cathédrale avant de tomber dans une fausse tombe où une fleur l'a cueilli.

Un jour, a ressuscité.

Un après-midi, n'a pas attendu que les nuages passent pour adorer le ciel, y trouver le soleil et atterrir dans l'herbe en comptant les pétales.

Une veille, s'est organisé pour que nous restions toujours ensemble.

Un chaque jour encore, n'a pas ménagé son courage pour partir en mission au mépris du danger.

Un crépuscule, s'est mis à recevoir des lettres et puis à en écrire.

Un soir, m'a admiré mourir puis a choisi *Je me souviens* pour un nouveau départ.

N'a jamais oublié sa passion de vivre.

Amoureux transi, homme très sensible, toujours bien moustaché, pas coiffé mais de belle attitude, souvent démédaillé, indécrottable volontaire pour les missions les plus délicieuses, grand amateur de champagne, une nuit a décidé d'être au sommet du corps d'marié.

Vivant, cette citation me confère l'honneur de te nommer époux et de te décorer de la croix de paix, 1 amour, 1 ruban, 6 baisers et 1 étoile d'or. »

Mais René n'est pas là, les invités ne l'ont pas entendu et n'applaudissent pas.

Maric, ami fidèle qui ne trahit jamais, le comprend et m'embrasse, offrant le réconfort, son œil disponible et son éclat de rire. Dans son accolade, je sens la dureté de muscles entraînés. Il me souffle à l'oreille une chanson de sa composition, rimes simples et fraternelles en guise de félicitations. Comment le remercier pour une telle attention ?

Lelièvre est méconnaissable : il a le volume, les rides et le teint bronze du colon voyageur s'étonnant que les plaisirs, même le jour d'un mariage, soient pollués par mille obligations. Il voudrait que je cesse toutes ces mondanités, gesticule beaucoup mais reste assis débordant de son trône pour attirer la conversation, parle fort et sans retenue, multiplie les adjectifs pour décrire les plaisirs de la chair, repose ses verres vides au milieu des verres pleins, se nourrit avec les doigts et s'essuie au revers de la nappe. « Être servi pour vivre libre » serait sa raison d'être ; je me demande où finira son incessante fuite.

Laperruche masque son allure de solitaire comme s'il réfléchissait à l'avenir du monde, avenir qu'il aime réduire à quelques badinages pour masquer son angoisse. Il tourne entre ses mains une coupe bien pleine et, bientôt, s'autorise à la boire. Cul sec. Les bulles lui montent au nez, il se cabre, éternue, crache. Tout autour de lui, le monde a décidé d'en rire, son avenir est choisi, ce sera la plaisanterie.

Pierre-Amans comme René brille par son absence, son seul prénom a amplifié mes souvenirs de lui. C'est beau et troublant à la fois que si peu de poésie vous dilate une vie : je ne l'oublierai pas.

En trinquant bras croisés avec Marguerite et moi, Dariguet nous informe de son souhait d'adopter un nom de photographe pour signer ses travaux et rendre hommage à Darmezin : il propose « Darmeguet c'est si gai », je lui suggère « Darimezin c'est zinzin. Et avec un *z*, s'il te plaît ! » Il se compare à Nadar et montre à tout le monde l'installation qu'il a déployée pour nous immortaliser : un drap suspendu entre deux arbres qui couvre la pelouse comme un tapis avec des plis savants, et sur lequel nous devrons nous tenir bien droits, visages de trois quarts et sourire perceptible, juste perceptible, répète-t-il, le bouquet de la mariée ne devant pas cacher sa taille délicate.

— Tiens-toi droit mon Vivant et file ta moustache !

Marguerite et moi prenons la pause sous les applaudissements et l'œil émerveillé des invités qui sont agglutinés tout autour de la scène. Mes grands-parents s'approchent et l'assemblée se tait ; Jeanne est vieille bien sûr, mais, du bout des doigts ou d'un simple sourire, elle est cette tendresse qui cautérise tout. Pierri sans cesse se préoccupe d'elle, redresse son ombrelle, l'empêche de tomber, montre à qui sait le voir l'amour qui se vit dans le moindre des gestes et qui se moque bien d'avoir des projets : seules sont importantes les secondes qui viennent et dans lesquelles, tous deux, ils trouvent toujours une place, la leur. C'est celle que tous envient, comme Marguerite et moi aujourd'hui, ce petit nid qui semble vierge de toute égratignure et où il est si bon de se couver l'un l'autre. Ensemble, ils déposent ma main dans celle de Marguerite, elle ne sait pas quoi dire, je ne sais pas quoi dire. Eux se retirent, réjouis de ne rien dire. Le petit oiseau va sortir, le flash éternue son nuage et le claquement de ses débris de verre. Marguerite et moi lâchons prise sous les hourras et l'œil envieux des invités. Sur ce décor, après nous un par un deux par deux trois par trois comme ils veulent en criant en riant assis couchés debout en famille entre amis les enfants les cousins les ballons les serpentins et même les petits chiens de Simone pourront y parader pour fixer le cliché, positif éternel des mariages heureux.

En s'installant, Albertine, autrefois ma Thuyone, laisse filer tout un pan de son châle, dégageant ses épaules avant que ne les couvrent les éclats vénitiens qui poudrent ses cheveux. Albin est habillé d'un costume sur mesure qui transforme sa mine de fonctionnaire en allure de ministre. Il est fier. Le gardénia de sa boutonnière est le cosmos entier, une perfection étourdissante, tout comme la canne qu'il tient sous son pommeau d'argent ; elle ne touche jamais le sol, ce serait tellement vulgaire. Soudés comme ils sont l'un à l'autre, on croirait admirer une seule créature, une hydre à deux têtes régnant sur la planète et prête s'il le fallait à la carboniser. Albertine aspire l'objectif et me renvoie la certitude de mon choix par un simple regard, comme une chevalière venue pour m'adouber. Darimezin, hypnotisé, appuie sur son bouton sans faire aucun réglage.

Mais tout cela, c'est mon futur, ce n'est pas maintenant, je mélange tout, c'est après la sortie de l'église, après que le cortège eut parcouru à pied la route sinueuse qui mena dans la joie jusqu'à La Lumeraie. Après que l'esprit d'Edmond eut été là aussi, couché dans la peau délavée de Marie-Millions, impeccable au bras de son époux, mais sans diamant, sans ornement. Après que ma mère se fut collée à mon flanc, ma mère à qui je survivrai. Après que ma Charlotte eut pris mon bras en route vers l'autel, belle, qu'elle eut esquissé son sourire, me plantant dans les yeux des yeux d'amour intense, se fut effacée quand il le fallait et eut pleuré sans mouchoir, muette, alors que moi, stupide, je lui parlais sans m'arrêter comme si mes mots avaient cette vertu de prolonger l'instant. Après que j'eus espéré que cette marche ne finirait jamais, nos paumes réunies dans une soudure tenace, que l'église se fut allongée et la croix éloignée. Oh velours de deux fauteuils tout au bout de l'allée, après que ma mère arrachée se fut installée à sa place, loin.

Après que

Mais voilà Marguerite
Et derrière elle petit Paul surgi de sa crayère
Ses grands yeux mains menues sur la traîne légère
Avide de l'amour qui pourrait en couler
Découvreur ébahi d'une enfance adoptée

Et voilà Marguerite si claire sa voix douce à la joie
Qui advient dans le chœur
Qui se penche sur moi et me chuchote
— Me voilà, petit prince !

Si vivants

Nous décidons que la guerre est finie et découvrons cette paix irréelle ; il nous faut des trompettes, des cris, des confettis. La fête est arrosée de champagne, c'est la moindre des choses. La Lumeraie lumine, on y dîne, on y rit Diable-Dieu ! Le soleil s'apprête à se coucher, Maman masque sa peau vieillie derrière les baïonnettes d'un verre de cristal, maman
Que j'invite à l'ouverture du bal
Tous les deux nous dansons
Couple au centre du cercle pointillé de convives
Mélodie de la valse que tout le monde connaît
Ce *Beau Danube bleu*
L'orchestre joue si fort
Pour tous les invités
Et pour Chérie-Charlotte
Tournis tournoie
Visage renversé
Et qui ne veuve plus
Sa caresse glissée à l'adieu de ma joue est celle de mon père
Est-elle mon père ?

L'orchestre joue si fort
Pour Marguerite et moi
Nous sommes sur notre petit nuage
Au paradis des paréidolies où les visages s'effilochent à la tombée du jour
Et au bout de la nuit ils ont tous disparu

Ne restent plus que nous
Du lierre du couvent au confort du lit
Les bougies de la chambre et le temps sursauté
Les fumées qui s'agacent d'avoir été soufflées

Je ne comparerai pas l'extase de l'amour avec mon premier vol
Le plaisir du savoir à l'absence de mot
L'avion qui se fabrique à l'azur qui est
Pas non plus nos corps nus avec la Voie lactée La douceur de sa peau avec mon horizon Ni la carte précise avec l'hésitation L'immensité du ciel avec nos maladresses Ou le manche autonome sans aucune vision avec l'aiguille affolée du compas Ni le ventre de l'air avec nos mécaniques
Je ne comparerai Ni la taille de nos ailes Le souffle à nos poitrines doux comme un vent de dune Ni même le chronomètre face à telle migration Ou bien le décollage avec l'atterrissage Ni une dernière voltige avec l'art de la boucle Le moteur explosé avec nos cœurs calmés
La pesanteur avec l'apesanteur
Mais la vie qui palpite à l'éclat de La Lume

Remerciements

Si Vivant doit tant à ma femme, à mes enfants, et aux artistes de ma famille :

Mon grand-père Ariste G. sa vie, ses œuvres : *Raid aérien* (opérette), *Fables des temps rapides, Les Petits Poupons* (chanson), *Chroniques géopolitiques.*

Ma grand-mère Marguerite G., qui m'offre le bonheur de lui inventer une nouvelle vie.

Mon grand-père Victor F., ses lettres, ses photographies et son refrain fétiche : « *Encore un que les Boches n'auront pas.* »

Ma grand-mère Magdeleine F. et ses dentelles Dognin.

Mon père, Georges G., dont les agendas pourraient s'intituler : *Folle jeunesse d'un Lyonnais à Paris.*

Ma mère, Marie-Agnès G., et ses fabuleuses transcriptions : *Victor F., correspondance de guerre, 1915-1919.*

Ma tante France G. et son remarquable ouvrage : *Ariste G., aviateur en 1914-1918, Histoire et Mémoires 1911-1940.*

Mon grand-oncle Joseph B., ses poèmes et sa pièce de théâtre, *Pipo*. Il fut fauché à 19 ans en sauvant un camarade.

Magdeleine Reygrobellet et sa présence fidèle dédoublée dans le texte en M. Reygros et Mme Bellet.

Du côté des mots, la couronne appartient à mon éditeur Stephen Carrière, et je remercie aussi d'inspirants auteurs :
Jean Échenoz : *14*
Robert Fisher : *Le Chevalier à l'armure rouillée*
Laurent Gaudé : *Cris*
Jean Giono : *Le Grand Troupeau*
Inconnu : *La dictée du petit Français*
Étienne Kern : *Les Envolés*
Joseph Kessel : *L'Équipage*
Gilles Marchand : *Le Soldat désaccordé*
Raymond Radiguet : *Le Diable au corps, Le Bal du comte d'Orgel*
Antoine de Saint-Exupéry : *Le Petit Prince, Vol de nuit*

Ma gratitude va de même aux poètes et musiciens qui m'ont accompagné :
Alci Acosta : « La copa rota », « No renunciaré »
Guillaume Apollinaire : « Zone »
Charles Aznavour : « Je t'attends »
Barbara : « Chapeau bas », « Regarde »
Charles Baudelaire : *« Les bijoux » (avec Yves Montand), « Le serpent qui danse » (avec Serge Gainsbourg), « La voix »*
Alex Beaupain : « Je suis un souvenir »
Sarah Bernhardt, pour son art de vivre qui alla jusqu'à dormir dans son cercueil
Georges Brassens : « L'orage », « La marche nuptiale »
Jacques Brel : « Vesoul »
Francis Cabrel : « Les bougies fondues »
Serge Gainsbourg : « Hôtel particulier »
José-Maria de Heredia : « Les conquérants »

Jacques Higelin : « Champagne »
Elton John : « Song for Guy »
Guido Keller, poète en soi
Serge Lama : « La chanteuse a vingt ans »
Domenico Modugno : « L'uomo in frack »
Orchestral Manœuvre in the Dark : « Bunker soldiers »
Ézéchiel Pailhès : *« Éternel été », « Mélopée », « Élégie »*
Arthur Rimbaud : « Le dormeur du val »
Pierre de Ronsard : « Mignonne, allons voir si la rose »
Tamino : « Indigo night »
François Villon : « La ballade des pendus »

Ma dette en images revient à :
Damien Chazelle : *Babylon*
André Devambez : *Peintures*
Marcel Jeanjean : *Sous les cocardes*
Jacques-Henri Lartigue : Albums photographiques
Sam Mendes : *1917*
Jean Renoir : *La Grande Illusion*
Paolo Sorrentino : *La grande bellezza, È stata la mano di Dio*
William A. Wellman : *Wings*

Je suis également très reconnaissant envers Claire Bourgeois, Nicolas Garma-Berman et Chantal Prévost pour leurs relectures si précieuses, comme à Sophie Bagur, Tiffany Meyer et Yasmina Urien pour leur implication.

Je n'oublie pas les archives d'Albin Denis (*Les Escadrilles de l'aéronautique française*) et d'Isabelle Pierre (*La Vie dans les caves Krug au temps de la Grande Guerre*).

À propos de la guerre, j'ai une pensée qui n'est pas la dernière : elle accompagne celles et ceux qui n'en reviennent pas comme celles et ceux qui en reviennent.

Mis en pages par Au fil de la page à Saintes,
cet ouvrage a été achevé d'imprimer
par XXXXX, à XXXX,
pour le compte de S. N. Éditions Anne Carrière
57, rue Gaston-Tessier – 75019 Paris
en XXXX 2025

Imprimé en France
Dépôt légal : XXXX 2025
N° d'édition : XXXX – N° d'impression : 0000